KB191194

우치다 다쓰루

50년 넘게 대중과 소통하며 글 쓰고 수련하는 사상가이자 무도가.
도쿄에서 태어나 도쿄대학 문학부 불문과를 졸업했다. 에마뉘엘
레비나스를 발견해 평생의 스승으로 삼아 프랑스 문학과
사상을 공부했으며 도쿄도립대학을 거쳐 고베여학원대학에서
교편을 잡다가 2011년 퇴직하고 명예교수가 되었다. 바로 그해
개풍관이라는 합기도장을 열었으며, 그곳에서 매일 자기 수련을
하고 제자들을 가르친다.
블로그 '우치다 다쓰루의 연구실'을 운영하며
문학·영화·예술·철학·사회·정치·교육·무도 등 다양한 분야에서
자신만의 스타일로 거침없는 글을 쏟아낸다. 공저와 번역을 포함해
지금까지 200권이 넘는 책을 썼고, 국내에 번역 출간된 책만
40권이 넘는다.
『푸코, 바르트, 레비스트로스, 라캉 쉽게 읽기』『무지의 즐거움』
『도서관에는 사람이 없는 편이 좋다』『인구 감소 사회는
위험하다는 착각』『어른 없는 사회』『완벽하지 않을 용기』『거리의
현대사상』『어떻게든 되겠지』 등의 책을 썼다.

박동섭

독립연구자. 사상가와 철학자의 언어를 대중도 이해할 수 있는
언어로 설명하고 알리고자 애쓰고 있다. 세계에서 유일한 우치다
다쓰루 연구자를 자처하며 『우치다 선생에게 배우는 법』과 『우치다
다쓰루』를 썼다. 이외 『심리학의 저편으로』『성숙, 레비나스와의
시간』『동사로 살다』『레프 비고츠키』 등의 저서를 쓰고, 『무지의
즐거움』『우치다 선생이 읽는 법』『도서관에는 사람이 없는 편이
좋다』『단단한 삶』『야생의 실종』 등을 우리말로 옮겼다.

목표는
천하무적

목표는 천하무적

우치다 다쓰루 지음
박동섭 옮김

심신단련으로 깨우친
인생의 기본기 수업

합기도 수련과
철학 연구 사이에서

안녕하세요, 여러분. 우치다 다쓰루입니다. 이 책 『목표는 천하무적』은 제가 30년 좀 넘게 수련하며 무도에 관해 쓴 이야기를 모은 책 『무도적 사고』無道的思考를 번역한 것입니다. 무도에 관한 원리적인 이야기라 시의성은 없을지 모르지만 그럼에도 시대에 뒤떨어졌다는 느낌은 들지 않을 겁니다.

제가 생각하는 '무도적 사고'란 동양의 고유한 사고방식입니다. 지역에 따라 차이는 좀 있겠지만 이런 인식은 일본뿐 아니라 한국, 중국, 베트남, 태국 문화의 심층에도 확실히 흐르고 있을 겁니다. 그러니 처음 듣는 이야기일지라도 읽다 보면 무슨 말인지 이해가 가시리라 생각합니다. 사실 그동안은 무도적 사고가 일본 고유의 것이라고 여겼는데, 최근 들어 '아시아적 사고'의 한 단면일지도 모른다는 생각이 들더군요. 한국어판 서문에서 그 이야기를 하려고 합니다.

아시아 인간관과 서구 인간관의 가장 두드러진 차이는 '아이덴티티'라는 개념에서 드러난다고 보는데요, '아이덴티티'는 유럽 철학의 핵심 개념으로 '진정한 자신' '더는 변하지 않는 궁극적인 나'를 말합니다. 유럽적 인간관에 따르면, 일상생활에서 인간은 '진정한 나'가 아닙니다. '거짓된 나'로 살고 있습니다. 가정환경이든 학교 교육이든 지배적인 정치 이데올로기든, 다양한 억단으로 말미암아 눈이 가려지고 사고와 감정이 왜곡되거나 정형화되어 있기 때문입니다. 그래서 반성 없이 사는 한 인간은 '진정한 나'가 될 수 없습니다. '자신의 외피에 달라붙은, 자신을 기원으로 하지 않는 모든 불순물을 씻어 내고 진정한 자신을 찾도록 노력해야 한다', 이것이 유럽적 '아이덴티티 철학'의 기본 사고방식입니다.

이 철학을 대표하는 이가 독일 철학자 하이데거입니다. 1933년 프라이부르크대학 총장 취임 연설에서, 하이데거는 독일 대학인에게 부과된 사명은 "우리가 그래야 하는 것에 스스로 되는 일"이라고 언명했습니다. 우리가 그래야 하는 것에 스스로가 된다. 좀 이해하기 어려운 표현입니다만, 말하자면 '진정한 자신'이 된다는 의미입니다. 우리는 우리 자신이 '실은 무엇인지, 무엇이 되어야 하는지'를 이미, 직관적으로는 어렴풋이 알고 있습니다. 하지만 여러 가지 장애 때문에 아직 '진정한 나'가 되지 못했습니다. 그래서 온 힘을 다해 평생을 두고 '진정한 나'가 되도록 노력해야 합니다. 유럽 사상에서 이 발상이 완전히 부정된 적은 지금까지 한 번도 없었다고 생각합니다. 마르크스주의, 실존주의, 구조주의, 포스트모더니즘, 페미니즘, 가속주의…… 사상의 겉모습은 계속해서 바뀌었을지라도 '억단의 우리에서 벗어나다' '환상에서 깨어나다' '잠에서 깨어나다'와 같은 은유는 늘 반복되어 왔지요. 감옥에서 나오거나 잠에서 깨어난 사람은 '진정한 나'로서 삶의 현실과 마주하게 됩니다. 영화 『매트릭스』를 보면 빨간 알약을 선택해 매트릭스에 통제된 잠에서 깨어난 네오가 거칠고 생생한 현실 세계와 마주하는 장면이 나오는데요, 이것이 '진정한 나'의 가장 전형적인 표상입니다. (너무 단순하게 표현하고 말았습니다만.)

저는 아시아적 인간관은 이와 상당히 다르다고 생각합니다. 아시아에서는 인간의 성장이란 '나를 찾는' 것이 아니라 '나를 버리는' 것을 통해 이루어진다는 생각이 오랫동안 주류였기 때문입니다. 인간은 계속 변한다, 그러니까 어느 시점에 '진정한 나'를 만나고 거기서 '나를 찾는 여행'이 끝나는 일은 없다, 여행은 언제까지나 계속된다, 목적지에 도달하는 일은 영원히 일어나지 않는다는 것이 아시아적 인간관입니다.

'오하아몽'吳下阿蒙이라는 사자성어에 얽힌 이야기를 아십니까? 『삼국지』에 나오는 일화입니다. 한국에서 『삼국지』가 얼마나 읽히고 있는지는 잘 모르겠지만, 일본에서는 지금도 널리 읽히는 중국 고전입니다. '오하아몽'은 '오군吳郡에 있을 때의 여몽'이라는 뜻으로, 보통 힘만 세고 머리는 못 쓰는 사람을 놀릴 때 쓰는 말이지요. 하지만 그 뒤에는 이런 이야기가 있습니다. 후한 말기의 군벌 손권은 무예는 뛰어나지만 학문에는 관심 없던 부하 장수 여몽에게 학문에도 힘쓰기를 권했습니다. 후에 오나라 도독 노숙이 여몽을 찾아와 이야기를 나눴는데, 단순한 무장에 지나지 않던 여몽의 식견이 하늘과 땅 차이로 달라져 있었습니다. 탄복한 노숙이 여몽의 등을 두드리면서 말했지요. "지금까지는 아우에게 무용과 군략만 있는 줄 알았는데, 이제는 학식까지 갖췄구려. 예전 오군에 있을 때의 여몽이 아니오." 그러자 여몽이 대답했습니다. "선비는 헤어진 지 사흘이면 서로 눈을 비비고 다시 볼 정도가 되어야 합니다." 이 대화에서 '오하아몽'과 '괄목상대'刮目相待라는 말이 나왔습니다. '오하아몽'은 예전의 여몽처럼 무용만 있고 학식이 없는 사람을, '괄목상대'는 학식이나 재주가 눈을 비비고 볼 만큼 놀랍게 향상된 것을 가리키는 말입니다. 스스로를 성장시키려는 사람은 사흘 만나지 않은 사이에 다른 사람이 되어 있다, 그러니 눈을 비비고 다시 봐야 한다, 전에 만났을 때와 같은 인간이라고 생각해서는 안 된다는 의미입니다. 어릴 적에 학교 선생님께도 이 말을 가끔 들었습니다. '대기만성'이란 말도 어른들께 자주 들었고요. 그릇이 큰 사람은 성장하는 데 시간이 걸린다, 그러니 가볍게 남을 평가해선 안 된다는 뜻이었죠. 여기에 흐르는 것이 바로 '인간은 계속 변한다'는 아시아적 인간관입니다.

저의 철학 스승인 에마뉘엘 레비나스는 이 유럽적인 '그래야 하는 것이 되기 위한 여행'을 '오디세우스의 모험 여행'에 빗댄 적이 있습니다. 트로이 전쟁이 끝나자 오디세우스는 기나긴 모험 여행을 하며 다양한 '타자'를 만납니다. 그런데 이 '타자'들은 오디세우스에 의해 경험되고 정복되고 소유되기 위해서만 존재합니다. 첫 번째 거인과 벌인 싸움도, 마녀 키르케와의 사랑도, 세이렌의 노래도, 그 어떤 모험도 오디세우스의 아이덴티티를 흔들지 않습니다. 모든 모험은 그가 고향 이타카 섬으로 향하는 여정을 삽화처럼 장식할 뿐입니다. '나 자신으로 계속 있고 싶다'는 자아에 대한 이 집착을 레비나스는 서양 형이상학의 모종의 '병증'으로 간주했습니다. 그리고 그것과는 다른 '여행'의 형태가 있지 않을까 하는 물음에서 그 철학을 심화시켜 나갔습니다. 레비나스는 이렇게 물었습니다. "사람이 사는 목적이 '진정한 나'를 만나는 것이라고 하는데 그게 정말일까? 오히려 사람은 '자신이 자신 이외의 것이 될 수 없는 것' '자신이 자신에게 못 박혀 있는 것'에 힘겨워하는 것은 아닐까?"

레비나스의 책을 처음 읽으며(제가 서른이 조금 넘었을 때였습니다), '아이덴티티의 탐구와는 다른 여행'이라는 이 철학적 아이디어에 강하게 끌렸습니다. 그때는 제가 이미 다다 히로시 선생님 밑에서 합기도 수행을 시작하고 수년이 지났을 무렵이라 '멘토에 이끌려 수행하는' 일이 어떤 것인지 짐작하고 있었지요. 레비나스의 '타자와 외부에 대한 철학'이 다다 선생님의 말씀과 같다고 느꼈습니다. 그런데 그저 느낌일 뿐, 두 사람의 가르침이 어디가 같은지를 그때는 말로 설명할 수 없었습니다. 레비나스 철학도 제대로 이해하지 못했고 합기도도 겨우 실눈을 뜬 수준이었으니 그럴 수밖에요. 올해로 합기도 수련을 한 지 50년이 됩니다. 레비나스 책을 읽기 시작한 지는 45년쯤 됐고요. 이만한 시간이 지나고 이 나이가 되어서야 비로소 '무도적 사고'와 '레비나스 철학'이 어디서 통하는지를 설명할 수 있게 되었습니다.

"한편에는 '진정한 자신'을 만나는 것을 목표로 삼아 '안으로 향하는 삶'이 있고, 다른 한편에는 자신이 자신일 수밖에 없다는 것을 속박이라 느끼고 '지금의 자신과는 다른 존재가 되려고 밖으로 나가는 삶'이 있다."

너무 단순한 이항대립 도식으로 환원해 버려 마뜩하진 않습니다만, 이 정도의 단순한 이야기부터 시작해서 점점 복잡한 뉘앙스를 더해 가는 것이 독자 여러분께 친절한 설명이 될 것 같습니다.

이 책은 제가 합기도 수행과 레비나스 철학 연구를 통해 '아시아적인 인간관'이란 어떤 것인지 손수 모색한 결과물이라 봐 주시면 고맙겠습니다. 그래서 주제가 제각각이고 제가 제시한 식견도 단편적입니다. 하지만 조각들이 모여 직소퍼즐의 그림이 완성되듯 이 책을 쓰면서 제 안에서 차츰 '무도적 사고'의 윤곽이 잡혔습니다. 그 생성 과정을 여러분도 경험해 보시기 바랍니다.

　마지막으로 박동섭 선생을 비롯해『목표는 천하무적』 출간을 위해 힘써 주신 유유출판사 여러분께 감사드립니다. 이 책이 한일 양국의 문화에서 어느 부분은 가깝고 반대로 어느 부분은 먼지, 그 원근감을 돋보이게 하기를 바랍니다.

2025년 5월

우치다 다쓰루

현대 사회 무도가의 유일한 목표

안녕하세요, 여러분. 우치다 다쓰루입니다.

이 책은 지금까지 제가 블로그나 각종 매체에 쓴 '무도'에 관한 글을 한 권으로 정리한 것입니다. '무도론'을 책으로 묶는 것은 이것이 두 번째로, 앞서 『내 몸은 머리가 좋다』私の身体は頭がいい라는 책을 냈습니다.

저는 꽤 여러 가지 주제에 대해 글을 쓰는 탓에 '도대체 본업은 뭐냐'는 질문을 자주 받는데요. 주관적인 바람을 말씀드리면 '본업은 무도가'입니다. 대학 교수는 무도가만 해서는 먹고살 수 없으니 생계수단으로 하는 일이고요. 조금 있으면 대학에서는 정년퇴직을 맞이합니다. 그 무렵이면 제 도장인 개풍관이 들어설 예정이니, 머지않아 1년 365일, 아침부터 밤까지 수련 삼매경의 나날을 보낼 수 있습니다. '겸업 무도가'에서 '전업 무도가'로의 이행을 목전에 두고 '무도론'을 집성한 책을 내게 되어 매우 기쁩니다.

'본업은 무도가'란 말에 "이렇다 할 실력도 아니면서……"라며 입을 비죽거리는 분이 계실지도 모르겠네요. '우치다 다쓰루의 실력이 무도가라고 내세울 정도인가' 하는 의구심이 머리를 스쳤겠죠. 감추지 않으셔도 됩니다. 그런 생각은 빤히 보이거든요. 그래도 제가 무도가 아닙니까!

제가 무도를 한다고 하면 대부분이 가장 먼저 "몇 단입니까?"라고 묻습니다. 전에 뮤지션 오타키 에이치 씨와 이야기를 나누다 들은 말인데요, 오타키 씨가 운영하는 홋사 스튜디오에 온 손님들도 방대한 레코드 컬렉션을 보면 하나같이 이 질문부터 던진다더군요. "도대체 음반이 몇 장이나 되는 거예요?"

오타키 씨는 그런 질문에는 대답하지 않는다고 합니다. 대답한다 해도 그건 오타키 씨의 음악성과는 전혀 무관한 말일 테고요. 혹 "10만 장입니다"라고 대답하더라도 "우와, 대단하네요"로 끝날 겁니다. "몇 단이죠?"도 마찬가지죠. "합기도 6단입니다" 하면 "와, 그래요?"가 끝일 겁니다.

묻는 쪽은 뭔가 알게 된 기분이 들 겁니다. 인터뷰 기사의 제 프로필에 "합기도 6단°의 무도가이기도 하다"라고 써 주기도 하죠. 하지만 쓴 사람도 읽는 사람도 그것이 무엇을 의미하는지는 잘 모릅니다. 궁금한 사람은 "그게 어느 정도 강한 겁니까?"라고 물어보기도 합니다. 네. "몇 단이죠?" 다음에는 "그게 얼마나 센 거예요?"가 따라옵니다. 이 질문을 지금껏 살면서 100번쯤 들었을 겁니다. (과장된 듯해도 제가 느끼기로는 그렇습니다.)

글쎄요. 얼마나 강한 걸까요? 누군가와 비교한 적이 없고, 애초에 무도 수련이란 '강함'을 기준으로 삼는 것이 아니기에 대답할 수 없습니다. 화가에게 "캔버스 한 장을 몇 분 안에 그릴 수 있습니까?"라고 물어도, 작가에게 "하루에 최고 몇 자까지 쓸 수 있습니까?"라고 물어도 아마 신통한 답은 얻지 못할 겁니다. 그 일들의 본질과는 상관없는 의문이니까요. 그와 마찬가지로 저도 "얼마나 센데요?"라는 물음에는 답할 수가 없습니다.

이 책에서 되풀이해 말할 텐데요. 무도의 본뜻은 '인간이 살아가는 데 필요한 지혜와 힘을 기르는 것'이며, 그게 전부입니다. '살아가는 힘'은 남과 비교하는 게 아닙니다. '살아가는 힘'에는 여러 가지가 있지요. '담력'이 그중 하나

○   지금은 7단이 됐다.

입니다. 위기에 몰려도 동요하지 않고 평정심을 유지하는 사람은 그렇지 않은 사람보다 살아남을 확률이 더 높습니다. 이런 힘을 남과 비교할 수 있을까요? '세계 담력 선수권 대회'를 개최해 담력을 정량적으로 겨룬다? 완전 난센스입니다. 토머스 해리스의 『양들의 침묵』에 나오는 한니발 렉터 박사는 간호사의 얼굴에 달라붙어 얼굴 살을 와드득와드득 뜯어 먹으면서도 맥박과 혈압에 변화가 없다고 합니다. 경탄할 만한 담력이죠. 하지만 그렇다고 렉터 박사를 '담력 챔피언'으로 정하고 담력을 뽐내려는 전 세계 젊은이들이 "따라잡자, 앞지르자, 렉터 박사!"라고 외치며 노력한다? 그게 무슨 의미가 있겠습니까. 그런 일이라면 외려 하지 않는 편이 나을 듯싶군요.

'뭐든 먹을 수 있는 능력'도 살아가는 힘 가운데 빼놓을 수 없는 능력입니다. 음식 자원이 부족한 환경에서 이 능력을 갖춘 개체는 그렇지 않은 개체보다 살아남을 확률이 분명 높습니다. 하지만 이 또한 남과 비교하는 것은 아니라고 생각합니다. '뭐든 먹을 수 있는' 능력을 겨뤄 마지막까지 승리한 챔피언이 뒤를 돌아보면 거기에는 '먹을 수 없는 것을 꾸역꾸역 입에 넣다가 죽은 경쟁자'들의 사체가 즐비할 겁니다. 역시 의미 없는 일이고요.

'어디서나 잘 수 있는 능력'이나 '누구와도 친구가 될 수 있는 능력'도 살아가는 데에 절대적으로 중요합니다. 높은 수준으로 유지하면 좋겠지만 역시 남들과 비교할 능력은 아닙니다. '어디서나 잘 수 있는 능력 세계 챔피언'이 뒤를 돌아보면 거기에는 자면 안 되는 곳(가령 큰개미핥기의 보금자리)에서 잠들어 버린 경쟁자들의 시체가 즐비할 테고, '누구와도 친구가 될 수 있는 능력 세계 챔피언'이 뒤를 돌아보면 거기에는 친구가 돼서는 안 되는 사람(가령 연쇄살인마)과 친구가 되고 만 경쟁자들의……(이하 동문).

무슨 말인지 이해하시겠죠? 삶의 능력은 남과 비교하는 것이 아닙니다. 비교 대상은 '어제의 나'뿐입니다. 어제의 나보다 담력이 세졌는지, 이완을 좀 더 잘하는지, 포용력이 풍부해졌는지……. 이렇게 나 자신의 심신 상태를 점검하는 데에 쓰여야지, 남들과 비교할 것은 아닙니다.

다쿠안澤庵° 선사의 『태아기』太阿記 첫머리는 이렇게 시작됩니다.

생각건대 검객은 승패를 다투지 않고, 강약에 구속받지

○　에도 시대 초기의 선종禪宗 승려이자 무도가.

않고, 한 걸음도 내딛지 않고 한 걸음도 물러서지 않는다. 적은 나를 보지 않고, 나는 적을 보지 않는다. 천지가 나뉘지 않고 음양이 갈리지 않는 곳을 뚫고 나가 곧장 공을 세워야 한다.

제 스승 다다 히로시 선생님(합기도 9단)이 도장에서 종종 낭랑하게 읊어 주시는 구절입니다만, 솔직히 말해서 저도 의미를 제대로는 알지 못합니다. 제가 아는 것은 첫 부분뿐입니다. 무도 이야기는 '승패와 강약'부터 시작되지 않는다는 것.

물론 경기와 같은 스포츠를 하는 분들은 '강약'이나 '승패' '우열'에 집착하면 왜 안 되느냐고 좀 짜증스레 반문할 것입니다. 안 된다는 말이 아닙니다. 규칙이 있고, 제한 시간이 있고, 무슨 일이 있으면 심판이 중지해 주는 한정된 영역 안에서 한다면야 아무리 집착해도 상관없습니다. 하지만 무도에서 염두에 두는 상황은 그런 것이 아닙니다. 대개 위기 상황을 전제하죠. 내가 지닌 삶의 지혜와 힘을 송두리째 던지지 않으면 살아남을 수 없는 상황입니다.

제가 종종 사용하는 비유인데요. '경기'에서 상정하는 것은 한정된 영역 안에서의 '겨루기'입니다. 거기에서는 경쟁 상대와 우열을 가리는 것이 중요합니다. 반면에 '무도'에서 상정하는 것은 그 영역에 갑자기 고질라가 나타나 관중석이 무너지는 상황에서 '어떻게 살아남을 것인가' 하는 문제입니다. 이런 비유를 들면 이해하기 쉽겠지요. 경기에서 이기려면 '경쟁 상대보다 높은 운동 능력을 발휘한다'는 정답 하나밖에 없지만, 무도가 던지는 물음에는 단일한 정답이 없습니다.

예를 들면 가장 무도적인 정답은 '애초에 사람들이 많이 모이는 곳에는 가지 않는다'입니다. 들판 한가운데서 혼자 고질라와 마주치는 불운은 누구도 피할 수 없겠지만, 사람이 많이 모이는 곳에 가지 않는 사람이라면 적어도 도망치다가 사람들에게 들이받히거나 짓밟히는 위험은 최소화할 수 있습니다. 또 고질라가 등장한 파국 사태에서는 '무슨 일이 일어나고 있는지 알 수 없는 혼란 속에서 단편적 정보를 통해 상황을 적절히 추리하는 힘'도 살아남기에 매우 유용합니다. 자신에게 그런 추리력이 없다면 "이쪽으로 도망쳐라" "아니, 여기 있는 게 낫다" 같은 상반된 지시가 난무할 때 '가장 신뢰성이 높은 제안을 할 법한 사람을 짐작하는 힘'도 유용한 능력이 될 테고요.

이처럼 '삶의 지혜와 힘'이란 단일한 것도 아니고 애당초 타인과 비교할 수도 없습니다. (여기까지 읽으면 대체로 상상이 되겠지만) '삶의 지혜와 힘'을 가늠하려면 '살아남을 기회를 늘리는 일을 얼마나 많이 할 수 있는가'라는 물음에 답해야 합니다. 이는 남들에게는 '해도 아무런 도움이 되지 않는 것' '아무 의미도 없는 것'이 자신에게는 도움이 되고 의미가 있다고 생각할 수 있다는 뜻입니다. 눈앞의 세계가 나에게 고유한 방식으로 경험되고 있다는 얘기죠. 다른 누구에 의해서도 감지되지 않음 직한 의미를 세계로부터 끌어낸다는 것입니다. 소원한 세계를 친숙한 세계로 바꿔 쓴다는 것입니다.

셜록 홈스는 런던 경찰국이 '아무런 단서도 없다'며 떠난 살인 현장을 확대경으로 면밀히 관찰하고는 '곳곳에 단서가 남아 있다'며 만족스럽게 미소 짓습니다. 홈스의 세계는 경관들의 세계보다 친근하고 의미가 넘칩니다. 그 때문에 홈스의 추리가 우위를 차지하는 것이지요. 남의 눈에는 무의미해 보이는 것이 그의 눈에는 의미 있게 다가옵니다. 프로페셔널이란 그런 거죠. 다른 사람에게는 보이지 않는 것이 보입니다.

얼마 전에 시라카미 산지°에서 사냥 일을 하는 쿠도 코우지 씨와 이야기할 기회가 있었는데요, 쿠도 씨는 지도도

나침반도 지니지 않은 채로 길이 없는 산속을 걸을 수 있다고 합니다. 그건 쿠도 씨가 시라카미 산지의 모든 능선의 '표정'을 숙지하고 있기 때문입니다. 우리가 인간의 얼굴을 식별하는 것처럼 쿠도 씨는 능선이나 V자 계곡을 식별할 수 있는 거죠. 저는 이것이 '삶의 지혜와 힘'의 근원적인 형태라고 생각합니다. '삶의 지혜와 힘'이란 세계로 파고들어 가는 깊이를 말합니다. 깊이 파고들며 세계에서 풍부한 의미를 길어 내는 일을 의미합니다. 그것은 앞서 거듭 말했듯이 남과 비교하는 것이 아닙니다. 그 일의 상대적 우열은 논해 봤자 의미가 없습니다.

그렇게 생각하면 다쿠안 선사가 말하는 "천지가 나뉘지 않고 음양이 갈리지 않는 곳을 뚫고 나가 곧장 공을 세워야 한다"는 구절의 의미를 조금은 알 것 같습니다.

'천지가 나뉘지 않고 음양이 갈리지 않는 곳'을 기호학적으로 말하자면 '아직 의미로서 분절되지 않은 혼돈의 세계'라고 표현할 수 있습니다. 우리는 그런 세계를 앞에 두

○　白神山地. 아오모리현 남서부와 아키타현 북서부에 걸친 산지로 세계 자연 유산에 등록되어 있다. 동아시아 최대급의 원시림인 너도밤나무 숲이 분포하여 다양한 동식물이 서식하는 귀중한 생태계를 유지하고 있다.

고 있습니다. 경기장의 '안'과 '밖'을 구분하는 선이 없습니다. 페어와 파울을 식별하는 규칙이 없습니다. 시작과 끝을 선고할 심판이 없습니다. 그것이 우리에게 주어진 사실적인 세계입니다. 거기서 뭔가를 할 수밖에 없습니다.

아직 분절되지 않은 세계에 분절선을 긋고 의미를 부여하는 일, 세계에 깊이 파고드는 일은 다른 누구도 대신할 수 없습니다. 우리 각자가 해낼 수밖에 없는 일이지요. 그리고 그렇게 해서 스스로 분절한 세계만이 우리가 진정으로 있는 자리입니다.

다쿠안 선사는 그렇게 말하고 있는 것 같습니다. 소원한 세상을 친숙한 세상으로 바꾸는 것은 자신만의 일이다, 그런 세상을 만들 수 있다면 공을 세웠다고 해도 좋다고 말이죠. 그런 해석도 가능할 것 같습니다.

대대로 전해 내려오는 책은 한 사람 한 사람의 수행 단계에 대응해 다양한 해석이 가능하도록 '수수께끼'로서 구조화됩니다. 그러니 정답은 없습니다. 대대로 전해 오는 책의 수수께끼 같은 문장을 읽고 우리는 자신의 수행 수준에 걸맞은 해석을 내립니다. 당연하게도 수행 과정에서 그 해석으로는 설명할 수 없는 사건이 점차 늘어납니다. 어쩔 수 없으니 다른 해석을 생각해 냅니다. '가설의 제시→실험→

반증사례 출현→가설 고쳐쓰기'라는 형태로 나아갑니다. 이 점에서는 무도나 자연과학이나 차이가 없습니다.

　서문이 끝도 없이 길어질 듯하니 슬슬 마무리에 들어가겠습니다. 말씀드린 바와 같이 이 책에 수록한 모든 글은 '삶의 지혜와 힘을 강화한다'는 단 하나의 주제에 관한 내용입니다. '그것이 현대 사회의 무도가가 추구하는 유일한 목표'라고 다다 선생님은 우리 문하생들에게 되풀이해 말씀하셨습니다. 스승의 가르침이라는 끝없는 원천에서 저는 저 나름대로 볼품없는 그릇을 들고 그 그릇만큼의 물을 퍼올려 보았습니다. 그 물을 여러분 앞에 바치고 싶습니다. 이 빈약한 그릇으로 마셔도 원래 샘물의 선명하고 시원한 맛이 사라지지 않기를 바랄 뿐입니다. 물론 이 책에 수록한 문장의 책임은 저 혼자의 것입니다. 제자는 스승이 가르치지 않은 것을 배웠다고 멋대로 생각해 버리는 존재이지요. 그러니 "난 그런 말 안 했는데"라며 다다 선생님이 쓴웃음을 짓는 일이 많이 있을 것 같은데요, 그 부분은 부디 넓은 마음으로 이해해 주시길 부탁드립니다.

　마지막으로 수록된 글에 대해 한 마디만 더 드리겠습니다. 이 책은 제 블로그에 쓴 글과 다양한 활자 매체에 기고한 글 가운데 다음과 같이 분류할 수 있는 글을 모아 대폭 가필하고 수정한 것입니다.

- 전적으로 무도에 대해 논한 글
- 무도적 발상에 따라 비무도적 논제를 다룬 글
- 전혀 다른 이야기를 하는 도중에 어느새 무도 이야기로
  흘러 버린 글

아마 다른 책에 이미 실린 글을 가져오기도 했을 겁니
다. 그러면 "뭐야, 이거 전에 다른 책에서 읽었는데……" 하
실 수도 있겠지만 무도론을 집성한다는 취지에서 뺄 수 없
다고 판단한 것이지 '같은 글을 우려먹어 쪽수를 늘리자'는
쩨쩨한 생각에서 그런 것은 아니니 모쪼록 이해해 주시기
를 부탁드립니다. 같은 문장이라도 다른 문맥에서 읽으면
또 다른 맛이 나는 법이니까요. 들어가는 말은 여기까지입
니다. 나오는 말에서 또 뵙기로 하죠.

2010년 10월
우치다 다쓰루

빈손으로 발등에 떨어진 불을 끄려면

안녕하세요, 여러분. 우치다 다쓰루입니다.

『무도적 사고』가 문고판으로 나왔습니다. 2010년 치쿠마선서가 창간되었을 때 시리즈 제1권이라는 영예로운 번호로 출간되었는데, 10년쯤 지나 문고판으로 새롭게 단장해 선보이게 되었네요. 저렴한 가격으로 많은 분이 읽을 수 있을 테니 글쓴이로서 매우 기쁩니다.

이 책에서 다루는 주제는 무도에만 국한되지 않습니다. 교육 문제, 정치·문학·역사 이야기, 결혼이나 가족 이야기까지 폭넓게 다룹니다. 이런 주제를 모두 '무도적'으로 고민해 볼 수 있기에 이런 제목을 붙인 거죠. '무도적으로 사고한다' '무도적으로 행동한다'는 것이 무슨 의미일까요? 그에 대한 최근의 제 생각을 문고판 서문으로 써 보려고 합니다.

첫째, 무도적으로 사고하고 행동한다는 건 '지금 수중에 있는 것으로 어떻게든 해본다'는 뜻입니다. 전쟁터에서는 물자가 부족해도 편의점에서 더 사거나 온라인 쇼핑몰에서 주문할 수 없습니다. 장비가 빈약하고 병사들의 전투력이 떨어져도 "이래서는 못 싸워, 다 바꿔 줘"라고 할 수가 없지요. 가진 자원을 총동원해 급한 불을 끄는 수밖에요. 있는 것으로 어떻게든 해보는 것 말고는 달리 수가 없습니다. 이상적인 형태 또는 '본래 그래야 할 모습'과 현상의 괴리에 대해 읍소할 수 없습니다.

가진 자원을 이래저래 변통해서 어떻게든 극복할 수밖에 없는 상황을 '발등에 불이 떨어진 상황'이라고 한다면, 무도는 그런 상황에서 적절한 행동을 하기 위한 기술입니다. '가진 자원을 이래저래 변통한다'는 것은, 달리 말하면 '눈앞에 있는 자원이 품은 잠재 가능성을 최대화한다'는 것입니다. 이 명제는 말은 단순하지만 실은 꽤 복잡한 일을 요구합니다. 그러려면 그 전 단계로서 해 둬야 하는 일이 한 가지 있기 때문입니다. 바로 '예방'입니다. '무도적'이라는 것은 본질적으로 '대증'對症이 아니라 '예방'의 마음가짐을 말합니다.

문제가 발생한 후에 까다로운 과제를 척척 처리하는 사람의 '대증적'인 방법은 확실히 훌륭합니다. 그 능력을 높이 평가하는 사회도 존재하고요. (미국이 그렇죠.) 하지만 저는 문제가 일어나기 전에 싹을 자르거나 문제에 말려들지 않도록 신경 쓰는 사람의 '예방적' 궁리가 (무도적으로) 더 탁월하다고 생각합니다. 제방이 무너지고 나서 탁류에서 재빨리 벗어나는 월등한 능력보다는, 제방의 '개미구멍'을 미리 발견하고 거기에 작은 돌을 끼워 홍수가 일어나지 않게끔 하는 배려가 더 무도적이라는 말이지요.

'예방적'이란 리스크를 사전에 감지하고 파국에 직면하지 않도록 처신한다는 의미인데, 더 적극적인 뜻도 담겨 있습니다. 바로 위급한 상황에서 큰 힘을 발휘할 만한 '수중의 자원'을 미리 마련해 두는 것입니다. 아직 아무 일도 일어나지 않은 시점부터 '풍요로운 잠재 가능성을 지닌 무언가'에 항상 눈길을 주고, 그것을 착착 수집해 둠으로써 '수중의 자원'을 확보해 둡니다. 이 책에는 '브리콜뢰르'bricoleur에 관한 글이 실려 있는데요. '브리콜뢰르'란 '있는 것을 이래저래 돌려씀으로써 용무를 마치는 사람'을 뜻합니다. 주변에 있는 재료나 도구로 책장이나 개집을 솜씨 좋게 만들어 내는 '일요목수' 말입니다. 하지만 그저 재주

좋은 사람을 넘어 '브리콜뢰르'가 되려면 적절한 수련을 거쳐야 합니다.

레비스트로스가 『야생의 사고』에서 다룬 마토 그로소의 원주민들은 정글에서 무언가가 눈에 들어오면 일단 그것을 등에 짊어진 자루에 던져 넣습니다. 이주하며 사는 그들은 너무 큰 짐은 갖고 다닐 수 없기에 자신이 짊어질 수 있는 것만 자루에 넣지요. 자, 그럴 때 그들의 '자산 목록'으로 선택되는 것은 무엇일까요?

그것은 '언젠가 어디엔가 도움이 될 법한' 물건입니다. 언젠가 어디엔가 도움이 될 것 같지만 지금 당장은 쓸모를 알 수 없는 것, 즉 지금 당장은 어디에 도움이 될지 몰라도 앞으로는 쓸모가 있겠다고 직감한 물건을 자루에 집어넣습니다. 인간에게는 그런 직감 능력이 있습니다. 아니, 그런 능력이 있기에 인간은 도구라는 것을 제작할 수 있었다고 생각합니다.

인류의 도구 제작은, 먼저 '이런 도구를 만들자'라는 아이디어가 있고 나서 거기에 필요한 소재를 모아 도구를 만들었다……와 같은 순서가 아닐 겁니다. 반대로 '지금 당장은 어디에 도움이 될지 모르겠지만 뭔가 끌리는 것'이 눈에 띈다→그것을 주워서 수중에 둔다→어느 날 '그것'으로 '이런 것'을 만들 수 있다는 사실을 퍼뜩 깨닫는다…… 이런 순서였을 겁니다. 물론 제가 직접 본 건 아니지만 그랬으리라 짐작합니다. 그런 능력을 선택적으로 발달시켜 두지 않으면 자원이 부족한 환경에서 살아남을 수 없었을 테니까요. '어찌 됐든 어떤 도움이 됨 직한 것'의 유용성을 선구적으로 직감할 수 있는 능력은, '어찌 됐든 치명적인 리스크를 초래할 가능성이 있는 것'의 유해성을 선구적으로 직감하는 능력과 표리 관계에 있습니다. '지금은 무슨 도움이 될지 모르겠지만 언젠가 도움이 되겠다 싶은 것'을 감지하는 힘과 '지금은 특별히 위험하게 여겨지지 않지만 언젠가 목숨을 위태롭게 만들겠다 싶은 것'을 감지하는 힘은, 같은 능력의 다른 모습입니다.

정글에 사는 원주민은 맹수나 독사가 득시글거리는 환경에서 지내니 '이쪽으로 가면 왠지 나쁜 일이 생길 것 같다'는 위기 감지 능력이 매우 높을 겁니다. 무엇보다 그 능력은 유아 때부터 가르칠 수 있습니다. 맹수와 싸우는 기술은 어린아이로서는 도저히 습득할 수 없고, 성인도 월등한 신체능력이 없다면 습득하기 힘듭니다. 하지만 위험의 접근을 멀리서부터 느끼는 센서의 정밀도를 높이는 것은 아이도 할 수 있습니다. 위험이 접근하면 '근질근질거린다'거나 '소름이 돋는다' 같은 신체 반응은 적절한 프로그램을 정비하면 선택적으로 강화할 수 있습니다.

지금 저는 '무도적'이라는 것을 이 두 종류의 예방적 행동으로 이해하고 있습니다. 리스크에 '대증적'으로 대응하는 것이 아니라 '예방적'으로 행동하는 것. 보유 자원이 지닌 잠재 가능성을 그것이 현재화·가시화·수치화되기 전에 감지하는 것. 형태를 취하기 전에 위험의 접근을 감지하고, 유용한 것의 유용성을 감지하는 것. 즉 시간을 앞당겨 뒤에 일어날 일을 조금 먼저 경험하는 것입니다.

저는 무도 수련을 이 '시간을 앞당기는' 능력의 함양이라고 생각합니다. 이런 표현으로 무도를 논하는 사람은 별로 없지만, 제 생각은 그렇습니다. 옛날의 무인은 그렇게 말했다고 생각하기 때문입니다.

무도 전문용어에 '기機를 보다'라는 말이 있습니다. 자신이 처한 상황의 의미를 선구적으로 직감하는 것입니다. 요즘 말로 '타이밍'이죠. 자신이 있어야 할 때와 있어서는 안 될 때를 식별하는 것입니다. 누군가와 만날 때는 기를 보는 마음이 필요합니다. 있어야 할 때, 있어야 할 자리에 있으면 별다른 일을 하지 않아도 큰 성과를 얻을 수 있습니다. 반대로 있어서는 안 될 때, 있어서는 안 되는 장소에 있으면(영어로는 'wrong time wrong place'라고 합니다) 생각지도 못한 재액에 휘말리고, 그로 말미암아 끝내는 목숨을 잃을 수도 있지요.

옛날부터 그랬습니다. 지금 우리가 일상적으로 겪는 갈등도 대체로는 타이밍이 맞지 않아서 생깁니다. 그래서 옛 사무라이는 볼일이 없는 곳에는 가지 않았습니다. "어떻게 해서든, 당신이 이때, 여기에 있어 줬으면 한다"라고 꼭 집어 간청을 받아야 비로소 자리에서 일어났지요.

방에 도구를 배치하는 데는 '좌座를 보는 마음'이 필요하다고 선인은 말합니다. 이를 단순히 '인테리어 센스가 좋다' 같은 심미적 의미로 해석하면 안 됩니다. 그런 것은 '병법'이라고 하지 않지요. 무도의 선인들이 말하는 것은 브리콜뢰르의 마음가짐입니다. 무사의 방에 두게끔 허용된 도구는 극히 제한적입니다. 수량적으로는 최소, 그럼에도 불구하고 잠재 가능성 면에서는 최대인 도구를 선택하고, 무사는 그것을 적시적소에 사용하여 아무 일이 일어나지 않게끔 하지요.

검의 달인 쓰카하라 보쿠덴°이 기습적으로 들어오는

°   일본 전국시대의 검사이자 병법가.

칼을 순간적으로 '냄비 뚜껑'으로 제압했다는 이야기는 다들 아시지요? 이는 수중에 있는 도구로 발등의 불을 끄는 고도의 능력을 칭송한 것이지만, 동시에 '언젠가 결정적으로 중요하게 쓰일지도 모른다고 여겨지는 것'을 수중의 자원으로 선택하라, 도구를 배치할 때에는 먼저 '자리를 보라'는 무인의 마음가짐을 전한 것으로 해석할 수도 있다고 생각합니다.

이상이 지금 시점에서 제가 이해하고 있는 '무도적 사고'입니다. 물자가 윤택하고 사회가 평화롭고 안전하던 시대에는 제가 이렇게 역설해도 반응이 신통치 않았습니다. 하지만 시대가 많이 변했습니다. 오늘날 우리 사회는 예전만큼 풍요롭지도 안전하지도 않습니다. 돈만 있으면 원하는 건 뭐든 얻을 수 있다는 말에 동의하는 사람도 젊은 층에서는 찾아보기 힘들어졌습니다.

인류사의 거의 전 기간 동안 인간은 소유 자원의 잠재 가능성을 고려하는 힘, 재액을 사전에 감지하는 힘을 높임으로써 살아남았습니다. '무도적' 삶의 방식이야말로 원래 인류의 초기 설정입니다. '무도적'이 아니더라도 살아올 수 있었던, 최근 반세기가량의 우리 사회는 인류사에서 예외적인 시대입니다. 하지만 안타깝게도 그런 시대는 저물어

가고 있습니다. 이제 다가올 시대에 대비해 '초기 설정'으로 돌아갈 필요가 있다고 생각합니다. 그런 역사적 맥락에 근거해 이 책을 읽어 주셨으면 합니다.

2019년 4월

우치다 다쓰루

차례

I 천하무적을 목표로 한다

Ⅰ

천하무적을 목표로 한다

1   무도가의 목표는
천하무적

합기도는 무도이기에 수련의 방편으로 '적이 나를 공격해 온다'는 설정을 한다. 이는 사실 '적'이라는 개념을 무효화하기 위한 설정이다. 수련 경험이 없는 이들에게는 조금 이해하기 어려운 이야기일 텐데, 지금부터 풀어가 보겠다.

무도 수련에 관해 이야기하려면 우선 '적이란 무엇인가'부터 알아야 한다. 생각해 보면 우리는 '적'이라는 말을 남용하면서도 그 의미를 잘 모른다. 무도의 궁극 목표는 천하무적이다. '무적'은 무슨 뜻일까? 과연 우리는 그 의미를 알고 단어를 사용하고 있을까? '천하무적'이란 만나는 사람을 차례차례 쓰러뜨려 경쟁 상대를 모두 죽인 상태를 의미하는 것일까? 설마.

아니, 그러고 보니 그런 망언을 일삼는 남자가 있었다.

영화『황야의 7인』에서 로버트 본이 연기한 고고한 총잡이 '리'다. 총잡이들이 모여 자기들이 못 가진 것을 꼽는 장면이 있다. "아내도 없어, 자식도 없어, 친구도 없어, 돌아갈 집도 없어……." 이것저것 꼽고 있을 때 리가 불쑥 "적도 없어"라며 끼어든다. 크리스와 빈°이 미심쩍은 표정을 짓자 리는 피식 웃으며 한마디 덧붙인다. "살아 있는 적"도 없다고. 굳이 안 해도 될 말이었던 것이…… 아니나 다를까, 총격전이 벌어지자 리는 곧바로 총에 맞아 죽고 만다.

'천하무적'이란 '자신을 해치려는 자는 모두 배제한다'는 뜻이 아니다. 그런 일은 아무리 월등한 신체능력의 소유자라도 불가능하다. 어떤 인간이라도 언젠가는 병들어 죽는다. 지금껏 사신死神을 이긴 사람은 아무도 없다.

그러나 무도를 수련하는 이상 목표는 '천하무적'이어야 한다. 실현 가능성이 있든 없든, 수련에는 반드시 무한 소실점을 향하는 목표가 필요하기 때문이다. "아니, 저는 그런 큰 목표는 없고요, 그보다 수준은 좀 낮더라도 그럭저럭 쓸 만한 기술이면 충분합니다"라고 말하는 겸손한 사람이 있을지도 모른다. 하지만 그가 "그러니까 굳이 일류 스

○　크리스와 빈은 각각 율 브리너와 스티브 맥퀸이 연기했다.

44

승에게 배울 생각도 없고, 수준 높은 수련도 원하지 않아
요"라고 한다면, 그건 무의미한 것을 넘어 꽤 오만한 발언
이다. "제 목표는 그럭저럭 하는 정도이지 최고의 경지가
아닙니다. 그래서 제게 어울리는 수준의 선생님을 찾아 낮
은 단계의 수련을 하고 있습니다"라고 하며 자신의 스승을
'고만고만한' 존재로 간주한 셈이니 말이다. 아직 숙달되지
도 않은, 그저 배우는 중인 기예를 놓고 스스로 일류와 삼
류를 구별할 줄 안다고 여긴다. 아직 미숙한 몸이면서도 한
눈에 내려다보는 시각을 부당하게 선점하고 '저 선생님은
대단하지만 이 선생님은 그저 그렇다'는 평가를 내릴 수 있
다고 생각한다. 내가 보기에 그런 사람은 이미 그 시점에서
기예를 더 배울 자격이 없다.

　어떤 기예든 일단 수련하기 시작하면 최고의 경지
를 목표로 해야 한다. 경지는 여행의 목적지 같은 것이다.
KTX를 타고° '서울에서 부산으로 향하는' 것과 다르지 않
다. 광명이나 오송쯤에서 시간이 다 되어 거기서 여정을 끝
내고 숨이 끊어져도 수련이라는 측면에서 보면 아무렇지
도 않다. 올바른 목적지를 목표로 삼아 숙연히 노력했기 때

　　°　　원문은 신칸센이지만 이해를 돕기 위해 KTX를 예로 들었다.

문이다. 영등포에서 끝나든 천안에서 끝나든 누구에게도 부끄럽지 않다. 인생을 걸고 수련했다고 가슴을 펴고 얘기할 수 있으면 된다. 다만 무도의 목적지는 '천하무적'이다. 이 사실만큼은 양보할 수 없다.

전에 중등교육에서 무도가 필수교과로 정해졌을 때 나는 무도가로서 강하게 반대했다. 필수교과 지정의 목적이 '애국심 함양'이나 '예의 교육'처럼 지나치게 세속적이고 실리적이었기 때문이다. 무도는 그런 구체적 목표를 달성하기 위한 수단이 아니다. 애국심을 함양하고 싶다면 '애국심'이라는 과목을 만들면 된다. 예의를 갖추길 원한다면 '예의'라는 과목을 만들면 된다. 무도를 다른 목적을 위한 도구로 이용하는 일은 그만두었으면 좋겠다. 무도의 목적은 천하무적이다. 오로지 그것뿐이다. 그리고 그 목적을 달성하기 위한 수련은 모든 무도 수행자가 '지금, 여기'에서 시작할 수 있어야 한다.

그러므로 '적을 쓰러뜨린다'는 것을 수련의 목적으로 삼아서는 안 된다. 사람을 효과적으로 살상하는 기술은 무도와는 완전히 별개의 기술 체계이기 때문이다.

특별한 훈련을 받은 것도, 월등한 신체능력을 지닌 것도 아닌데 살상 능력치가 선천적으로 높은 사람이 있다. 진정한 의미에서 살상의 최고수가 있다면 그는 사람이나 짐승을 전혀 해하지 않음 직한 표정과 몸짓으로 그 능력을 발휘할 것이다. 예컨대 아무 감정도 없는 표정으로 다가가 아무런 망설임 없이 '표적'의 급소를 공격하고도 심박 수도 혈압도 그대로인 채 자리를 뜰 수 있다면, 그 사람은 틀림없이 적을 쓰러뜨리는 달인이다. 하지만 보통 사람은 그런 기술을 터득할 필요가 없다. 그런 기술을 터득한다고 해서 인생이 풍요로워질 리가 없기 때문이다.(『양들의 침묵』에 나오는 식인귀 한니발 렉터 박사는 간호사의 볼살을 물어뜯는 동안에도 심박수가 변하지 않는다지만, 렉터 박사처럼 되려고 수련하겠다는 사람은 아마 없을 것이다.)

무도 수업은 만인에게 유용하고 만인에게 열려 있어야 한다. 나는 그렇게 믿는다. 그러니 무도의 목적은 적을 쓰러뜨리기 위한 기술의 터득이 아니다. 자, 그렇다면 적을 쓰러뜨리는 것이 아닌 천하무적이란 무슨 의미일까?

'천하무적'이란 '천하에 적이 없다'는 뜻이다. '적이 없다'는 것은 '있었지만 배제했다'는 의미가 아니다. '애당초 없다'는 것이다. 세상을 둘러보았을 때 '적'이라 할 만한 것이 존재하지 않는 온화하고 너른 경지에 이르는 것, 그것이 무도 수련의 목적이다. 나는 그렇게 생각한다.

물론 갑자기 그런 경지에 도달할 리는 없다. 천하무적은 어디까지나 무한소실점이다. 우리는 그곳을 목표로 수행하지만, 그곳에 이르지 못하고 목숨이 다해 생을 마감한다. 그렇지만 목표로 하는 방향이 맞는다면, 수행자로서 할 일은 했다고 말해도 좋다.

　　무적에 이르는 데는 전 단계가 있다. 바로 '적'이라는 개념을 갱신하는 것이다. '적'을 재정의하는 일이다. 거기서부터 이야기를 시작해야 한다.

　　'적' 개념을 고쳐 쓴다는 것은, 역설적으로 들리겠지만 적 개념을 최대한 확대하는 것이다. '적'이라는 것은 눈앞에서 나를 살상하려 드는 인간만이 아니다. (보통 사람은 그런 일을 거의 겪지 않는다.) 시합이나 경쟁에서의 '라이벌'도 '적'에 포함된다. (스포츠에서 사용하는 '적'이라는 말에는 그런 의미밖에 없다.) 더 넓은 의미에서는 자신의 생명력을 떨어뜨리는 인간도 적으로 간주할 수 있다. 강압적인 상사라든가, 무능하고 무책임한 동료라든가, 가정폭력을 행사하는 남편, 반항적인 아이, 불쾌한 이웃, 지하철의 치한…… 그런 인간 때문에 살고픈 마음이 시들고 우울해지고 밤잠도 못 자고 밥도 못 먹는다면 그들 또한 부정할 수 없는 적이다. 생명력을 떨어뜨리는 효과만 놓고 말한다면 배기가스도 적이고 꽃가루도 적이고 인플루엔자 바이러스도 적이다. 애당초 나이 드는 것이야말로 전 인류에게 최강의 '적'이다. 그러고 보면 지금 살아 숨 쉬고 있다는 것 자체가 시시각각 자신의 생명력을 깎아 먹는 과정이다.

실제로 세계적인 프로선수는 월드투어에 코치, 의사, 상담사, 푸드 컨설턴트, 홍보 담당자, 변호사 등을 데리고 다닌다. 기술적인 결점뿐만 아니라 질병도, 정신적 스트레스도, 체중 관리도, 언론의 평가도, 이혼 소송도, 모든 것이 경기장에서 마주하는 맞수와 마찬가지로(때에 따라서는 그 이상으로) 자신의 기량을 저하시킨다는 사실을 알기 때문이다. 즉 운동선수를 놓고 보면, '적'이라는 카테고리에 포함되는 것이 늘면 늘수록 기량 저하의 위험을 줄일 수 있다. 리스트업할 수 있는 '적'의 수와 종류가 많을수록 '지는' 리스크는 줄어든다. 이 이치를 이해한다면, 수련의 여정도 (서울-부산 KTX를 타고) '대전'쯤까지 도달한 셈이다.

'천하무적'으로 가는 길의 첫걸음은 "그러고 보면 세상은 거의 다 적투성이잖아"라며 어이없어 하는 것이다. 사실 맞는 말이다. 세상은 온통 적투성이다. 눈앞에 있는 문과 벽도 나의 동선을 막고 나의 가동역可動域을 한정하며 나의 자유를 해치는 '적'이다. 하지만 우리는 보통 그런 것은

49

'적'으로 간주하지 않는다. 문은 손잡이를 돌리면 열리고 벽은 돌아가면 되니 말이다. 배우자나 자녀도 종종 나의 자아실현을 방해하고 나에게 과도한 노동을 부과하며 나에게는 도움이 되지 않는 배려를 요구한다. 나의 자유를 해치고 있다는 점에서 가족은 나의 '적'이다. 그렇지만 내가 그들과 적절한 관계를 제대로 유지한다면, 그들은 나의 자기실현을 지원해 주고 나의 무거운 짐을 대신 들어 주고 나에게 신경 써 주기도 한다.

즉 대부분의 '적'은 '쓰러뜨리지' 않고도 그 '적성'敵性을 해제할 수 있다. 병에 걸리지 않도록 조심하고, 폭음과 폭식을 삼가며, 가족이나 친구에게 친절하게 대하고, 숨겨야 하는 추문은 애초에 일으키지 않도록 신경 쓰고, 나이 들어 신체능력이 떨어지면 "뭐, 인간이라는 게 그런 거지"라며 쿨하게 받아들인다. 그리고 마지막에는 "여러분, 정말 감사합니다. 신세 많이 졌습니다"라고 말하며 웃는 얼굴로 죽음의 여행을 떠나는 것을 인생의 목표로 삼고 하루하루 살아가다 보면, 적의 적성은 상당 부분까지 해소된다. 나의 가동역을 제약하고 나의 자유를 해치고 나의 동선을 막는 것을 모조리 '적'으로 재정의한다면, 거기에는 경기장에서 마주하는 경쟁자뿐 아니라 인플루엔자 바이러스도, 부양가

족도 포함된다. 그리고 그것들의 대부분은 내가 경계하고 주의하면 '적성을 해제'할 수 있다.

내 운동의 자유를 제약하는 것이 아무것도 없는 상태를 '이상'理想이라고 한다면, 나 말고 이 세계에 다른 인간이 있다는 것 자체가 '좋지 않은' 일이 된다. 즉 지구상에 누구 하나도 없는 상태가 '이상' 상태가 되는 셈이다.

그런데 그럴 수는 없는 노릇이다. 외로워서 안 된다. 그러니 '지구상에 나 말고 다른 인간도 있지만 그들이 나의 자유를 저해하는 일은 없다'는 상황으로 설정을 바꾸면 어떨까? 내가 걸으면 모두가 길을 열어 준다. 내가 부탁한 일은 곧 실현된다. 내가 의견을 말하면 모두가 격하게 고개를 끄덕이며 "맞습니다"라고 수긍해 준다. 그런데 잠깐, 그런 세계가 즐거울까? 이것도 어떤 의미에서는 분명 '천하무적'이다. 하지만 전혀 즐겁지 않으리라고 본다. 살아 있다는 느낌이 들지 않을 것 같다.

그렇다면 어떤 세계가 즐거울까? 지구상에 나 말고도 많은 사람이 존재하며 그들이 여러 가지 방법으로 나의 자유로운 운동이나 자아실현을 방해하고 있지만, 내가 적절히 대처하면 그 '적성'이 해제되고, 그들은 오히려 나의 '지원자·협력자'로 변하며, 그들 덕분에 나 혼자서는 할 수 없는 일을 할 수 있게 된다……와 같은 틀로 세상을 달리 보는 것이 가장 즐거울 터이다.

우리는 '보다 복잡한 생물'이 되는 숙명을 짊어지고 있다. 이는 생물의 본성이기에 거역할 수 없다. 그리고 복잡해지기 위해, 쉽게 컨트롤할 수 없는 환경에 던져져, 자기 자신을 '이전과는 다른 존재'로 바꿈으로써 환경에 적응하는 과정을 반복한다. 그것이 생물학적인 의미에서의 '진화'일 것이다. 그리고 나는 그것이 곧 '천하무적'의 의미라고 생각한다.

2 　　진정한 생존 기술

『합기도 탐구』 잡지로부터 어느 정도 지면을 내줄 테니 글을 써 달라는 의뢰가 와서 합기도에 관해 생각나는 것을 일정 기간 쓰게 됐다.

　1975년에 처음 다다 히로시 선생님의 문하생이 되고 어느덧 34년이 흘렀다. 나이를 먹고 정신을 차려 보니 벌써 환갑이 다 되어 가지만, 속담에서도 말하듯 그야말로 '해는 지는데 갈 길이 멀다'.

　합기도를 창시한 우에시바 모리헤이 선생님은 '열심히 수행에 임하여 여러 곳을 헤치고 나아가니 강이 나타났고, 흘러온 판자를 붙잡고 강을 건너가 열悦의 경지에 이르러 얼핏 뒤를 돌아보니 제자가 아무도 따라오지 않는' 꿈을 꾸셨다고 한다. 다다 선생님이 여러 번 해 주신 얘기다. 아마

다다 선생님 자신도 '얼핏 뒤를 돌아보니 제자가 아무도 따라오지 않았다'는 대스승의 술회를 뼈저리게 느꼈기에 그 일화가 자꾸 떠오르는 것일 테다. 그 꿈 이야기를 들을 때마다 죄송한 마음으로 몸이 움츠러드는 느낌이다.

'스승을 따라가지 못하는' 제자 주제에 이런 본격 합기도 간행물에 합기도에 뭔가 정통한 것처럼 글을 쓰다니, 용서받을 수 없는 일이다. 하지만 합기도 수행자 모두가 전문가도 아니고 달인이나 고수도 아니다. 그렇다면 나와 같은 평범한 합기도인이 그동안 어떤 수련을 해 왔는지, 시행착오를 통해 어떤 식견을 획득해 왔는지를 보고하는 일도 그 나름대로 유용하리라고 본다. 전문가에게는 전문가를 위한 수련 방법이 있듯이 비전문가에게는 비전문가 나름의 합기도 수련 방법이 있다. 그게 아니라면 우리 같은 비전문가 합기도인은 설 자리가 없다. 이런 생각이 내가 글을 쓸 때 취하는 기본 입장이다.

다다 선생님은 "도장은 대기실이고, 도장 밖이 무대"라는 말씀을 자주 하신다.

'대기실'은 이른바 자연과학의 '실험실'이다. 무릇 실험에는 실패가 따르는 법이다. 그런데 그것은 문제가 되지 않는다. 가설을 세우고 실험을 한다→가설에 맞지 않는 반증사례가 등장한다→가설을 보다 넓은 범위로 수정한다. 자연과학도 사회과학도 이 순환을 반복하며 진보해 왔다. 나는 인간이 삶의 지혜와 힘을 심화시키는 방법도 본질적으로는 이와 같다고 생각한다.

'무대'란 '진검승부의 장'을 말한다. 전쟁 중의 세상이라면, '진검승부의 장'이란 말 그대로 날카로운 칼날이 오가고 화살이 난무하는 싸움터였을 것이다. 그러나 오늘날 진검승부의 장은 그런 것이 아니다. 내가 하루하루 생업을 꾸려 가는 '현장'이다. 거기서 실패하면 설 자리를 잃고 신용을 잃고 명망과 위신을 잃고 재화를 잃고, 경우에 따라서는 길거리를 헤매게 되고 목숨을 잃을 수도 있는 곳을 진검승부의 장이라고 한다면, '생업 현장'이야말로 우리 비전문가의 진검승부의 장이다. 그 무대에서 우리 몸에 밴 삶의 지혜와 힘을 꽃피우는 데에 도움이 되지 않는다면, 그것은 엄밀한 의미에서 '무술'이라고 할 수 없다.

나는 대학교수이고, 글을 쓰는 사람이며, (가끔은) 기업 경영자이기도 하다. 그것들이 나의 '현장'이고 '무대'이다. 그렇다면 도장에서의 수련은 그 무대에서 제대로 된 퍼포먼스를 완수하는 것을 목표로 이루어져야 한다.

다행히 오늘날에는 무대에서 실패한다고 바로 목숨까

지 빼앗기는 일은 일어나지 않는다. 따라서 무대에서의 성패를 수련에 피드백하는 것이 가능하다. 교육 활동이 제대로 이루어지지 않는다, 글이 잘 안 풀린다, 경영이 뜻대로 안 된다…… 그럴 때 나는 '이건 합기도의 수련 방법이 잘못됐기 때문'이라고 생각한다. 뭐가 잘못됐을까. 가설이 틀렸나? 실험 절차가 잘못됐나? 측정 기구에 이상이 있었나? 수련할 때 나는 그 '체크 포인트'를 점검한다. 그래서 나에게 생업의 장소는 평소의 수련 성과를 발휘하는 장소이며, 도장에서 무엇을 어떻게 수련해야 할지를 생각하는 장소이기도 하다. 생업과 연습은 표리일체여야 한다. 따지고 보면 이는 무도 수행의 상식 아닌가.

전국 시대에는 전장에서 창 하나로 무훈을 세우면 '일국일성'—國—城의 주인이 되는 길이 열렸다. 하지만 그 시대의 무장 가운데 역사에 이름을 남길 정도로 빛나는 수훈을 세운 이들이 반드시 칼과 창을 잘 다루는 재주로 그 자리를 얻은 것은 아니다. 신체능력이 탁월해 효율적이고 무자비하게 적을 살상할 수 있는 병사가 통치자로서도 유능하다는 법은 없다. 오히려 그런 병사들은 정치 따위는 거들떠보지 말고 가급적 최전방에서 적을 무찌르는 일에 전념하게 하는 것이 적재적소의 배치일 것이다.

과거에는 전장에서 세운 무훈이 통치자로 가는 왕도였다. 이는 '통치에 필요한 능력과 전장에서 살아남는 능력이 본질적으로 같다'는 사회적 합의가 존재했다는 뜻이다. 그 능력이 단순히 근골 강도나 운동 속도나 냉혈함을 의미할 리는 없다.

전전戰前과 전중戰中에는 화족華族°과 육해군 장성들이 도장에 와서 우에시바 선생에게 개인 수업을 받았다. 거기서 우리가 지금 하는 것처럼 던지거나 관절을 꺾거나 굳히는 수련을 하지는 않았을 것이다. 맹장지를 걸어 놓은 방에서 대스승이 그런 사람들을 상대로 어떤 수련을 했는지, 후세의 우리는 알 길이 없다. 하지만 당시 일본 지도층이 대스승을 좇아 배우려 했던 것은 집단을 이끌고 큰일을 효율적으로 수행하기 위해 필요한 능력이었을 것이다. 다른 것이라고는 생각하기 힘들다.

실제로 우리는 도장에서 상대를 던지거나 굳히거나 베거나 쓰러뜨리는 기법을 수련한다. 하지만 그 자체가 궁극적인 목적일 리는 없다. 그런 격투 기술에 정통해도, 21세

° 메이지 시대부터 제2차 세계대전 패전 직후까지 일본에 존재한 귀족 계급. 황족 다음으로 높은 신분이었으며 정치와 경제에 큰 영향력을 갖고 있었다.

기의 오늘날에는 그것을 활용해 개인의 이익을 확보하거나 공공 복리를 증대하는 상황을 만날 일 자체가 없기 때문이다.

만약 합기도에서 배운 격투 기술을 실제로 써먹을 기회를 종종 얻어 지금껏 여러 사람을 살상했다고 자랑스레 이야기하는 합기도인이 있다면, 누구나 그 사람의 수련 방향이 잘못 되었다고 여길 것이다. 무술 수련을 통해 개발되는 능력 중 가장 유용한 것은 분명 '문제의 가능성을 미리 감지해 위험을 회피하는' 능력이기 때문이다.

연합함대 총사령관 도고 헤이하치로는 저 앞에서 짐을 지고 가는 말을 보고 길 반대편으로 피한 적이 있었다. 그 모습을 본 동료가 "무인이 말을 겁내 길을 피하다니, 그게 무슨 일이냐"며 힐난했다. 그러자 도고는 "만일 말이 광분하는 바람에 내가 다쳐 본무에 지장을 준다면, 그거야말로 무인의 본무에 어긋난다"라고 서늘한 얼굴로 대답했다고 한다. 해군대신 야마모토 곤베에가 "도고는 운이 좋은 남자니까요"라며 도고를 연합함대 총사령관으로 추천했다는 이야기가 전해지는데, 이는 도고가 '운이 좋다'는 것보다는 '불운을 사전에 감지하는 능력치가 높다'는 사실을 알려 준다고 생각한다. 저 앞에 있는 말에게서 약간 짜증스러운 움직임, 체취나 맥박의 변화 등을 감지한다면 회피 행동을 취할 수 있다. 사쓰에이 전쟁薩英戦争° 이래 역전의 용사인 도고가 살아남기 위해 '약간의 징후로부터 다음에 일어날 법한 일을 예견하는 능력'을 선택적으로 개발했다, 충분히 있을 법한 일이다.

무술 수련을 통해서 우리가 개발하려 하는 잠재 능력이란 어떤 것일까. 전국 시대에도, 에도 시대에도 큰 틀에서는 다르지 않았으리라고 생각한다. 그것은 실천적 의미에서 지금 당장 '살아남는 능력'이다.

전장에서는 전투 능력으로 나타나는 능력이 평상시에는 통치 능력으로 현현할 수 있다. 그렇다면 전투 능력과 통치 능력을 함께 아우르는 인간적 능력이 존재한다는 뜻인데, 그것은 무엇인가? 이 물음은 그대로 '무도 수련을 통해 우리는 어떤 힘을 익히려고 하는가?'라는 물음으로 연결된다. 이 질문에 대한 내 대답은, 경험적으로는 자명하다. 살아남기 위해 가장 중요한 능력은 '집단을 하나로 모

○ 1863년 8월 15일~17일 사쓰마번(지금의 가고시마현)과 영국 해군 사이에 벌어진 전쟁. 이를 계기로 사쓰마번은 적극적으로 서양 문물을 받아들이기 시작했으며 훗날 메이지 유신에서 주도적 역할을 했다.

으는 힘'이다.

완력이 뛰어난 개인이 주위를 위압해 사람들을 공포에 떨게 하고 굴복시킴으로써 집단을 형성하는 것도 가능하긴 하다. 하지만 그런 집단은 일정한 규모를 넘어서지 못한다. 공포나 폭력에 의해 혹은 이익을 내세워 통합된 집단은 다른 공포나 폭력이나 이익에 의해 쉽게 와해한다. 그런 연약한 집단은 수백, 수천의 병사를 말 그대로 '손발처럼' 움직이는 사람이 이끄는 집단, 다수의 사람이 마치 하나의 거대한 신체를 구성하고 있는 듯한 집단에는 결코 맞설 수 없다. 근골을 강화하고 운동신경을 단련하며 개인적인 신체 능력을 아무리 높인다 해도, 혹은 무자비한 태도로 온갖 반기를 억누른다 해도, 다수의 인간이 저마다의 주체적 의사에 따라 행동하면서도 하나의 신체의 각 부위처럼 통일성 있게 움직이는 집단에 맞설 만한 집단은 만들 수 없다.

복수의 인간이 완전한 동화를 이룬 집단이란 어떤 것이며 그것은 어떻게 구축될 수 있나. 나는 이 문제의 답이 진정으로 무도가 추구해야 하는 기술적 과제라고 생각한다. 단적으로 말하면 그것은 '타인과 공생하는 기술' '타인과 동화하는 기술'이다. 합기도란 전적으로 그 기술을 연마하기 위한 훈련 체계가 아닐까 생각한다.

합기도는 '사랑과 화합'의 무도로 불린다. 초심의 합기도인은 이 사랑과 화합을 막연한 정신적·도덕적 목표로 여길지도 모른다. 하지만 이것은 지극히 정밀하게 구성된 기술 체계이다. 다다 선생님으로부터 반복적으로 그렇게 배워 왔고, 나 자신의 경험도 이를 증명하고 있다.

3 무도의 본질은 돌봄

집안일은 본질적으로 타인의 신체를 배려하는 기술이라고 생각한다. 말끔히 청소된 방의 뽀송뽀송한 이불에 아이를 눕히고, 아이에게 편안한 옷을 입히고 영양가 있고 맛있는 밥을 먹이는 것도 중요한 집안일이다. 이 모든 일에는 타인의 신체가 경험하는 생리적 편안함을 상상력을 구사해 미리 맞이해 보는 능력이 필요하다. 이처럼 집안일은 구체적인 기술 이상으로 상상력이 중요한 일이다.

나는 지금 무도를 가르치며 생계를 꾸리는데, 무도의 요체 또한 타인의 내부에서 일어나는 일을 향한 감각의 촉수를 늘리는 것이다. 무도의 목표는 자타의 심신 사이의 대립을 없애고 자타의 경계선을 지워 '눈앞에 적은 있지만 심중에 적은 없으며' '적아敵我를 보지 않고 아적我敵을 보지 않는' 경지에 이르는 것인데, 이 또한 타인과 공생하기 위한 필수 능력이라고 생각한다.

그런데 오늘날 학교 교육을 보면 '가정'도 '무도'도 기초 과목에서 빠져 있다. 아마도 타인과의 공생에는 특별한 기술이 필요 없다고 생각하거나, 유한한 자원을 서로 빼앗는 무한경쟁 시대에 경쟁자의 심신 상태를 배려할 필요는 전혀 없다고 생각하는 사람들이 교육 제도를 설계하고 있기 때문일 것이다.

전통적인 기예에는 내제자內弟子°라는 시스템이 있다. 내제자는 스승의 곁에서 기거하며 수련을 돕고 여행에 동행한다. 예전에 간제류観世流°° 종가 계승자인 간제 기요카즈 선생에게 듣기로는, 내제자에게 가장 필요한 능력은 스승의 생리 과정에 동기화同期化°°°하는 능력이라고 한다. 스승이 "그거"라고 한마디만 해도 스승이 원하는 것을 실수 없이 내놓아야, 다시 말해 '촉이 좋아야' 한다. 스승이 배고픈지, 졸린지, 피곤한지, 화장실에 가고 싶은지…… 그런 생리적 호소에 바로바로 반응하지 못하면 내제자를 할 수

°   스승 집에서 침식하고 일을 도우면서 그 기예를 배우는 제자.
°°   노가쿠의 대표 유파로 간아미를 시조로 한다.
°°° 타자의 인식과 정서에 동화한다는 의미이다.

없다. 그리고 그런 것들은 누군가에게 배우고 익힐 수 있는 기술이 아니다.

간제류의 선대 종가 내제자 가운데 '술을 잘 따르는 사람'이 있었다고 들었다. 술을 따르는 일은 상당한 예민함을 요구하는 서비스다. '마시고 싶다'는 생각이 들 때 술을 따라 주지 않아도 초조하고, '아직은 괜찮아' '이제 그만'이라고 느낄 때 술을 따라 줘도 문제다. 그런데 이 내제자는 그 타이밍이 절묘하여 '술을 잘 따른다'는 칭찬을 받았다고 한다. 아마도 그는 독립하고 나서 그 방면에서 이름을 날렸을 것이다. 술을 잘 따르고 못 따르는 일이 예도로 연결되지 않는다면 이런 일화가 지금까지 전해질 리 없다.

쓰다주쿠대학의 미사고 치즈루 선생은 '기저귀 없는 육아'라는 육아법을 연구하고 있다. 예전에 아프리카에서 현장 연구를 할 때, 현지 엄마들이 등에 업은 아기가 오줌 마려워할 때 바로바로 오줌을 누게 하는 걸 보고 "아기가 오줌 마려워하는 걸 어떻게 알아요?"라고 물었더니 "어, 그걸 어떻게 모르지?"라는 대답이 돌아왔다고 한다. 가까이에서 늘 살을 맞대고 있는 아기의 생리적 신호를 감지하는 일은 어머니로서는 그리 어려운 일이 아닐 것이다. 내제자가 스승의 생리적 신호를 감지하는 것도 이치는 같다. 문제는 '왜 이것이 수행으로서 유효한가'이다.

실제로 많은 사람이 이런 신체적 동기화를 경험하고 있을 것이다. 나도 이혼 후 딸의 주양육자로서 집에서 매일 딸을 돌보던 시절에 비슷한 경험을 한 적이 있다.

어느 날 아침 댓바람부터 아주 오래된 광고 음악이 머릿속에서 끊임없이 들려왔다. 드라마 『명견 래시』를 할 때 나오던 모 회사의 비누 광고 음악으로, 내가 열 살쯤에 듣고 그 뒤로는 잊고 있던 멜로디였다. 그런데 웬일인지 그날 아침에 그 노래가 머릿속에서 무한 재생되고 있었다. 아침을 먹고 나서 부엌에서 설거지를 하는데 그 곡이 또 머릿속에서 울리기 시작했다. 그러자 조금 떨어진 곳에 앉아 있던 딸이 그 노래의 다음 구절을 콧노래로 흥얼거렸다. 깜짝 놀라 설거지하던 손을 멈추고 "방금 부른 그 노래 뭐야?" 하고 물으니 딸은 의아한 표정으로 모르겠다고 대답했다. "그럼 그걸 왜 불렀어?" "그냥 어떻게 하다 보니"라는 답이 돌아왔다. 나는 소리 내서 노래를 부르지 않았다. 뇌에서 재생되던 30여 년 전 광고 음악의 다음 구절을 딸이 소리 내어 흥얼거린 것이다.

이 정도는 많이들 겪어 봤을 것이다. 타자의 몸 안에서 일어나는 일에 동기화하는 능력은 원래 모든 인간에게 잠재해 있다. 그것은 인간이 집단을 이루어 생활하는 데에 필수적인 능력이기 때문이다.

인간은 단독으로 보면 결코 강한 생물이 아니다. 야생동물 같은 발톱이나 송곳니도 없고, 물속에서 생활하지도, 하늘을 날지도 못한다. 그럼에도 지상에서 지배종으로 살아남은 까닭은 무리를 지어 집단행동을 할 수 있었기 때문이다. 인간은 수십 명, 경우에 따라서는 수백, 수천 명의 동종 개체와 연결되어 '공동신체'를 형성함으로써 단일 생물처럼 느끼고 판단하고 행동할 수 있었다.

'타인과 동기화하는 능력', 이것이 오늘날의 무도가 우선적으로 개발하고 있는 능력이 아닐까 싶다. 누누이 말했듯 사실 현대 사회에서는 어지간해서는 무술을 써서 누군가를 던지거나 누르거나 관절을 꺾을 기회가 없다. 나 자신이 합기도 기술을 호신술로 사용한 것도 어언 35년 전 일이다. (어린이집에 다니는 딸과 나란히 걷는데, 지나가던 남자가 "거치적거린다"면서 딸의 배를 걷어차기에 그 남자를 눌러 관절을 꺾은 적이 있다.) 그 뒤로는 한 번도 기술을 사용한 적이 없다. '강해지려고' 무도를 수련한다면, 비용 대비 효과가 상당히 안 좋은 일을 하는 셈이다. 하지만 이 수련이 타인과의 '동기화' '공동신체 형성'을 위한 것이라면 나는 그 혜

택을 톡톡히 보고 있다고 생각한다.

　우리가 보고 있는 것은 세계의 극히 일부에 불과하다. 그러므로 직접적인 지각만을 바탕으로 세계를 기술한다면 엄밀한 것이 될 수 없다. '내 눈에는 세계가 이렇게 보인다'는 사실로부터 '세계는 내 눈에 보이는 것이 전부'라고 추론할 수는 없다. 나 자신은 지금 생생하게 세계를 경험하고 있다고 믿지만, 그것은 망상일 수도, 체계적인 꿈을 꾸고 있는 것일 수도, 향정신성 약물의 효과일 수도 있다. 건강할 때에도 우리는 우리 자신에게 불편한 것을 아무렇지도 않게 시야에서 배제할 수 있다. 마른 참억새를 유령으로 여길 수도 있다. 세상이 내게 아무리 생생해도 그 생생함이 전부는 아니다. 우리는 '나에게는 세계가 분명히 이렇게 보이지만, 다른 사람에게는 다르게 보일 수 있다. 그러니 내 경험은 일반성을 요구할 수 없다'고 보류할 필요가 있다. 이 '절제된 보류'를 후설은 '현상학적 환원'(에포케epoché°)이라는 말로 표현했다.

　후설이 자주 사용하는 비유를 들어 보겠다. 내가 어느

　　°　　고대 그리스 철학에서 '판단중지'를 뜻하는 말로, 고대 그리스 회의론자의 중심 개념이다.

집 앞에 서서 집의 앞면을 보면서 그것을 '집의 앞면'이라고 확언할 수 있는 것은, 옆으로 돌아가면 '집의 옆면'이 눈에 들어오고 뒤로 돌아가면 '집의 뒷면'이 눈에 들어오고 사다리를 걸치고 올라가면 '집의 지붕'이 눈에 들어오고 마루 밑으로 들어가면 '집의 밑바닥'이 눈에 들어온다는 것을 동시에 확신하기 때문이다. 이 '……하면'이라는 가상 조건으로 집 곳곳을 바라보고 있는 '나의 아바타'가 있다. 이것을 후설은 '타아'他我라고 불렀다. 이 '타아'들의 생생한 경험은 이미 잠재적인 방식으로 내 경험 속에 들어와 있다. 그렇지 않다면 나는 "집 앞에 서 있다"는 말조차 할 수 없을 것이다. 옆면이 있고 뒷면이 있으므로 앞면이지, 앞면만이 내가 경험할 수 있는 것의 전부이고 그 밖의 집 모양이 있다는 사실을 염두에 두지 않으면 나는 그것을 무엇(집)이라고 말할 수조차 없다.

즉 내가 세계를 직접적이고 전체적으로 경험하고 있지 않다(한정적인 일부만 경험하고 있다)고 인정하면, 그 대가로 나는 다양한 위치에서 세계를 바라보고 있는 타아들과 공동주관적으로 세계를 경험할 수 있다. 현상학적 의미에서 볼 때 현상 전체를 소유하는 것이란 바로 이런 상황이다.

무도가 목표로 하는 경지도 이와 거의 같다고 생각한

다. 전국시대에 장수에게 요구된 것은 전장에서 수백 수천의 기마 무사를 자신의 손발처럼 부리는 능력이었다. 일일이 무선으로 지시를 보내거나 전령을 파견해서는 부하들을 손발처럼 조종할 수 없다. 아마도 장수의 최우선 조건은, 과학의 말을 빌려 말하면 '동기화 유발자'였을 것이다. 거대한 '공동신체를 형성하는 힘' '현상 전체를 소유할 수 있는 힘'을 가진 이가 장수가 될 수 있었다.

구체적으로 말하면, 지금 여기에 있는 내 눈에는 보이지 않아도 아군 중 누군가에게 보이는 풍경이라면 '보이고', 지금 여기에 있는 내 귀에는 들리지 않아도 아군 중 누군가가 듣고 있는 소리라면 '들리는' 유형으로 신체가 확대되는 것이다. '수족처럼 부릴 수 있는 신하'라는 말이 있는데, 신하를 수족에 비유한 것은 그런 신체적 실감이 있어서일 것이다. 나는 이것이 바로 넓은 의미에서의 신체적 동기화가 가져오는 효과라고 생각한다.

장수에게 '동기화 유발 능력'이 요구된다면, 병졸에게도 이에 대응하는 능력이 요구된다. 그것은 바로 '부름을 알아듣는 능력'이다. 이는 동기화 유발보다 좀 더 범용성이 높은 능력일 텐데, 앞서 말한 '오줌 마려운 아기의 느낌을 감지하는 능력'이나 '술 따르는 타이밍을 간파하는 능력'에 가깝다. 즉 가까이 있는 사람의 생리적 욕구를 알아차리는 능력이다.

영단어 'calling'은 '부름'이라는 뜻인 동시에 '천직' 소명'을 뜻한다. 사람이 자기 인생을 걸고 하는 일도, 신이 자신에게 사명을 내리는 일도 모두 '부름을 받는' 경험이다. 우리는 다른 이들의 부름을 통해 자신이 어떤 사람인지, 무엇을 이루고자 이 세상에 태어났는지에 대해 가르침을 받는다. 그렇다면 우리는 어떤 부름을 우선적으로 들을 수 있을까. 부름 중 가장 수신하기 쉬운 것은 구원을 요청하는 목소리다. 기아, 추위, 통증 등은 내버려 두면 생명이 위험해질 수 있기에 긴급한 개입을 요구한다. 살려 달라는 호소가 아마도 가장 발신력이 강할 것이다.

맹자는 '측은지심'을 인仁의 출발점이라고 가르쳤다. 우물에 빠지려는 아이를 보면 즉각 손을 내밀게 된다. '이 아이를 도와주면 나중에 아이의 부모로부터 감사 인사를 받겠지'라든지 '내버려 뒀다간 인정머리 없는 놈이라고 욕을 먹겠지'와 같은 계산 없이 순간적으로 손이 나간다. 그것이 바로 측은지심이다. 아직 인정이나 자애 같은 단계에 이른 것은 아니고, 그보다 더 원시적인 마음이다. 측은지심이란 긴급한 개입을 요구하는 타인의 신호를 감지하는 것으로, 옳고 그름이나 이해득실을 따지기 전에 이미 발동하고 있다.

커뮤니케이션 용어를 사용하자면, '측은지심'이란 누구보다 먼저 도와 달라는 메시지를 듣고 그 수신인이 자신이라고 느끼는 것이다. 자신이 어떤 메시지의 수신인임을 감지한다는 것은 메시지의 콘텐츠를 이해하는지 여부와는 관련이 없다. 내용을 전혀 이해할 수 없는 메시지일지라도 수신인이 자신인지 자신이 아닌지 분명하게 식별할 수 있다. 메시지의 발신/수신에서는 콘텐츠보다 수신처가 더 중요하기 때문이다.

언어철학자 로만 야콥슨은 이를 메시지의 '교감적 기능'phatic function이라고 불렀다. 전화로 나누는 "여보세요"라는 말에는 콘텐츠가 없다. 그것은 '이 메세지가 당신에게 닿았나요'라는, '접촉이 성립했는지를 확인하려는' 말로 교감의 역할을 한다. 야콥슨은 『일반언어학 이론』에서 '신혼부부의 대화'를 실례로 들었다.

"드디어 도착했네."
"도착했네."
"경치가 좋다."

"정말, 경치가 좋다."

"기분 좋아."

"그래, 기분이 굉장히 좋아."

이 대화의 내용에는 의미가 거의 없다. 의미라고는 '여기에 당신의 메시지를 한 마디도 빠뜨리지 않고 듣고 있는 사람이 있다'는 사실을 상대에게 전하는 것뿐이다. 그 사실을 전달하는 가장 쉬운 방법은 상대가 한 말을 그대로 반복하는 것이다. 스티븐 스필버그의 영화 『미지와의 조우』에서 외계인과 지구인의 소통은 우주선에서 발신되는 멜로디를 지구인이 그대로 반복하는 데에서 시작된다. 타인과의 커뮤니케이션의 시작은 '당신의 메시지를 이해했다'가 아니라, '나는 당신이 보낸 메시지의 수신처'라고 자칭하는 것이다.

성경을 보면 족장이나 예언자 밑으로 '주가 임하는' 사건이 여럿 기록되어 있다. 주는 천둥소리나 먹구름이나 불타는 섶나무 등 비언어적 형상으로 인간에게 임하곤 한다. 주로부터 발신되는 메시지의 콘텐츠는 인간의 이해를 초월한다. 인간이 알 수 있는 것은 그것이 '자신 앞으로 온 메시지'라는 사실뿐이다. 메시지의 의미는 잘 모르지만, 자신

앞에 온 메시지라는 사실만큼은 알 때가 있다. 그럴 때에야 인간은 비로소 자신들을 가둔 기호 시스템의 틀 밖으로 나가려고 몸부림 칠 수 있다. 그 메시지의 의미를 파악하기 위해서다. 그것은 잡음이 나는 라디오를 손에 들고 무엇이 들리는지 확인하려고 돌아다니는 것과 형태적으로 같은 행동이다.

『창세기』에서 여호와는 아브람에게 이렇게 말한다. "너는 너의 고향과 친척과 아버지의 집을 떠나서 내가 가리키는 땅으로 가라." 이 말의 의미는 다음과 같다. "네가 거기에 그대로 서 있는 한, '이것은 내 앞으로 온 메시지'라는 사실 이상의 것은 알 수 없다. 네가 이 메시지의 의미를 이해하기를 원한다면, 그곳을 떠나 네 고향, 네 아버지의 집을 떠나 내가 보여 주는 그 땅으로 향하는 수밖에 없다."

맹자가 말하는 '측은지심'이 비언어적인 메시지를 자신을 향한 부름으로 느끼고 순간적으로 응답하는 것이라면, 그것을 기점으로 시작되는 인仁을 향한 여정이란 아브라함°이 걸었던 '주님이 발신한, 이해를 초월하는 메시지를

°   구약 성경에 나오는 이스라엘 민족의 시조. 여호와의 부름을 받고 언약을 맺으며 아브람(존귀한 아버지)에서 아브라함(많은 민족의 아버지)으로 이름을 바꾼다.

듣기 위한' 끝없는 여정과 거의 겹친다. 우선 '수신처'라는 인식이 있고, 그다음에 '이해'라는 행위가 시작된다.

집안일과 동기화 능력 이야기를 하던 중이었다. 나는 집안일에 필요한 능력이란 다른 사람의 '부름'에 즉각적으로 대응하는, 즉 '동기화하는 힘'이라고 생각하고 있다.

물론 일상의 평온한 생활에서 일컬어지는 '집안일 능력'이란, 함께 사는 사람들로부터 '쾌적한 주거 환경'이나 '맛있는 식사'나 '제대로 된 의복'을 요구하는 온화한 '부름'을 들을 수 있는 능력을 전제로 한다. 지쳐서 잠든 가족들 머리맡에서 아침부터 청소기를 휘젓고 다니는 사람은 아무리 깔끔하다 해도 집안일 능력이 있다고는 할 수 없다. 과식으로 속이 불편한 가족 앞에 매번 고열량 음식을 내놓는 사람은 아무리 요리를 잘해도 집안일 능력이 있다고 할 수 없다. 가족들이 좋아하는 너덜너덜한 청바지나 구겨진 폴로셔츠를 꼴불견이라고 쓰레기로 버리는 사람은 아무리 패션 감각이 뛰어나다 해도 집안일 능력이 있다고 할 수 없다. 집안일 능력이란 구체적인 일처리 능력이 아니다. 따지고 보면 함께 생활하는 사람의 슬픔과 괴로움을 듣는 힘이다. 춥다느니 피곤하다느니 배고프다느니 졸리다느니, 그리고 누군가가 안아 달라고 하는 무언의 호소를 감지하는 힘 말이다. 이런 식으로 집안일 능력을 정의하는 사람은 별로 없을 것 같지만 내 생각은 그렇다.

요컨대 집안일 능력은 '긴급한 개입이 필요한 타인의 구원 신호를 감지하는 능력'과 뿌리가 같으며, 인仁의 시작인 '측은지심'과도 발생적으로 동일한 성격을 지닌다.

그렇기에 학교 교육에서는 이런 능력, 즉 타인과 도우며 살아가는 능력을 키우는 것을 우선시해야 한다고 생각한다. 학교 교육의 최우선 과제는 아이들이 그 힘을 익히게끔 돕는 것이다.

4   결혼과 합기도

합기도 제자들의 결혼식에 다녀왔다. 신랑도 제자, 신부도 제자이다 보니 참석한 벗들 가운데 합기도인이 제법 눈에 띄었다.

결혼식 장소는 예배당이었다. 신랑은 초긴장 상태였다. 너무 긴장한 탓인지 아니면 앞서 목사님이 했던 말씀을 흘려들은 탓인지 '저건 좀 아닌데' 싶은 실수를 거듭했지만, 당찬 신부는 신랑이 허둥대는 모습을 따뜻한 눈으로 지켜봐 주었다. 두 사람의 담력 차이가 나타나는 장면이었다. 피로연 또한 신랑 신부가 굉장히 정성 들여 준비한 느낌이 들어서 이 두 사람이 하객들에게 얼마나 사랑받고 있는지를 알 수 있었다.

그러고 보니 3년 전쯤 합기도 합숙을 마치고 뒤풀이를

할 때, 신랑이 '연애담'을 풀며 넋두리를 늘어놓았다. 그때 나는 약간의 취기로 "바로 프러포즈하게. 거절당하면 단념하게. 프러포즈를 안 했다간 파문이니 그리 알게"라고 엄명했다. 오늘의 화촉이 그 결실이라고 생각하니 사뭇 감개무량했다.

축사를 부탁받아서 "합기도인은 틀니가 단번에 들어맞는다"는 이야기를 했다. 본부 연수회 때 다다 선생님께 들은 이야기였다.

합기도인은 틀니가 '단박에 맞는다'. 그런데 보통 처음 만든 틀니가 맞지 않는 사람은 몇 번을 다시 만들어도 맞지 않는다. 딱히 구강의 해부학적 형태에 문제가 있어서 그런 건 아니다. '무인'武人이란 '지금 수중에 있는 것으로 어떻게든 해보는 사람'이다. '늘 싸움터에 임하는'〔常在戰場〕 마인드란 '있는 것'을 돌려쓰며 임기응변하는 것이다. 그래서 무인은 '내 입에 맞는 틀니를 구하려면 어디에 가야 할까'보다 '구강 구조를 틀니에 맞춰 유연하게 할 수 있는 방법이 뭘까'를 먼저 생각한다. 나는 이 '무인'다운 태도를 어디에든 두루 적용할 수 있다고 본다.

배우자란 '틀니'와 같은 것이다. 그것은 '나'라는 자연물에 침입해 들어오는 '이물질'이다. 따라서 본질적으로 나와는 맞지 않는다. 이때 '(자신에게) 맞는 배우자를 구하기'보다 '배우자에게 (자신을) 맞추기'에 우선적으로 자원을 쏟는 사람이 무인이다. 뛰어난 무인 가운데 애처가(라기보다 공처가)가 많은 것이 그 사실을 잘 말해 준다.

더욱 합기도 수련에 매진하기 바란다. 파이팅!

피로연에서 마신 술이 좀 부족한 듯하여, 마지막까지 남은 사람 넷과 봄밤에 휘청휘청 산노미야까지 걸어갔다. 산노미야에서 이미 술을 마시고 있던 다니오 씨, 이와모토 군과 합류해 근처 가게에서 2차를 하면서 밤 11시까지 합기도 이야기를 열띠게 나누었다.

다다주쿠고난합기회多田塾甲南合気会°도 회원 70명이라는 대조직이 되었다. 머지않아 100명을 넘길 텐데 그렇게 되면 여러 가지 문제가 발생할 것이고, 내년에 도장이 들어서면 도장을 관리하는 현실적인 일거리도 생겨날 것이다. 그런 문제들을 어떻게 처리할 것인가. 이를 '골치 아픈 문제'로 치부하는 사람도 있겠지만, 나는 이런 문제에 임하는 것도 '수련'의 중요한 부분라고 생각한다.

조직이 복잡해지는 것은 나로서는 오히려 환영할 만한

°   다다 히로시 선생이 사범을 맡고 있는 합기도회 이름.

상황이다. '조직을 관리하고 집단적 수행을 향상시키는 능력'이야말로 무도가 함양하고자 하는 '무인'적 능력의 본질 중 하나이기 때문이다. 무도 수련은 단순히 개인의 신체능력을 높이는 것만을 목적으로 삼지 않는다. 높아진 개인적 능력치를 바탕으로 '만유공생'萬有共生을 위한, 통풍이 잘되는 느슨한 조직체를 형성하는 것 또한 무도 수업의 중요한 실천적 목적이라고 생각한다.

자본주의 시장경제와 소비문화 속에서 해체된 중간공동체를 재구축하는 것은 매우 중요한 시민적 과제이다. 나는 다다주쿠고난합기회가 이를 위한 하나의 거점이라고 생각한다. 도장이 진정한 의미에서 공동체로 기능하려면 그곳에 '다양성과 질서'가 동시에 존재해야 한다.

다양성과 질서는 모순되는 것이 아니다. 다양하지 않으면 시스템이 발전적으로 나아가지 못하지만, 질서가 유지되지 않으면 다양한 것 중 '약한 개체'는 적절히 보호받지 못한다. 자유롭고 개방적이면서도 배려와 지원의 네트워크가 구석구석 잘 갖춰진 공동체란 어떤 것일까. 애초에 그런 공동체가 현대 일본에 존립할 수 있을까.

다다주쿠고난합기회의 조직적 실천을 통해 이를 검증해 가는 것이 앞으로 우리가 이루어야 할 무도적 과제이다.

도장이라는 코뮌

고베 스미요시에 개풍관凱風館이라는 도장을 열었다. 1층은 도장, 2층은 자택이다. 그때까지는 시립 체육관이나 대학 도장을 이용해 수련해 왔는데, 1년 365일 24시간 언제라도 수련할 수 있는 곳이 어떻게든 갖고 싶어졌다. 그래서 내 스스로 장소를 마련했다.

도장은 주로 합기도 수련에 쓰고 있지만, 노가쿠°나 음악회 등 다른 용도로도 사용한다. 공공시설을 이용하려면 제약이 많다. 개관 시간도 짧고, 쉬는 날도 많고, 여러 단체와 경쟁하다 빌리지 못하는 경우도 있다. 개인 도장은 나만

○ 일본 고전 예술 양식의 하나로, 피리와 북소리에 맞추어 노래를 부르면서 춤을 추는 가면 악극.

"오케이" 하면 이른 아침부터 밤늦게까지, 휴일이든 명절이든 쓰고 싶을 때 언제든지 쓸 수 있다.

사적인 것이 공공적인 것보다 더 높은 공공성을 지닐 수도 있다. 그래서 개인 재산을 털어 공공적인 공간을 만들기로 한 것이다.

개풍관은 '대여 공간'이 아니다. 개풍관을 쓰려면 조건이 있다. 조건은 단 하나다. 도장에 경의를 표하라. 이 도장은 여기서 수련하는 모든 이가 각자 가진 것을 내놓아 생긴 공공장소다. 그러니까 이곳을 이용할 때는 그에 대해 경의를 표해 주었으면 한다. 뭐 별로 어려운 일은 아니다. 도장에 들어서면서 인사를 하기만 하면 된다. 단, 반드시 해야 한다. 장소에 대한 경의를 반드시 표해야 한다.

나는 수련에 앞서 제자들과 마주하며 "부탁합니다"라고 예를 표하고, 수련이 끝나면 "감사합니다"라고 예를 표한다. 그런데 이런 인사는 사실 제자들에게 하는 말이 아니다. 장소에 하는 것이다. 시작하기 전에는 '앞으로 좋은 수련을 할 수 있게, 아무도 다치지 않게' 해 달라고 도장에 부탁하고, 끝난 뒤에는 '좋은 수련을 했습니다, 감사합니다'라고 도장에 고마움을 전한다.

야구 경기를 시작할 때 투수가 모자를 벗고 홈 베이스

를 향해 인사하는 것과 같다. 이때 투수는 심판에게 잘 부탁드린다고 인사하는 것이 아니다. 필드와 공을 향해 '앞으로 얼마 동안 우리가 최고의 경기를 할 수 있기를' 기원하는 것이다.

'공공'을 구축하려면 경의가 필요하다. 그냥 사재를 투입하고 개인 권리를 이양하는 것만으로는 부족하다.

장소에 대한 경의 없이는 공공이 성립될 수 없다.

'도장'이란 어떤 곳인가

2011년 3월, 21년간 근무한 고베여학원대학에서 조기 퇴직했다. 4월부터는 천하의 낭인, 한 사람의 무도가 겸 글 쓰는 사람이 되었다. 같은 해 2월에 착공한 도장 겸 수련장 겸 자택이 10월에 준공되었다. 1년 365일 쓸 수 있는 자체 이벤트 공간이 생긴 셈이다.

그곳에서 무도 수련뿐 아니라 여러 가지 일을 하고 있다. 노가쿠 무대로도 쓸 수 있도록 설계해서 노가쿠뿐만 아니라 연극, 음악 등 다양한 공연을 할 수 있다. 대학원에서 하던 세미나를 이어 갈 수도 있다. 다다미에 앉아 책상을 나란히 하고 서당에서처럼 책을 윤독한다. 공간이 완성되기 전 나는 이런 상상만으로도 가슴이 두근거렸다.

이전까지는 '집 짓는' 일에 거의 관심이 없었다. 어릴 적엔 모눈종이에 집 설계도를 그리면서 꿈같은 집을 상상하곤 했지만 어느 순간부터 그것도 딱 그만뒀다. 땅값이 폭등하고 부동산을 투기적으로 사고팔게 되자 기억에서 지워 버리듯 집에 대한 흥미를 싹 잃고 말았다. 이제 평생 임대주택을 옮겨 다니며 살 테니 오히려 다행이라고, 땅을 사거나 집을 지으려고 아등바등 일하는 건 딱 질색이라고 생각했다. 땅은 원래 누구의 것도 아니다. 바다나 산이나 강이나 호수나 늪이나 숲이 누구의 것도 아니듯 땅 역시 누군가 사유할 수 있는 것이 아니다.

세상에는 사유해도 되는 것과 사유해선 안 되는 것이 있다. 여러 번 썼던 이야기인데, 경제학자 우자와 히로부미 선생은 사유해선 안 되는 것을 '사회적 공통자본'이라고 일컬었다.

사회적 공통자본은 사적 자본처럼 개개의 경제 주체가 사적인 관점에서 관리·운영하는 것이 아니라, 사회 전체가 공통의 자산으로서 사회적으로 관리·운영하는 것을 총칭한다. 소유 형태는 사유 내지는 사적 관리가 인정된다 하더라도 사회적 공통자본은 사회 전체에서 공통의 재산으

로서 사회적인 기준에 따라 관리·운영된다.[1]

사회적 공통자본에는 토지·대기·토양·물·삼림·하천·해양 등 자연환경, 도로·상하수도·대중교통·전력·통신 등 사회적 인프라, 교육·의료·금융·사법·행정 등 제도 자본이 포함된다. 이들은 각각의 분야에서 직업적 전문가에 의해 전문적 식견에 기초하여 직업적 규율에 따라 관리·운영된다. 사회적 공통자본의 관리·운영은 정부에 의해 규정된 기준이나 규칙 혹은 시장적 기준에 따라 이루어지는 것이 결코 아니다. (……) 사회적 공통자본의 관리·운영은 피듀시어리fiduciary 원칙에 따라 신탁되고 있기 때문이다.[2]

'피듀시어리'라는 말이 좀 생소한데, 법률 용어로 '타인에게 속하는 자산을 관리하는 입장에 있는 수탁자 및 피신탁자'를 의미한다. '원래는 다른 사람에게 속하는 자산을 어쩌다 보니 전문적 식견이 있어서 수탁받아 관리하는' 능력, 사회적 공통자본은 그런 것을 요구한다. 글로 쓰는 거야 쉽지만, 사회적 공통자본은 시민적 성숙 없이는 성립하지 않는다.

우자와 선생이 '피듀시어리', 즉 '수탁자'라는 말에 담으려 한 뉘앙스는 얼마 전부터 내가 증여라는 행위를 논하면서 쓴 '피증여자'라는 말과 그리 다르지 않다고 생각한다. 천부적 재능은 '재능 있는 사람에게 수탁된 희소자산'인 셈이다. 그러므로 그 관리와 운영은 이데올로기에 근거해서도, 자신의 이익 추구에 근거해서도 안 된다. 공동체 전체의 이익을 위해 '전문적 지식을 바탕으로 직업적 규율에 따라' 관리 및 운영되어야 한다.

나는 사회적 공통자본의 목록에 '재능'이라는 것을 추가하고 싶었다. 내 말에 동의하는 사람들도 있을 테고, 동의하지 않는 사람들도 있을 테다. 아무도 동의하지 않는다 해도 딱히 상관은 없다. '재능 전문가들' 가운데 몇 명이 "그렇지" 하고 고개를 끄덕여 준다면 그걸로 족하다.

무라카미 하루키의『달리기를 말할 때 내가 하고 싶은 이야기』나『꿈을 꾸기 위해서 매일 아침 나는 눈을 뜬다』夢を見るために每朝僕は目覺めるのです는 '글쓰기' 전문가가 자신의 '전문적 식견'으로 '직업적 규율'에 대해 쓴 책이다. (적어도 나는 그렇게 읽었다.) 이는 무라카미 씨가 자신을 '어떤 종류의 재능의 수탁자'라고 느낀다는 뜻이다. 가령 다음과 같은 문장에서 그 '수탁자의 자각'이 읽힌다.

저는 결코 선택받은 사람도 아니고 또 특별한 천재도 아닙니다. 보시다시피 평범한 사람입니다. 다만 '어떤 종류의 문을 열 수 있고, 그 안에 들어가 어둠 속에 몸을 두었다가 다시 돌아올 수 있는 특수한 기술'이 어쩌다 보니 저에게 생겼습니다.[3]

그 '특수한 기술'은 높이 추켜세운 문학이론이나 계산 빠른 비즈니스 마인드에 의해 관리되어서는 안 된다. 그 기술의 사용법을 장기간 집중적으로 생각해 온 '전문가'에게 수탁되어야만 한다. 무라카미 씨는 아마 그렇게 생각했을 것이다. 무라카미 씨가 비평가들의 말에 귀 기울이지 않는 이유도 그들이 어떤 종류의 문을 여는 전문가가 아니라고 생각하기 때문일 것이다.

땅 이야기를 하던 중이었다. 땅은 우자와 선생이 사회적 공통자본 목록에서 첫 번째로 꼽은 항목이다. 땅은 정책적으로 관리되어서도, 시장에 맡겨서도 안 된다. 그렇다면 토지를 관리할 '전문가'는 누구일까. 토지의 관리는 우선적으로 '시민'에게 맡겨야 하지 않을까? 시민이란 공동체 구성원으로서 공동체의 통합 원리나 제도 설계에 대한 '지식을 갖춘' 자, 그러면서 실제로 그 공동체에서 살아 숨 쉬는 자를 말한다. 시민은 '공동체는 어떠해야 하는가'라는 이념의 차원과 '내일 먹을 쌀'을 걱정하는 실생활의 차원에 동시에 속해 있다. '사회는 이래야 한다'는 논의에는 '그런데 그것이 내가 가진 시간과 여력으로 이룰 수 있는 일인가?'라는 물음이 늘 따라붙는다. 아무리 정치적으로 옳다 해도 "그럼 너부터 해. 여긴 낭떠러지야. 여기서 뛰어"라는 다그침에 주저하게 된다면 그것은 목표로 내세울 만한 일이 아니다. 날것의 몸을 가진 자신이 맡을 수 없는 일을 남에게 해야 한다고 말하는 것은 이치에 어긋난다. '사회는 이렇게 되어야 한다'고 말하려면 그 목표를 향한 첫걸음을 내가 지금 여기서 내딛을 수 있는지부터 자문해 보자. 그렇게 생각하면 '사회는 이렇게 되어야 한다'는 말을 가볍게 뱉지 못할 것이다.

그거면 됐다고 본다. 어느 정도는 꿈같은 말도 하지만 생계 걱정을 내려놓을 수는 없다는 '이도 저도 아닌 태도'야말로 시민의 장점, 곧 시민의 전문성이기 때문이다. 토지 관리는 그런 '이도 저도 아님'을 탁월하게 실천하는 시민이 우선적으로 맡아야 한다. 땅은 애초에 사회적 공통자본이며 사유해서는 안 된다는, 속세를 벗어난 '이념'을 받아들이면서도 한편으로는 생활인으로서 그 땅에서 하고 싶은 일과 해야 할 일이 있다는 '생계' 요청도 함께 배려해야 한다고 생각하는 것. 그것이 현대 사회에서 토지 사유의 최소한의 조건이다.

까다로운 이야기를 해서 죄송한데, 아무튼 나는 그렇게 생각한다. 거품경제 시절에 토지는 화폐 대용품으로 매매되었다. 아무도 살지 않는 아파트가 주식처럼 거래되고, 매매된 토지에 빌딩이 올라가고, 아무도 살지 않는 사이에 헐리고 또 빌딩이 들어섰다. 화폐 대용물로서 토지를 사고팔면 그렇게 된다. 나는 내 집 소유에 대한 흥미를 그때 잃었다. 그러다가 땅을 사서 집을 지을 마음이 생긴 것은 땅을 살 돈이 생겼기 때문이 아니다. '사회적 공통자본으로서의 토지 관리 및 운영'이라는 전망이 내 나름대로 섰기 때문이다. 토지를 사유화하거나 축적하지 않고 개방적·공공적 형태로 사용하는 방도를 놓고 한 가지 아이디어가 떠올랐기 때문이다. '증여된 것을 사유화·축적하지 않고 반드시 적절한 수탁자에게 패스한다'는 믿음은 '수탁자'라는 입장을 기초로 한다. 수탁자가 되는 것, 그것이 시민적 성숙의 요건으로서 우리가 스스로에게 부과해야 하는 조건이다.

6 교육은 배우는 자를 위한 일이 아니다

낮부터 밤까지 졸업논문 중간 발표회를 했다. 열네 명이 쓴 졸업논문에 관한 이야기를 듣고 질의응답까지 여섯 시간이나 걸렸다.

나의 연구실 세미나는 한 사람 한 사람이 제각기 흥미를 느끼는 바를 조사하고 분석하는 것이 전부다. 개별 영역에 대한 지식이나 정보를 축적하는 것이 목적이 아니다. (그런 것은 학생들의 인생에 거의 도움이 되지 않는다.) 졸업논문의 최대 교육 효과는 '내가 이런 것에 흥미를 느낀 이유를 장기적으로(자칫하면 죽을 때까지) 생각해야 한다는 점'에 있다고 생각한다. 그래서 졸업논문의 첫머리에는 당연히 '나는 왜 이 주제를 선택했는지' 쓰게 한다.

참으로 흥미롭게도, 지금껏 졸업논문 수백 편을 읽으

면서도 이 '주제 선택의 이유'에 대해 "그렇군!!" 하고 납득이 가는 문장은 본 적이 없다. 예외적으로 두드러지게 뛰어난 논문을 쓴 학생들조차 자신이 어떻게 그 주제를 연구하게 되었는지는 제대로 설명하지 못했다.

그 말인즉슨, 졸업논문이 요구하는 여러 가지 지적 작업 가운데 가장 어려운 부분이 바로 이 '이유'를 밝히는 것이라는 뜻이다. 과거에 나는 졸업논문 주제로 메를로퐁티의 신체론을 선택했다. 메를로퐁티의 '살'la chair이라는 개념에 강하게 끌렸기 때문이다. '신체지'身體知와 '신체를 매개로 한 타자와의 공생'에 대해 연구했는데, 놀랍게도 스물세 살에 선택한 주제를 그 뒤로 30년 넘게 계속 연구하고 있다. 아직도 하고 있다는 것은, 왜 그런 주제를 택했는지 지금도 명쾌하게 말할 수 없기 때문이다.

올해 학생들의 특징은 '실무 지향'이다. 기업 경영 얘기를 택한 학생들이 많으며 그것도 아주 구체적이다. 고용 전략, 마케팅, 상품 개발, 인터넷 쇼핑, 성공한 업태 등등. 얼마 전까지만 해도 경제나 경영을 논할 때는 훨씬 추상적이었다고 할까, '위'에서 내려다보는 저널리즘 시점에서 쓰는 경우가 많았다. 그런데 이번 졸업논문은 다르다. 모두 '현장에서 일하는 당사자' 시점이다.

비즈니스 현장은 기다려 주지 않는다. '지금, 거기에 있다'. 학생들은 앞으로 반년 뒤에 거기서 일하게 된다. 비즈니스 현장은 어떤 원리로 돌아가는가. 거기에서는 어떻게 행동하는 것이 적절한가. 이는 학생들에게 실로 절박한 물음이다.

예전 같으면 '비정규직 노동자에 의한 고용 조정은 멈춰야 한다'거나 '여성의 노동환경을 정비하려면 돌봄 시설을 정비해야 한다'는 식의 '정치적으로 올바른 결론'을 내는 식이 전부였을 것이다. 하지만 오늘날 학생들에게는 '바른 답을 술술 써서 끝'을 맺기보다 '왜 그렇게 되지 않는가'라는 원인을 묻는 것이 더 시급하다. 자본주의가 나빠서, 경영자가 부도덕해서 같은 포괄적인 결론으로는 사태가 크게 호전되지 않는다는 사실을 그들은 이미 알고 있다. 일반론으로 결론 내기보다 자신들이 실제로 일할 때 '비교적 이치가 통하는 노동 환경'과 '전혀 이치가 통하지 않는 노동 환경'을 개별적으로 식별해 내는 능력이 중요하다는 생각을 아마 다들 가지고 있는 듯하다.

그런 능력을 개발하는 것이 시급한 지금 상황이 좋아 보이지는 않지만, 그것이 그들의 사회적 성숙을 재촉하고 있는 것은 사실이다. 성숙하지 않으면 살아남을 수 없을 정도로 살기 어려운 사회가 된 것이다.

졸업논문 심사를 마치고 오사카시 중앙회 회덕당懷德塾에서 예정된 교육 심포지엄에 참가했다. 회덕당은 18세기 초에 오사카의 선착장 상인 다섯 명이 자기 부담으로 시작한 학숙이다. 에도 시대의 오사카는 시민 30만 명 가운데 사무라이는 1만 명밖에 없는 마을이었다. 회덕당은 마을 사람들이 자기 손으로 만든, 마을 사람들을 위한 교육의 장이었다. 도미나가 나카모토°나 야마가타 반토°° 같은 탁월한 학자를 배출했지만, 특별한 커리큘럼도 없고 프로그램이나 강의계획서도, 인증평가도 없었다. 가난한 사람에게는 수업료도 잘 받지 않았다. 21세기 회덕당 프로젝트의 취지 또한 '자기 돈으로 교육의 장을 만들어 내기'가 되어야 하지 않을까.

교육이란 '교육을 받는 쪽이 이익을 얻는' 것이 아니다.

° 1715~1746. 31세에 요절해 '비운의 천재'로 불리는 사상가. 대승불교 경전이 석가모니가 직접 설한 것이 아니라는 대승비불설론大乘非佛說論을 주장했으며 의고疑古 사상의 선구자로 평가받는다.

°° 1748~1821. 상인 출신 실학자로 천문·지리·역사·제도·경제 등을 논하는 『유메노시로』夢の代(12권)를 저술했다. 지동설의 채용, 미신의 배격 등을 주장하여 일본 근대 계몽사상의 선구자로 평가받는다.

물론 교육을 받음으로써 이익을 얻긴 하지만, 그런 식으로 말하면 돈을 내라는 얘기가 된다. 교육받는 것을 상품을 사는 것으로 규정하면 '자기 돈'으로 교육을 하겠다는 발상은 어디에서도 나오지 않는다. 그것은 상품을 무료로 뿌리는 것이기 때문이다. 교육의 목적이 '교육받는 이의 자기 이익을 증대하는 것'이 아니라 '공동체가 살아남는 것'이라는 설립자들의 합의가 있었기에 회덕당이 세워졌다.

내 이익을 추구하는 것과 같은 열의로 공공의 복리를 배려하는 '공민'citoyen을 육성하는 것은 공동체의 사활이 걸린 중요한 일이다. 학교란 공민을 육성하기 위한 자리이지, 개인이 '그걸 공부하면 이익이 된다'고 생각하는 지식이나 기술을 익히기 위한 자리가 아니다. 21세기 회덕당이 그 이름값을 하려면 가르치고 싶은 쪽이 먼저 사재를 터는 것에서 시작할 수밖에 없다. '배우고 싶다'는 요구가 있으니 그에 적합한 '교육 콘텐츠'를 유상으로 제공하는 것이 아니다. 먼저 '가르치고 싶다'는 '오지랖'이 있고, 그것이 '배우고 싶다'는 요구를 만들어 낸다.

교사로서의 내 원점은, 1980년대에 세타에서 처음으로 합기도를 가르쳤을 때의 경험이다. 수련생은 고작 몇 명뿐이었다. 수련 시간은 목요일 오후 6시 반부터, 장소는 세타중학교 체육관을 빌려 썼다. 어느 목요일에 태풍이 휘몰아쳤다. 저녁부터 퍼붓기 시작한 폭우 속에서 오토바이를 타고 대학에서 집으로 돌아와 체육관으로 향했다. 어둑어둑한 무인 체육관에 혼자 다다미 18장을 깔고 수련생이 오기를 기다렸다. 아무도 오지 않았다. 태풍이 부는데 당연한 일이었다.

수련생을 기다린 지 한 시간쯤 지났을 때, 그 동네에 사는 중학생이 문을 열고 체육관 안을 들여다보다가 깜짝 놀란 듯 말했다. "아, 선생님, 오늘도 수련이 있긴 있군요! 태풍이라서 설마 했는데." "수련은 언제든지 한단다"라고 대답하고, 그 아이와 한 시간쯤 마주하고 수련을 했다.

그날 밖에서 태풍이 몰아칠 때, 아무도 없는 체육관에서 누군가 합기도를 수련하러 오기를 기다리며 생각했다. 나는 왜 '이런 일'을 하고 있을까. '배우고 싶은' 사람은 아무도 없고 '가르치고 싶은' 나 자신만 있는 상황은 뭔가 비합리적이지 않나. 하지만 '합기도를 배우고 싶은 사람 몇 명이 모여 삼고초려의 예를 갖춰야만 가르치겠다'는 조건을 내걸면, 합기도는 아마 영원히 보급되지 않을 것이다.

가르친다는 것의 본질은 '오지랖'이다. 그때 그런 생각이 들었다. 교육이란 '배우고 싶은' 사람이 오기를 쭉 기다리는 일이다.

굵은 빗방울이 창문을 두드리는, 아무도 없는 어두운 체육관에서 '배우고 싶은' 사람이 오기를 하염없이 기다리던 그때의 내가 교사로서의 내 기본 모습을 만든 것은 아닐까, 이제 와서 생각한다.

내셔널리스트와 애국자

모 대학에서 강연을 마치고 복도에서 한 학생에게서 '내셔널리즘'에 관한 질문을 받았다. 아마 주위에서 '내셔널리즘' 같은 언동을 하는 젊은이가 늘었는데 그에 대해 어떤 입장을 취하면 좋을지 몰라 이런 질문을 하게 된 듯하다.

젊은이들이 내셔널리즘에 끌리는 이유는 간단하다. 내셔널리스트는 귀속 집단이 없기 때문이다. 소속된 집단이 있고, 거기서 다른 사람과 공생하고 협동하고 쓸모 있는 사람으로 여겨짐으로써 풍부한 경의와 애정을 누리는 인간이라면 애국자는 될 수 있어도 내셔널리스트는 될 수 없다. 애국자는 자신이 그 집단에 소속되어 있음을 기뻐하고, 그 집단을 다스리는 규범과 그 집단을 형성한 사람들을 사랑하고 공경하며, 그 일원임에 감사하고 자랑스러워한다.

내셔널리스트는 그렇지 않다. 어떤 집단에도 그런 방식으로 귀속하지 않는 이들이다. 그들은 자신이 몸담은 집단에 대해 (가족이든 학교든 회사든) '여기는 내가 있어야 할 곳이 아니'라는 은근한 불안과 불만을 느낀다. 그 집단을 다스리는 규범도, 그 집단의 존재 이유도 제대로 이해하지 못하고, 다른 구성원에게 경의나 애정을 느끼지도 못한다. 물론 다른 구성원으로부터 존경받고 사랑받으며 '우리 집단의 존립에는 당신이 반드시 필요하다'는 간청을 받는 일도 없다. 그런데 그런 인간이라도 어딘가에 귀속하지 않는다면 삶이 괴로워진다.

그럴 때 '내셔널리스트가 되는 것'은 유효한 선택이다. 이러한 정치단위에 귀속되는 데 필요한 자격이 아무것도 없기 때문이다. '국민국가'라는 거대한 규모의 집단에 귀속될 때 내셔널리스트 개인에게 요구되는 것은 자기 선언 말고는 아무것도 없다. 그야말로 제로다.

내셔널리스트에게는 어떤 의무도 없다. 원할 때, 원하는 장소에서, 좋아하는 사람을 상대로, 마음이 내키면 그냥 내셔널리스트가 될 수 있다. 나는 내셔널리스트다, 나는 일본인이다, 나는 일본의 국익을 모든 것에 우선시한다, 나는 일본의 국익을 위협하는 것과 일본인의 긍지를 짓밟는 것을 용서하지 않는다. 이런 생각들을 거침없이 주장할 수 있다. 그 대가로 그들에게 요구되는 것은, 반복해서 말하지만 제로다. 진정한 내셔널리스트임을 증명하기 위해 지금, 여기에서 할 수 있는 일은 아무것도 없기 때문이다.

내셔널리스트는 국제관계를 숙지할 필요가 없다. (미국 대통령 이름을 몰라도 아무 문제없다.) 외교와 내정에 무지해도, 역사에(그리고 정치사상사에) 무지해도 내셔널리스트라 자칭하는 데에 조금도 저촉되지 않는다. 오히려 그러한 외형적 지식의 뒷받침 없이 '갑자기 내셔널리스트'일 수 있는 동기의 순정함이 높이 평가받는다.

하지만 내셔널리스트는 종종 '자신이 아는 것은 모든 일본인이 알아야 하는 것'이라는 부당 전제를 채택한다. 그래서 논쟁에서는 거의 무적이다. 그들이 논쟁을 벌일 때 취하는 두드러진 전략은 아는 사람이 드문 수치나 고유명사를 아무 맥락 없이 제시하는 것이다. ('1950년대 일본 전교조의 조직률을 아는가?'라든가 '북한 정치범수용소의 수용자 수를 아는가?' 등등) 게다가 잘 모르겠다고 답하면 '그런 것도 모르는 인간이 이러이러한 문제에 대해 말할 자격은 없다'는 결론을 느닷없이 도출한다. 이는 지적 부하가 극히 적은 '논쟁술'인데, 합의 형성이나 다수파 형성에는 전혀 도움이 되지 않는다.

또 하나의 큰 특징. 내셔널리스트에게는 자신의 입장을 증명하기 위한 직접 행동이 요구되지 않는다. 가정이나 일터에서 인정받고 존중받으려면 집단에 기여하는 실질적인 행동을 해야 하지만, 내셔널리스트는 '영토 문제'나 '외교 문제'나 '방위 계획'처럼 본래 정부가 전적으로 관할하는 사항을 문제로 삼기에 개인으로서 할 수 있는 행위는 아무것도 없다. 내셔널리스트는 '일본인 전체'와 함께 환상적인 집단을 이루고 있으며, 그런 환상적인 집단 안에서는 아무도 그들에게 구체적인 일을 지시하지 않고 아무도 집단에 대한 공헌을 평가하지 않는다. 그래서 내셔널리스트는 누구에게도 불평을 듣지 않는다.

이처럼 내셔널리스트가 되면 행사할 수 있는 권리에 비해 부과되는 의무는 극히 적다. 그러니 오랫동안 소비사회를 살면서 소비사회의 감각을 연마해 온 젊은이들이 상거래라는 틀에 준거해 '권리는 무진장 많고 의무는 없다시피 한' 내셔널리스트 옵션을 선호하는 것은 전혀 이상한 일이 아니다.

글로벌 자본주의가 무르익어 가는 과정에서 내셔널리스트 젊은이가 조직적으로 태어나는 현상은 그런 이치에 따른 것이다.

한편 애국자는 이와 반대의 여정을 밟는다. 애국자는 자신이 지금 있는 곳을 사랑하고, 자신이 현재 귀속된 집단의 수행력을 높이는 데에 마음을 쓰고, 이웃에게 경의를 표하며, 지금 자신에게 주어진 직무를 묵묵히 수행할 책임을 스스로에게 부과한다. 그러한 '장소'나 '집단'이나 '이웃'의 수를 하나씩 늘려 가면서 머지않아 '국민국가'에까지(이론적으로는 그다음엔 '국제사회'로까지, 마지막에는 '천지만유'에 이르기까지) '내가 귀속하는 집단'을 확대해 가는 것을 목표로 삼는 이가 애국자다.

젊은이는 가능하면 애국자를 목표로 살아갔으면 한다.

II

머리가 모르는 것은
몸에 묻는다

8   머리가 모르는 것은
몸에 묻는다

이 원고는 병실 침대에서 쓰고 있다. 오랜 수련으로 혹사당한 무릎이 비명을 질러 끝내 걷는 것도 계단 오르내리는 것도 힘들어졌다. 어쩔 수 없이 인공관절 수술을 했다. 이제부터 당분간 재활의 나날을 보내야 한다.

'무도가'와 '작가'라는, 일견 무관해 보이는 두 가지 일을 하고 있으니 '무릎이 아파도 글 쓰는 일에는 지장 없을 텐데'라고 생각하는 분이 계실지도 모르겠는데, 그렇지도 않다. 나는 '몸으로 생각하는' 사람이기 때문이다.

몸과 머리는 '일련탁생'—蓮托生°이다. 몸이 말을 듣지 않

○   '하나의 연꽃에서 피어난 두 생명이 서로 의지하며 함께 천국에 이른다', 즉 잘잘못을 따지지 않고 좋든 싫든 행동과 운명을 같이한다는 뜻.

으면 머리도 말을 듣지 않는다. '몸으로 생각한다'는 말을 가르쳐 준 분은 돌아가신 하시모토 오사무° 선생이다. "내 몸은 머리가 좋다"라는 표현을 하시모토 선생의 책에서 읽고 무심코 무릎을 쳤다. 너무나도 '맞는 말'이라서 하시모토 선생에게 부탁해 내 책 제목으로 쓰기도 했다.

몸으로 생각하는 사람의 특징은 '눈에서 비늘이 벗겨졌다' '소름이 돋았다' 같은 신체 징후를 단서로 삼아 일의 옳고 그름을 판단한다는 것이다. 아니, '옳고 그름을 판단한다'는 말은 엄밀하지 않다. '비교적 옳다'와 '비교적 그르다' 사이의 '정도 차이'를 감지할 수 있는 것이 '몸으로 생각하는 사람'의 태도이다.

가령 우리는 팔이라는 것을 하나의 해부학적 실체인 양 말하지만, 사실 팔은 단독으로는 존재하지 않는다. 무도적인 움직임에서 '팔'은 견갑골이나 횡격막이나 고관절과 연동하여 몸통과 눈빛과 미세한 변화에도 반응한다. 하나의 동작(예컨대 '칼을 뽑는' 동작)에는 거의 무한이라고 해도 좋을 만큼 수많은 신체 부위와 기능이 참여한다. 그렇기에

○　1948~2019. 소설가·평론가·수필가. 1977년 소설 『모모지리 무스메』桃尻娘로 데뷔한 뒤 박식한 지식과 독특한 문체로 평론·수필·고전문학의 현대어 번역 등 다방면에서 활약했다.

몸으로 생각하는 사람은 '팔을 들기'라든지 '찌르기' 같은 어느 한 가지 동작이 적절하게 이루어진 다음에 그 동작에 어떠한 '전건'前件이 관여하고 있는가를 묻는다. '나는 지금 뜻하지 않게 무엇을 하고 말았는가?'를 묻는다.

이른바 '머리가 좋은 사람'의 사고법과는 정반대이다. '머리가 좋은 사람들'은 '이 문제는 이렇게 하면 금방 해결된다'는 식의 언명을 선호한다. '이 문제는 언뜻 까다로워 보이지만 실은 고작 한 가지 원인에 기인하기 때문에, 그것만 제거하면 만사 해결'이라는 것이 그들의 사고 정형이다. 음모론자들은 모두 이런 식이다. '제거 대상'은 '유대인' 또는 '딥 스테이트'deep state° 또는 '미국의 군산복합체'軍産複合体 또는 '고령자' 등으로, 편차는 좀 있지만 사고 패턴은 같다.

우리 무도가는 어떤 결과가 나온 뒤에('할 생각이 없었던 동작을 우연히 하고 나서'인 경우가 많다), 얼마나 많은 전건이

°   '나라의 심부' 또는 '나라 안의 나라'라는 뜻으로, 정부 안에 깊숙이 뿌리박힌, 실체를 드러내지 않는 세력을 가정한 표현이다. 2021년 1월 6일 트럼프 대통령 지지자들이 워싱턴 DC 연방의회에 난입한 사건이 발생했다. 초유의 불법 의회 점거를 주도한 세력은 딥 스테이트를 주장하는 음모론 집단 '큐어넌'Qanon(트럼프 대통령이 취임한 해인 2017년 말부터 등장해 급속히 세를 불린 극우 세력)으로 알려졌다.

그 움직임에 관여했는지를 정밀하게 세어 보려고 한다. 그래서 우리는 "결정적인 요인은 이거다" 같은 말을 하지 않는다. 아니, 하고 싶어도 할 수가 없다. 물론 "이것만 하면 실력이 늘어난다"는 말도 하지 않는다.

셜록 홈스는 사건이 일어나면 그것을 알기 쉬운 단 하나의 인과관계 속에 넣지 않는다. "이 일은 왜 일어났는가"에 집중하는 대개의 사람들과 달리 "일어날 수 있었던 일은 왜 일어나지 않았는가?"에 집중하는 것이 홈스의 소급적 추리의 요체다. 아서 코난 도일의 『주홍색 연구』를 읽다 보면 곳곳에서 멋진 잠언을 만난다. 라캉은 에드거 앨런 포의 『도둑맞은 편지』를 소재로 유명한 세미나를 열었는데, 셜록 홈스를 소재로 삼은 세미나가 있다는 얘기는 여태 못 들어 봤다. 하지만 나는 홈스의 추리법은 뒤팽°의 추리법과는 다른 의미에서 분석적이며 범용성이 매우 높다고 본다. 그것을 홈스 자신은 '소급적 추리'라고 부른다.

"전에도 설명한 적 있는데, 특이한 요소는 장애물이 아니

° 에드거 앨런 포가 창조한 탐정으로, 논리적 추리와 분석을 통해 사건을 해결하는 현대 추리소설의 시초 격 인물.

라 오히려 사건 해결의 길잡이 역할을 해 주지. 이런 문제
를 해결하는 관건은 소급적 추리야. 아주 유용하고 간단
한 방식인데도 활용하려는 사람이 거의 없더군. 일상에서
일어나는 사건에는 '전진적 추리'가 확실히 유용하다 보니
그와 반대되는 방식은 외면당하기 일쑤거든. 종합적으로
추리하는 사람과 분석적으로 추리하는 사람의 비율은 아
마 50대 1쯤 될 걸세."

"솔직히 말하면 무슨 말인지 잘 이해가 안 되는군."

"자네가 이해하리라고는 딱히 기대하지 않았어. 좀 알기
쉽게 설명해 보겠네. 일련의 사건을 들으면 사람들은 보
통 결과를 예측할 수 있지. 머릿속으로 사건을 배열하고
는 다음에 무슨 일이 일어날지 추리하는 거야. 하지만 그
와는 달리, 결과를 알려 주면 거기서부터 출발해서 그 결
과에 이르기까지의 각 단계를 밝혀내는 독특한 사고를 하
는 사람이 있어. 그게 바로 내가 말하는 '소급적 추리'나
'분석적 추리'라는 것일세."[4]

어떤 사건을 시간 순서로 배열해서 그다음에 무슨 일
이 일어날지를 추리하는 힘과 결과에 이르기까지 어떤 '지
나간 과정'이 있었는지를 추리하는 힘은 완전히 이질적이

다. 전진적·통합적 추리를 하는 사람은 일련의 사태를 설명하는 가설을 세울 때 '제대로 설명할 수 없는 것'을 경시하거나 무시하는 경향이 있다. 자연과학에서 '가설에 대한 반증사례'를 '허용범위 내의 오차'로 처리하는 태도가 이런 경향에 해당한다.

하지만 홈스와 같은 지성은 그와는 다르다. 오히려 '가설에 대한 반증사례', 다시 말해 '제대로 설명할 수 없는 것'을 단서로 추리를 진행한다. 기존 가설로는 제대로 설명할 수 없는 것일수록 그것을 설명할 수 있는 가설의 수는 오히려 적어지기 때문이다. '제대로 설명할 수 없는 것'이란 롤랑 바르트의 용어를 빌려 말하면 '무딘 의미'le sens obtus이다. "내 사고가 도저히 흡수할 수 없는 추가분으로서 생기는 '여분', 완고하고 동시에 종잡을 수 없고 미끌미끌하면서 도망가 버리는 의미"(제3의 의미)를 바르트는 '무딘 의미'라고 일컬었다.

'제대로 설명할 수 없는 것'에 반응하는 지성을 '단서'로 '지나간 과정'을 찾아내는 힘, 그 힘이 얼마나 드물며 진정으로 지적인가. 셜록 홈스가 한탄하듯 아직 세상 사람들은 이를 충분히 이해하지 못한다. 물론 일본에도 '소급적 추리'의 중요성을 말하는 사람은 거의 없다.

나는 미셸 푸코의 '계보학'도, 오타키 에이치가 '음악사'를 말하는 방식도 이 학통에 연결된 것으로 본다. 나는 이 '추리술'을 학술 연구와 무도 수행 모두에 적용하고 있다. 머리로 모르는 것은 몸에게 묻는다. 몸이 모르는 것은 머리에게 묻는다. 이 연계 플레이를 제대로 못하면 일이 되지 않는다. 빨리 도장으로 돌아가고 싶다.

9   내 몸은 머리가 좋다

오랜만에 아무런 볼일도 없는 일요일. 볼일이란 어디까지나 이런저런 제도가 나한테 요구하는 용무라서 해야 할 일은 산더미처럼 쌓여 있다. 쇼분샤로부터 『'아저씨'적 사고』[5]의 초교 교정본이 도착했다. 단숨에 읽었다. 와, 이렇게 재미있다니!!

내가 쓴 글을 읽고 "와!" "아하!" 하면서 감탄하는 건 나의 나쁜 버릇이지만, 그렇다 치더라도 재미있다. 나라면 이런 책 무조건 산다. 내가 말하고 싶은 바가 내 생리에 딱 맞는 문체로 쓰여 있으니까. (그러고 보니 이 표현, 전에도 써먹었다.) 하지만 재미없는 부분도 여기저기 눈에 띈다. 우치다의 글에 나만큼 호의적인 독자가 재미없다고 말한다면 상당히 재미없는 것이다. 즉시 그 부분을 삭제한다. 삭제하면 페이지 수가 줄어드니 새로운 글을 보탠다. 쓱쓱 써 내려가 페이지 수를 맞춘다.

저녁(다이어트 중이니 평소처럼 곤약과 아츠아게°)을 먹으면서 다시 한 번 읽는다. 두 번 읽어도 재미있다. "오, 뒤에 가서 어떻게 마무리하려고 이런 엉터리 이야기를 하지?" 두근두근한 마음으로 읽어 나간다. (아까도 읽어 놓고…….) 내가 쓴 책을 읽고 설렐 수 있다니, 정말 행복한 사람이다. 이렇게 재미있는 책은 오다지마 다카시의 『부처님 얼굴도 샌드백』仏の顔もサンドバッグ 이후로 처음 본다.

자화자찬의 틈바구니에서 『미츠』°°의 5월호 원고를 쓴다. 이번 호 주제는 '일'이다. 편집장으로부터 "젊은 친구들에게 한 가지 가르침을 똬악 주세요"라는 부탁을 받았기에 취지에 따라야만 한다. 똬악!

'일의 본질은 패스하는 것'이라는 최근의 지론을 펼친다. '패스란 무엇인가'에는 여러 가지 접근 방식이 있다. 레비나스 선생이라면 사제론°°°으로 설명할 것이고 프로이

°   뜨거운 두부 요리.
°°   교토에서 발행하는 지역 잡지로 인문학과 철학, 지역 맛집 등을 소개한다.
°°° 스승과 제자의 가르침과 배움의 관계에 근거한 이론.

트와 라캉이라면 전이론°이으로 설명할 것이다. 물론 축구론도 된다. 하지만 이번에는 이와이 가쓰토의 '화폐론'과 미우라 마사시의 '크로마뇽인론'으로 접근해 본다. "화폐의 본질은 그것이 화폐라는 데에 있다"는 이와이의 화폐론은 실로 상쾌하다. "크로마뇽인의 본질은 '교환'을 좋아한다"는 미우라 마사시의 의견에 전율이 인다. 정말이지 세상에는 이토록 '머리 좋은 사람'들이 있다.

나는 머리 좋은 사람에게는 무조건 경의를 품고 바보에게는 무조건 적개심을 품는, 구제하기 힘든 주지주의자다. '머리 좋은 것'을 나만큼 무비판적인 평가 기준으로 삼는 사람이 또 있을까 모르겠다. 남들은 '성격이 좋다'거나 '상냥하다'거나 '배려심이 있다'거나 '상상력이 풍부하다'와 같은 여러 기준을 마련해 다면적으로 사람을 평가하는데, 나는 그런 기준이 아예 없다. 내가 보기에 그런 건 '머리가 좋다'는 본성이 그때그때 표출되는 것이기 때문이다. '머리가 좋은' 사람은 사회 관계에서 어떤 포지션을 취해야 하는지 잘 알고 있을 것이다. 자신의 욕망을 신속하게, 제대로 실현하려 할 때 주위 사람들로부터 '성격이 좋고, 상냥하고,

°　　정신분석가와 환자의 치료 관계에 근거한 이론.

112

배려심이 있고, 상상력이 풍부……'하다고 여겨지는 것은 매우 유용하다. 그러니까 '머리 좋은' 사람은 반드시 '인간 적으로도 좋은' 사람(으로 보일 것)이다. 그런데 나는 '성격 이 나쁘고' '심술궂고' '배려심이 부족하고' '상상력이 없다'. 그러니까 내가 설정한 기준에 의하면, 우치다는 '머리가 나쁘다'. 그렇다면 '머리 나쁜' 우치다가 왜 타인을 놓고는 "그 녀석은 바보야"라고 거만하게 논평할 수 있는 것일까.

여기에는 뜻밖의 비밀이 숨어 있다. 그것은 '우치다의 머리'는 '머리가 나쁘'지만 '우치다의 몸'은 '머리가 좋기' 때문이다. 우치다의 몸은 우치다의 머리보다 훨씬 똑똑하 다. 무서울 정도로 똑똑하다. 이는 자신 있게 단언할 수 있 다. '머리가 이해할 수 없는 것도 몸으로 이해'하는 게 내 특 기다. 본인이 '바보'인 주제에 우치다가 늘 자신 있게 "그놈 은 바보"라고 단언할 수 있는 것은 다른 사람의 지성을 항 상 '몸'으로 판단하기 때문이다. 그 녀석 곁에 가면 내 몸이 "삐, 삐…… 저건 바보다, 삐……" 하고 신호를 보낸다. (정 말이다.) 내 '머리'는 단지 그 신호음에 귀를 기울이기만 하 면 된다. 반세기를 살면서 몸이 내리는 바보 진단이 잘못된 적은 단 한 번도 없다. 내 머리가 "이 사람은 훌륭한 사람이 야" "존경할 만한 사람이야"라고 아무리 주장해도 내 '몸'은

"삐…… 삐…… 이 녀석은 바보야"라고 신호를 보낸다. 그렇기는 해도, 나도 사회인이다 보니 우선은 '머리'를 따르게 된다. 하지만 몸은 집요하게 불평을 늘어놓는다.

어떤 사람 곁에 가면 소름이 돋고 두드러기가 나는 통에 꿈속에서 그 사람을 때려죽이곤 한다. 어째서 저런 '좋은 사람'을 꿈속에서 죽이는 걸까. 내 무의식의 야수성에 종종 가슴이 아프다. 하지만 놀랍게도 '머리'가 보증한 '좋은 사람'인 그가 '치명적인 바보'였다는 사실이 머지않아 현실에서 실증된다. 사람을 제대로 꿰뚫어 본 쪽은 역시 몸이었던 거다. 그런 일을 지금껏 몇 번이나 되풀이해 겪어 왔다. '내 몸은 머리가 좋다'는 것은 하시모토 오사무 선생의 지언이다. 나는 이 한 마디면 하시모토 선생이 20세기를 대표하는 세계적인 사상가임을 충분히 증명한다고 본다.

왠지 종잡을 수 없는 이야기가 되어 버렸는데, 『미츠』의 원고를 쓰던 일로 돌아가 보자. 여느 때처럼 한 시간쯤이면 술술 풀어낸다. 이런 글은 며칠씩 퇴고한다고 되는 것이 아니다. 단번에 '쭉' 가지 않으면 나 자신의 사고의 벽을 돌파할 수 없다. '이런저런 것을 이런저런 식으로' 써 달라는 편집자의 요청이 있긴 하지만, 상대방이 써 주길 바라는 글을 쓰려고 하면 딱히 기세가 오르지 않는다. 그런데 "이런 걸 쓰면 곤란하려나⋯⋯" 하면서 상대가 곤혹스러워할 만한 것을 쓰기 시작하면 희한하게도 붓이 내달리기 시작한다.

10   브리콜뢰르의 마음가짐

토요일, 오랜만의 수련이다. 3주 만에 몸을 움직인다. 땀이 폭포수처럼 흐른다. 추석이라 그런지 연습하러 오는 사람은 스무 명쯤. 평소의 절반이다.

일요일에는 다다주쿠고난합기회의 '제0회 연무회'가 열린다. 내년에 제1회를 할 예정이므로 예행연습이다. 29명이 연무를 한다. 나도 잘 돌아가지 않는 혀로 설명 연무를 할 것이다. 몸은 움직이지 않고 있지만, 요즘 집필하는 책『일본변경론』에 계속 무도에 관해 쓰고 있으므로 이치만은 앞으로 나아가고 있다. 그 '이치' 부분을 이야기할까 한다.

신체기법에 관해 말하자면, 이치만 앞서고 몸이 따라주지 않는 일은 별로 일어나지 않는다. 그 이유는 실제로 신체능력의 발현을 막는 것은 대부분 뇌의 요인이기 때문이다. 몸은 많은 일을 할 수 있다. 우리가 의식적으로 조작하는 움직임을 훨씬 넘어서는 운동까지 할 수 있다. 그런데 그게 안 되는 이유는 뇌가 '인간의 신체란 이렇게 움직이는 것'이라고 마음대로 추측해 한계를 설정하기 때문이다.

그것을 해제한다. 도장에 나가지 않더라도 아침부터 밤까지 무도의 신체 활용 이치를 생각하다 보면 뇌에 설정된 한계가 조금씩 풀리면서 운동 가능성이 그만큼 커진다. 물론 '해제되었는지 여부'는 실제로 도장에서 움직여 봐야 알 수 있다. 그 부분은 '가설의 제시→실험→반증사례 출현 →가설 고쳐쓰기'라는 자연과학의 진행 방식과 완전히 일치한다.

현재 시점에서 내 머릿속에 있는 이치는 '갈등 가설'과 '선구성先驅性 가설'이다.

'갈등 가설'이란, 상반되는 두 가지 명령을 동시에 내리면 신체는 그 갈등을 해결하기 위해 '생각지도 못한 해결책'을 내놓는다는 것이다. 예를 들어 "단번에 베어라"라는 명령과 "마지막까지 최적 동선을 찾아 주저하라"라는 명령을 동시에 발령한다. 그러면 몸은 이 두 가지 요청에 동시에 응하려고 참으로 신기한 운동을 궁리하기 시작한다. 그런 의미에서 몸은 묘하게 '순수'하다. "그럴 수 없어요"라는 식으로 머리를 굴리지 않고 순순히 두 명령을 동시에 이행하려 한다. '돈까스를 먹고 싶다'와 '카레를 먹고 싶다'는 주문을 동시에 받고는 "돈까스 카레를 발명했습니다"라는 답을 내놓는 상황을 상상해 주시면 좋을 것 같다.

또 하나, '선구성 가설'은 요즘 내 뇌리를 떠나지 않는 아이디어다. 선구성이란 말하자면, 무언가를 남이 깨우쳐 주기에 앞서 스스로 깨닫는 잠재적 능력이다.

레비스트로스가 『야생의 사고』에서 쓴 것처럼, '야생'의 사람은 '있는 것은 있고 없는 것은 없는 삶'을 살아간다. 즉 그들은 한정된 자원 속에서 생활하고 있다. 레비스트로스는 그들의 삶을 '브리콜뢰르'bricoleur라고 불렀다. 브리콜뢰르는 주변에 있는 도구와 재료로 손재주를 발휘해서 선반이나 개집을 만드는 사람을 가리키는 프랑스어다. 야생의 사람들은 본질적으로 브리콜뢰르다. 그들의 세계는 자원 면에서 보자면 닫힌 세계다. '있는 것'만 써야 한다. 인터넷으로 주문하거나 편의점에서 재료를 구입할 수 없다. 그러므로 브리콜뢰르들은 도구의 범용성, 도구가 지닌 잠재 가능성에 관심이 많다.

레비스트로스는 다음과 같이 썼다.

그의 도구적 세계는 닫혀 있다. 그리고 게임의 규칙은 '수중에 있는 수단'으로 어떻게든 해보는 것이다. 즉 어떤 한정된 시점에서 수중에 있는 도구와 재료만으로 뭔가를 해보는 것이다. 게다가 그런 도구나 재료는 완전히 잡다한 것들이다. 모두 그 시점에서의 기획 의도와는 관계없이 모은 것이기 때문이다. 아니, 그렇다기보다는 애당초 어떤 특정한 기획 의도와는 인연이 없다. 그것들은 재고품을 갱신하거나 늘리거나 혹은 뭔가를 만들거나 부술 때의 잔해로 재고품을 보충할 기회가 있을 때마다 무계획에 근거해서 수집된 결과이다. 브리콜뢰르가 갖고 있는 것은 어떠한 계획에 의해서 정해지는 것이 아니다. 그것은 도구성에 기초해서 정해진다. 브리콜뢰르들의 말을 흉내 내보자면, 그들의 도구와 재료는 '이런 것이라도 뭔가 도움이 될지도 모르겠다'는 원리에 기초해서 수집되고 보존된다.[6]

이 글을 대학원생 때 처음 읽었다. 그때는 어째서 레비스트로스가 이런 이야기를 이 책의 첫머리에서 하고 있는지 알 수 없었다. 『야생의 사고』는 가공할 만한 파괴력을 지닌 책이다. 전후 15년간 프랑스뿐만 아니라 세계의 지적 세계에 군림하던 '제왕' 사르트르의 실존주의 왕조가 이 한 권으로 무너졌다. 『야생의 사고』는 한 치의 흐트러짐도 없이 구성된, 철저하게 통제된 책이었다. 그렇다면 역사적으로 중요한 이 책이 '수중에 있는 자원으로 변통하는 인간'에 대한 기술로 시작된 것에는 필연성이 있어야 한다. 하지만 그때의 나는 그 필연성을 도저히 이해할 수 없었다. 그래서 30년 내내 브리콜뢰르만 생각했다. 그렇게 30년이 지나자 브리콜뢰르들은 '선구적인 지知'의 중요성을 가르쳐주는 것이 아닌가 하는 생각이 들기에 이르렀다.

정글을 걷다 보면 눈앞에 다양한 '사물'이 출현한다. 식물이든 동물이든, 무기물이든 유기물이든, 인공물이든 자연물이든 그 '어떤 것'이 눈에 띌 때 브리콜뢰르는 멈춘다. 그리고 "이런 것도 언젠가 어디엔가 도움이 될지도 몰라" 하면서 자루에 휙 던져 넣는다. 그것이 '언젠가 어디엔가 도움이 될지도 모른다'는 걸 어떻게 아는 걸까.

정글에는 '당장은 그 용도나 실용성을 알 수 없는 것들'이 그야말로 넘쳐났을 것이다. 그 수많은 사물 중에서 왜 다름 아닌 '그것'이 그의 관심을 확 끌었던 것일까. 그렇게 선택할 수 있는 힘은 '선구적 지'라고 부를 수밖에 없다. '언젠가 어디엔가 도움이 될지 모른다'는 생각에 주워 담은 것이 나중에 결정적인 역할을 했던 경험, 이를 반복하면서 '당장은 그 용도나 실용성을 모르는 것'의 용도와 실용성을 선구적으로 직감하는 능력이 자란다. 아마도 태고 때부터 자원이 부족한 환경에서 살아온 우리 조상들은 모든 기회를 통해 그 '선구적 지'를 강화하고 단련해 왔을 것이다.

갑자기 대지진이 일어났거나 납치를 당했거나 고질라가 나타났을 때, '이럴 때는 이렇게 행동하라'는 매뉴얼은 존재하지 않는다. 진정한 위기란 '어떻게 처신해야 하는가'에 대한 실증적인 지침이 없는 상황이다. 하지만 거기서 살아남아야 한다. 그러려면 '청수사 무대°에서 목숨을 걸고 뛰어내리는' 것과 같은 결단을 해야 한다. 그런 곳에서 함부로 뛰어내렸다간 목뼈가 부러져 죽고 만다. 뛰어내리고도 무사하려면 '안전 그물망'을 목표로 뛰어내려야 하는데, 무대 위에서는 그물망이 보이지 않는다. 보이지는 않지만 '이 부근 어디쯤'이라고 짐작할 수 있는 인간만이 뛰어내리고도 살아남을 수 있다.

너무나 풍요롭고 안전한 사회에 살다 보니 우리는 바

°   교토에 있는 사찰 청수사는 무대가 높기로 유명해서 뭔가 큰 결단을 할 때 '청수사 무대에서 뛰어내린다'라고 표현한다.

늘귀만 한 살 기회를 선구적으로 아는 것이 얼마나 중요한 능력인지 다 잊고 말았다. 하지만 이런 능력은 분명 우리 모두에게 잠재되어 있다. 그 능력을 개발하려는 노력을 하고 있는지 아닌지, 개발을 위한 방법을 알고 있는지 아닌지의 차이가 있을 뿐이다.

이 시대의 아이들이 배우는 힘을 잃은 것은 그들의 '선구적 지'가 조직적으로 파괴되어 버렸기 때문이다. 배움이란 그것을 배우는 의미나 실용성에 대해 아무것도 모르는 상태에서, 그럼에도 불구하고 이걸 배우면 언젠가 내가 살아남는 데 절대적으로 중요한 역할을 하리라고 선구적으로 확신하는 데에서 시작한다. 배우기 전 단계에서 다 배웠을 때 얻게 되는 지식이나 기술, 그에 따른 이득을 한눈에 알 수 있는 정보 공개를 요구하는 아이들("그걸 공부하면 어떤 좋은 일이 있나요"라고 묻는 '영리한 소비자' 같은 아이들)은 '선구적 지' 같은 것은 알지 못한다. 그들은 '계획에 근거해' 배우기를 요구하며, 자신이 이루려는 목적에 유용한 지식이나 정보만을 획득할 뿐 그와 관계없는 것은 거들떠보지도 않는다. 그런 식으로 살면서 스스로가 지극히 효율적인, '비용 대비 효과가 높은' 방법을 취한다고 생각할 것이다. 하지만 미리 밑그림을 그린 계획에 근거해 배우려는 것은,

'선구적 지'를 자기 자신의 손으로 죽이는 행위다.

　'선구적 지'란 '살아남는 힘'이다. 그것을 죽이는 것은 완만한 자살이나 다름없다. 무도는 이 '선구적 지'를 개발하기 위한 기법 체계이다. 우리는 그것을 '기機의 감응'이라든가 '기의 연마'라고 부르고 있다.

　이런 이야기를 이틀 뒤에 히로시마 강연회에서 풀어놓을 예정이다. 히로시마현의 국어 선생님들이 대상이다. 무도 수련을 하면서 같은 소재로 책을 쓰고 강연도 한다. 동일한 재료를 잘 돌려쓰는 셈이다. '수중에 있는 것'을 다방면에 활용하는 사람, 그런 사람을 '브리콜뢰르'라고 한다.

11   선수를 잡거나
후수로 밀리거나

'후수後手로 밀린다'는 무도 용어인데, 시간적인 지체를 의미하는 것은 아니다. 난제에 재빠르게 대응한다 해도 '선수先手를 잡았다'라고는 하지 않는다. 어려운 문제에 맞닥뜨릴 때 그에 대해 어떤 답을 가지고 대응하는 행위는 모두 '후수로 밀린다'가 된다.

이 사실을 자각하는 사람은 드물다. 우리는 어릴 때부터 '후수로 밀리는' 훈련을 받아 왔기 때문이다. 질문을 받고, 거기에 어떤 대답을 해서 정답을 맞히면 칭찬받고 틀리면 벌을 받는다는 학교 교육의 형식이 애당초 '후수로 밀리는' 연습이다. 취직을 해도 '후수로 밀리는' 훈련은 계속된다. 이번에는 '주어진 과제를 적절히 해낸다'와 같은 식이다. 설문이나 과제가 우선적으로 주어지고, 거기에 어떻게 대처할지를 생각하는 틀에 익숙한 사람은 모두 '후수로 밀리는' 사람이다.

왜 우리는 '후수로 밀리는' 훈련을 이렇게까지 집요하게 강요당하는 것일까. 별로 어려운 얘기는 아니다. 질문을 하거나 과제를 내는 쪽은 '보스'이고 대답하거나 평가받는 쪽은 '부하'이기 때문이다. '무비판적으로 상급자를 따르는 마인드'를 형성하기 위해서 우리는 어린 시절부터 '후수로 밀리는' 기술만을 선택적으로 체득한다.

실제로 몇몇 정치인은 기자의 질문에 대답하기보다는 상대가 답을 알 리 없는 자질구레한 질문을 던져 주도권을 잡으려 한다. 자신이 던진 질문에 답을 들으려는 게 아니다. 질문을 하고 답을 평가할 수 있는 위치를 선점하면 상대를 '후수'로 몰아넣을 수 있다는 권력 관계의 생리를 경험적으로 터득했기 때문이다.

어떤 스포츠 경기에서, 시합이 끝나자 선수들을 줄 세워 놓고 "왜 졌는지 아냐?"라고 추궁하는 감독을 본 적이 있다. 물론 감독은 정답을 얻고 싶어서 그러는 게 아니다. 선수가 어떤 답을 내놓아도 그는 "그건 아니다"라며 물리칠 것이다. 그저 답을 평가할 권리를 행사함으로써 선수들에게 누가 보스인지 일깨워 주려고 그러는 것이다. 감독이

던진 질문에 정답이 있다면 그건 "너 같은 녀석이 감독이라서"인데, 안타깝게도 그 대답을 입에 올리는 것은 선수들에게 허용되지 않는다.

질문을 받고 거기에 답해 옳고 그름을 평가받는 쪽은 항상 후수로 밀린다. 따라서 모험적인 수이긴 하지만 무엇을 물어도 대답하지 않는 태도를 관철하면 확실히 후수로 밀리지 않게 된다. 실제로 간 나오토 총리는 관방장관 시절 그 한 수로 기자들의 질문을 물리쳐 철벽이라 불려 왔다. 그러나 그런 식의 '성공' 경험은 총리대신의 직에는 적용할 수 없다. '후수로 밀리지 않는 것'과 '선수를 잡는 것'은 전혀 다르기 때문이다.

일국의 리더에게 요구되는 것은 '질문에 대답하지 않는' 것이 아니라 상황의 '선수를 잡는' 일이다. '애초에 문제를 일으키지 않는' 것이다. 코로나19 확산에 앞서 적절한 대책을 강구하고, 우책愚策을 채택하지 않고, 남의 비위를 맞추며 아첨하고 행정을 엉망으로 만드는 관료를 중용하지 않는다면 애초에 '문제'는 일어나지 않는다.

총리는 수험생도 직장인도 아니다. 그에게 요구되는 것은 기자나 야당 의원에게 설복당하지 않는 일이 아니다. 나라가 나아갈 길을 지시하고 비전을 말하며 국민을 고무

하는 것이다. 자기 일이 그런 것이라는 사실을 모르기 때문에 그는 결국 후수로 밀리고 만다.

12 학교는 수련하기에
적합하지 않다

우리 미래를 짊어지는 이들은 아이들이다. 어떻게 하면 아
이들이 지적이고 감정이 풍부하고 그릇이 크고 눈매가 시
원시원하고 말을 재미있게 하고 포용력이 있는, 정말로 미
래를 짊어질 수 있는 빛나는 사람으로 자랄 것인가. 이것이
바로 학교 교육에 종사하는 사람이 최우선으로 생각해야
할 문제다. 시험으로 산출할 수 있는 점수 따위는, 좀 극단
적으로 들리겠지만, 아무 상관 없다. 무도장에서는 상대평
가라는 것을 하지 않는다. 누가 누구보다 강하다든지 잘한
다든지, 원칙적으로 그런 것은 화제로 삼지 않는다. 애초에
입문할 때부터 성별도 나이도 신체능력도 제각각이므로
비교하는 의미가 없다.

　비교를 해 보니 눈에 띄게 숙달된다면 또 모르겠지만,

내가 아는 한 같이 입문한 동료와 아무리 비교해 본들 비교를 통해 '눈에 띄게' 잘하게 되는 경우는 본 적이 없다.

신체능력을 엄밀하게 비교하려면 '그 밖의 모든 조건을 똑같이 만든다'는 한정이 필요하다. 그런데 무도는 '그 밖의 모든 조건이 똑같다는 전제하'에 한정적인 능력을 겨루는 것이 아니다. 언제 어디서 어떤 일이 일어날지 몰라도 위기가 닥치면 어떻게 살아남을지, 이를 위한 삶의 지혜와 힘을 개발하는 것이 수련의 목적이다. 남과 비교하는 것이 아니다. 비교할 대상이 있다면 그것은 '어제의 나'뿐이다. 나 자신의 변화 과정을 시간의 흐름에 따라 정밀하게 살피다 보면 지금 내가 선택한 방식의 수련에 대한 가설이 올바른지 아닌지 스스로 점검할 수 있다.

시간의 흐름에 따른 변화에도 여러 가지가 있다. 금방 늘었지만 그 뒤로 긴 정체기에 빠지는 사람이 있는가 하면, 이리저리 우회했지만 옆길로 샌 모든 것이 자양분이 되어 나중에 꽃을 피우는 사람도 있다. 그렇지만 수련을 계속하다 보면 누구나 반드시 재능을 꽃피운다. 이는 틀림없는 사실이다. 자신의 성장을 기를 쓰며 저지하려는 사람 말고는 모든 사람이 반드시 향상된다. 특히 학교체육 성적이 엉망이었던 사람이 어느 순간 폭발적으로 신체능력을 꽃피우기도 한다. 그런 모습을 옆에서 보고 있노라면 감동마저 밀려든다.

그런데 학교에서는 이런 일이 좀처럼 일어나지 않는다. 제자가 지닌 잠재력이 폭발적으로 꽃피는 순간을 때마침 눈앞에서 목격하며 감동해 본 선생님은 아마 그리 많지 않을 것이다. 도대체 왜 학교에서는 이런 일이 일어나기 어려운가. 연차별로 '여기까지'라는 도달 목표를 설정하고, 그 달성도를 측정해 '같은 학령 집단' 안에서의 상대적 우열을 따지기 때문이 아닐까.

일단 '등급'부터 매긴 다음 상위 등급 아이에게 교육 자원을 집중하고 하위 등급 아이에게는 벌을 주는 시스템에서는 잠재된 재능이 꽃필 수 없다. 실제로는 모든 아이가 저마다 훌륭하고 개성적인 재능을 지니고 있다. 그런데 너무나 개성적인 재능이라면 여태껏 비슷한 것을 본 적이 없으므로 그 재능이 잠재된 동안은 그게 무슨 재능인지, 어떤 계기로 피어나는지 교사와 부모는 물론 아이 자신도 모른다. '이렇게 하면 어떤 아이라도 자신의 재능을 발휘할 수 있다'와 같은 일반적인 매뉴얼은 존재하지 않는다. 가르치는 쪽에 있는 우리가 할 수 있는 일은 가능한 방법을 다 써보는 것, 그리고 기다리는 것뿐이다.

따라서 교사에게 필요한 자질이란, 쓸데없는 것을 다 제거하고 말해 보자면, '이것저것 다 할 수 있는 교육상의 자유재량권'과 '교육 성과가 어느 날 발현되기만을 기다리는 여유'다. 한마디로 교육 방법의 자유와 시간적 여유다. 인내심을 갖고 아이들의 성장을 지켜볼 여유가 있고 다양한 교육 방법을 마음껏 시도할 수 있는 자유가 보장된다면 학교 교육은 크게 실패할 일이 없다.

그런데 오늘날 학교는 어떤 모습인가. 교사들은 단기적 성과를 내도록 재촉당해 시간적 여유가 없으며 교육 방법의 자유도 여기저기에서 제약받는다. 아이들의 잠재적 재능을 꽃피우기에는 최악의 환경이다.

학교 교육 개선의 비책이 뭐냐는 질문에 나는 늘 같은 대답을 한다. 아이들의 등급을 매기지 않는다. 상대적인 우열을 논하지 않는다. 그것만 할 수 있다면 교사에게도 아이에게도 학교는 상당히 기분 좋은 장소가 될 것이다.

13

능력주의에 빠진 교육

체벌하는 지도자는 메리토크라시meritocracy의 신봉자다.

메리토크라시는 보통 '능력주의'로 번역되지만, 그 말로는 의미를 다 길어 낼 수 없다. 메리토크라시란 '노력한 이는 보상받고 노력을 게을리한 이는 벌을 받아야 한다'는 사상이다. 체벌하는 지도자는 자신이 휘두르는 폭력의 행사를 정당화할 때 메리토크라시의 논리를 끌어와 다음과 같이 주장한다. "이렇게 훌륭한 자질을 타고났는데 노력을 게을리하는 것은 용서할 수 없다. 아예 재능이 없다면 야단도 치지 않는다."

왠지 교육적으로 적절한 사고방식처럼 들린다. 그러나 쉽게 고개를 끄덕여서는 안 된다. 이 주장의 전제는 신체능력에는 저마다 생득적인 차이가 있지만 '노력하는 능력'에는 차이가 없다는 믿음이다. 전원이 똑같이 노력하는 능력을 갖추고 있다, 그런데 그 능력을 누구는 발휘하고 누구는 내놓기 아까워한다, 능력이 없는 것은 탓할 수 없지만 능력 개발을 스스로 억제하는 자는 벌을 받아야 한다. 이것이 메리토크라시의 논리다.

그러나 이 전제는 틀렸다. 자신의 한계를 돌파하려는 '노력 동기'가 기동하는 방식은 사람마다 제각각이기 때문이다. '자신의 한계'를 설정하는 것은 본인이다. '나는 이 정도밖에 못 해, 이 안에서라면 내 몸과 마음을 제어할 수 있어'라며 무의식중에 가능성의 범위를 설정해 버린다. 그리고 그 안쪽에 자리를 잡는다. 자신의 잠재 가능성을 낮게 설정할수록 노력은 불필요해진다. 이는 생물로서는 결코 잘못된 생각이 아니다. '심신에 최대한 무리를 주지 않는다' '하려고 들면 할 수 있지만 하지 않는다'는 생각은 생물에게는 합리적인 생존 전략이기 때문이다. 신체 자원이란 항상 마음껏 쓸 수 있을 만큼 풍부한 것이 아니다.

그러나 스스로 설정한 그 '한계치'를 어딘가에서 해제하지 않는 한, 신체적인 '극복, 돌파, 혁신'breakthrough은 일어나지 않는다. 한계치를 해제하는 방법은 단순화하면 두 종류뿐이다. 하나는 이익을 유도하는 것으로 '한계 밖으로 나가면 좋은 일이 있다'고 믿게끔 한다. 또 하나는 처벌의 공포를 불러일으키는 것으로 '한계 안에 머물다간 큰코 다친다'고 믿게끔 한다. 우리가 스스로 설정한 한계치를 해제하는 방법은 둘 중 하나이며 체벌은 후자에 속한다. 한계치 안에 머물다간 큰코다친다고 믿게 하면 사람은 어쩔 수 없이 한계를 넘어선다. '될 리 없는 일'을 하려고 한다. 지금, 여기에서 다 쓰면 안 되는 신체 자원까지 모조리 써 버린다.

그런데 그게 가능한 이유는, 한계치를 해제하는 대가로 '시간제한'을 설정하기 때문이다. '다음 대회까지'라든지 '올림픽 출전 선수 선발대회까지'라든지 '세계선수권대회까지'라든지, 몇 주 또는 몇 달의 시간제한을 설정해 놓고 그동안은 한계를 넘는 훈련을 견뎌 낸다. 그걸 넘으면 '망가지는' 신체에 대한 물리적 부하의 한계를 '그날까지'라는 시간의 한계로 바꾸는 것이다. '그날까지' 참으면 '그다음부터는 쉴 수 있다'고 생각하므로, 원래대로라면 오래오래 사용해야 할 신체 자원을 단기간에 다 써 버리는 훈련에 동의하고 만다. 그리고 그 대가로 한정된 기간 동안 수행력을 폭발적으로 끌어 올린다.

하지만 그것이 얼마나 '이치에 맞지 않는' 거래인지 자각하는 선수는 별로 없다. 높은 수행력이 요구되는 '한정

기간'이 끝난 뒤에 자신의 몸이 어떻게 망가질지, 그 문제는 전혀 생각하지 않는 선수가 대부분이다. 지도자도 선수 본인도 그런 앞일은 생각해 봤자 소용없다고 여긴다.

학교체육도 마찬가지다. 신체능력을 '평생에 걸쳐 천천히 높여 가는 것'으로 여기지 않는다. 학교체육은 아이들 안에 잠재해 있는 다양한 신체 자원을 시간을 들여 꼼꼼히 탐색하고 꽃피우는 일에는 그다지(라기보다는 거의) 관심이 없다. 학교체육은 숙명적으로 '성적 부여'라는 의무에 묶여 있기 때문이다. 그러려면 다른 조건은 모두 똑같이 만들어 놓고 수치로 측정해 비교할 수 있는 능력을 볼 수밖에 없다. 시간을 재거나 거리를 재거나 점수를 매길 수 있는 것만 신체능력으로 간주한다.

하지만 인간이 지닌 신체능력 가운데 정말 중요한 능력은 대부분 수치화가 불가능하다. '무엇이든 먹을 수 있는 능력'이나 '어디서나 잘 수 있는 능력' '누구와도 친구가 될 수 있는 능력'은 빨리 달리는 능력이나 공을 정확하게 골대 안으로 차 넣는 능력보다 훨씬 유용한 생존 능력이다. 그러나 이런 능력은 너무 복잡해 계측도 수치화도 불가능하다. 애초에 타인과 비교해 어느 쪽이 위인지 아래인지를 논하는 의미가 없는 능력이다.

우리 삶에서 정말 중요한 신체능력은 수치나 점수로 나타낼 수 없다. 하지만 '수치화·점수화할 수 없는 신체능력'은 지금의 학교체육에서는 '존재하지 않는' 것으로 취급된다. 따라서 그런 능력을 어떻게 찾아내고 개발하고 육성해 갈 것인가 하는 문제는 교육 과제가 될 수도 없다.

14

무도에는 시간제한이 없다

체벌을 효과적인 지도 방식이라고 믿는 사람이 많다. 어느 정도는 본인의 성공 경험에 뿌리를 둔 믿음이다. 확실히 처벌의 공포를 통해서 신체능력을 올리는 것은 가능하다.

능력이 발현될 때까지 기다릴 수 없을 만큼 절박한 상황에서 많은 지도자는 인간의 심신에 상처를 주는 일을 마다하지 않는다. '이제 시간이 없다, 당면한 큰일을 위해 다른 희생은 감수할 수밖에 없다'며 폭력이나 마인드 컨트롤이나 도핑을 정당화한다.

'이제 시간이 없다'는 말을 할 수 있는 것은 그 신체능력을 발휘해야 할 시간과 장소가 확정되어 있기 때문이다. 올림픽까지라든지 세계선수권까지라든지 지역 예선까지라든지, 요컨대 '시간제한'이 있으므로 '이제 시간이 없다'

라는 말이 나온다.

무도의 경우에는 처벌의 공포를 이용해 수업자修業者의 신체능력을 높이는 방법을 쓸 수 없다. '시간제한'이라는 것이 없기 때문이다. 있다면 죽을 때까지, 목표는 '달인, 고수의 경지에 이르는 것'이다. 그리고 그 목표는 무한소실점이지 구체적인 목표가 아니다. 그쪽을 목표로 잡고 걸어가다가, 어딘가에서 고꾸라지면서 끝나는 것이다. 죽을 때까지 수업했는데도 끝내 달인이나 고수가 되지 못했다는 것은 무도 수업자에게는 조금도 부끄러운 일이 아니며 후회가 남는 일도 아니다. 그들에게 목표란 '시리우스°의 경지'이며, 시리우스에 다다르지 않았다고 해서 내 인생은 헛되었다고 말하는 이는 없다. 무도에서는 상대적인 우열이나 교졸巧拙, 승패를 따지지 않는다. 비교해야 할 대상이 있다면 그것은 어제의 나뿐이다. 어제의 나에서 조금이라도 변화가 있다면, 어디가 어떻게 변했는지를 최대한 정밀히 관찰하고 변화의 의미를 고찰해 볼 필요가 있다.

타인과 내 몸을 비교하며 내가 더 강하다, 내가 더 잘한

○ 큰개자리에 속하는 별로 밤하늘에서 볼 수 있는 가장 밝은 별이다.

다, 내가 이긴다를 논하는 것은 아무 의미 없다. 기량이 미숙하여 수업 도중 위기 상황을 만나 상처를 입거나 실명했다 하더라도 그것은 '수업이 부족했다'는 뜻일 뿐이다. 그 소박한 사실을 그저 숙연하게 받아들일 뿐이다. 슬퍼하지도 않고 후회하지도 않는다.

무도란 필경 평생에 걸쳐 삶의 지혜와 힘을 함양하는 것이다. 이 노력에는 끝이 없다. "이제 필요한 만큼의 지혜와 힘을 얻었으니 수업은 끝입니다" 같은 일은 있을 수 없다. 같은 이치로, '언제까지 이것을 할 수 있어야 한다'는 미래완료적 틀에서 수업의 여정표를 만들 수도 없다.

스포츠 경기에서의 훈련은 평생에 걸쳐 삶의 지혜와 힘을 높이기 위한 것이 아니다. 특정 신체능력을 어느 시점에서 최대화한다는 틀에서 훈련이 이뤄진다. 최대화해야 할 시간과 장소가 미리 정해져 있다. 그러니까 그 시점에 최고의 성과를 낼 수 있다면, 그 뒤에는 다리나 허리를 펼 수 없게 되어도 상관없다. 극단적으로 말하면, '올림픽에서 금메달을 딸 수 있다면 몸이 망가져 다시는 경기를 못 뛰게 돼도 상관없다'는 마음가짐이 허용된다. 아니, 허용되는 정도가 아니다. 종종 미담으로 권장되기까지 한다.

좋다 나쁘다를 따지는 것이 아니다. 스포츠 경기는 원

래 그런 거라고 말하는 것뿐이다. 인간의 신체능력이 극한까지 높아진 모습을 보면 가슴이 벅차다. 인간이 이렇게까지 할 수 있다는 사실을 목도하면서, 그리고 인간의 잠재력이 얼마나 큰지를 깨달으면서 우리는 용기를 얻는다. 그것은 스포츠 경기의 대단한 효용이다.

단, 어느 시점에서의 신체능력을 '극한까지 높이는' 대가로 '평생에 걸쳐 시리우스의 경지를 목표로 하는' 선택지는 없어진다.

무도에는 시간제한이 없다. 달성해야 할 구체적인 목표가 없다. 경쟁자도 없다. 세계 랭킹도 없고 세계 대회도 없다. 인간의 능력을 개발할 때 그런 게 있는 쪽이 유효한 분야가 있고, 별로 의미 없는 분야가 있다. 무도는 그런 것이 의미 없는 분야이다. 거듭 말하지만 삶의 지혜와 힘은 남과 겨루는 것이 아니기 때문이다.

III

회의하지 않는다

15 절반은
단념하고 사는 편이 좋다

'절반은 단념하고 사는 것의 미학'이라는 희한한 주제로 글을 써 달라는 의뢰가 들어왔다. 첨부된 편집 취지는 다음과 같았다. '있는 그대로의 자신을 긍정하고 받아들이려면 잘 단념하는 것도 필요하지 않을까? 폐쇄감이 감도는 현대 사회에서 어떻게 살아야 할까?'

　『아동심리』라는 매체에 실릴 글이니, 스스로를 과대 평가하는 아이들의 자기평가를 하향 조정시키는 것의 효용과 이를 위한 실천 방안에 대한 질문으로 판단되었다. 이런 의뢰가 들어온 까닭은 오래전에 학교 교육에 대해 논하던 중 '교사의 중요한 책무 한 가지는 아이들의 과대한 자기평가를 적정한 수준까지 하향 조정하는 것'이라고 쓴 적이 있기 때문이다.

말 그대로 우주 비행사라든가 아이돌이라든가 축구 선수 같은 것은 초등학생이 졸업 문집에 쓸 때에나 귀엽게 느껴지는 '장래 희망'이다. 스무 살이 넘도록 일도 안 하고 집에서 빈둥빈둥 노는 사람이 그런 꿈을 말하면 별로 귀엽지 않다.

그런 사람은 어딘가에서 '진로 수정'의 타이밍을 잃은 것이다. 물론 그런 이들 중에도 정말 NASA에 취직하거나 그래미상을 받거나 세리에 A에 스카우트되는 사람이 10만 명에 한 명 꼴로는 나올 수 있으니 너무 단정적으로는 말할 수 없다. 하지만 그러한 '기사회생의 역전극'을 보여 줄 만한 될성부른 젊은이는 노인의 설교 따위엔 끝까지 귀를 기울이지 않기 때문에, 내 잔소리쯤으로는 '활짝 피었어야 할 재능이 그냥 시들어 버렸다'와 같은 비극은 일어나지 않는다. 조금도 염려할 필요 없다.

대략 이런 글을 쓴 걸로 기억하는데, 이 생각은 지금도 변함이 없다. 재능이란 주위에서 개화를 방해하려고 들면 그대로 으스러질 만큼 약한 것이 아니다. 오히려 '나를 으스러뜨리려는' 현실 자체를 자양분 삼아 피어나는 것이다. 설교 하나로 무너지는 재능은 재능이라고 불리지 않는다.

진정으로 혁신적인 재능이 출현하면 그때까지 '옛 시스템'에 들러붙어 살던 수천 수만 명의 체면을 통째로 무너뜨리거나 실업으로 몰아넣어 버린다. 그러니 기득권이 그 출현을 방해하는 것은 당연한 일이다. 만인이 쌍수를 들고 환영하는 재능 따위는 이 세상에 존재하지 않는다.

일찍이 시라카와 시즈카°는 공자를 평하며 이렇게 쓴 적이 있다.

『사기』 등에 나오는 공자의 세상에 대한 이야기는 모두 허구다. 공자는 아마도 이름 없는 무당의 아들로서 일찍 고아가 되어 미천하게 성장했을 것이다. 그리고 그것이, 인간을 처음으로 깊이 응시한 이 위대한 철인을 만들어 냈을 것이다. 사상은 부귀한 신분에서 나오는 것이 아니다.[7]

사상은 부귀한 신분에서 나오는 것이 아니다. 이는 시

○ 1910~2006. 평생토록 연구와 저술에 전념한 독보적인 한문학자이자 언어학자. 특히 고대 문자와 사회문화에 대한 이해를 바탕으로 쌓아 올린 그의 연구는 갑골문과 금문 연구의 결정판으로 평가받는다. 『자통』 『자훈』 『중국의 신화』 『중국의 고대문학』 『갑골문의 세계』 『만엽집』 등의 저서를 남겼다.

라카와 시즈카가 실존을 걸고 쓴 한 줄이다. '부귀한 신분'
이란 이 세상의 구조에 영리하게 적응하며 권력이나 재화
나 위신이나 인망을 취하고는 지금 있는 그대로의 세계 속
에서 기분 좋게 살아갈 수 있는 '재능'을 말한다. '부귀한 사
람'은 이 세계의 구조에 대해 근원적인 고찰을 할 필요를
느끼지 않는다. (건강한 인간이 자신의 순환기계나 내분비계
의 구조에 흥미를 느끼지 않는 것과 마찬가지다.) '인간은 어떻
게 살아야 하는가'라는 물음을 스스로에게 던지는 법도 없
다. (그들 자신이 이미 성공한 사람인데 자기 수양의 롤모델을 찾
을 필요가 어디 있겠나.) 부귀한 사람은 근원을 탐구하는 법
이 없다. 방법도 모르고 그럴 필요도 없다. 사상은 그런 인
간으로부터 나오는 것이 아니라고 시라가와 시즈카는 말
한 것이다.

똑같은 말을 스즈키 다이세쓰°도 한 바 있다. 그는 "헤
이안 시대°°에는 종교가 없었는데 가마쿠라 시대°°°에 사

° 1870~1966. 일본을 대표하는 불교학자이자 선禪의 대가로 유
   럽과 미국에 선을 소개하고 동아시아 사상을 알리는 데 지대한
   공헌을 했다.
°° 간무 천황이 헤이안쿄(현재의 교토)로 천도한 794년부터 가마
    쿠라 막부가 성립될 때까지로, 일본 귀족 문화의 전성기였다.
°°° 가마쿠라 막부가 통치한 1185년부터 1333년까지의 무사 정권

람이 '대지의 영'에 닿았을 때 종교가 시작되었다"는 설의 기초공사를 하면서 『일본적 영성』이라는 책에 다음과 같이 썼다.

현실에서 향락주의가 긍정되는 세계에는 종교가 없다. 만요 시대°는 아직 유치한 원시성인 시대였기에 종교가 자라지 못했다. 헤이안 시대에 들어와서는 일본인도 몇 가지 생각을 해도 좋았겠지만, 수도의 문화교육자는 너무 현세적이었다.

바깥으로부터의 자극이 없었으므로 반성의 기회는 없었다. 종교는 현세 이익을 추구하는 것으로부터는 태어나지 않는다.[8]

시라가와 시즈카가 '사상'이라 부른 것과 스즈키 다이세쓰가 '종교'라 부른 것은, 명칭은 달라도 내용은 다르지 않다. 둘 다 세계의 양태를 근원적으로 포착하여 인류에게 삶의 방향을 안내하고, 나아가 한 사람 한 사람의 살아가는

시대.
○   일본에서 가장 오래된 시가집 『만연집』이 편찬된 650년경~759년경으로 일본 고대 문학의 황금기였다.

힘을 부활시키려는 말을 하고 있다. 사상이든 종교든 혹은 학술이든 예술이든, 이야기할 가치가 있는 것은 '부귀한 신분'이나 '향락주의'나 '현세 이익'으로부터는 나오지 않는다. 두 노스승은 우리에게 이런 가르침을 전하고 있다.

이것이 내가 하려는 이야기의 전제이다. 내가 문제로 삼는 것은 '진짜 혹은 진정한 재능'이다. '자기평가의 하향 수정'에 관한 원고를 '진짜 재능은 무엇인가?'라는 물음으로부터 시작한 이유가 뭘까? '진짜 재능'을 다른 한편의 극단에 두지 않으면 '재능'에 관한 이야기는 시작되지 않기 때문이다. 우리가 일상에서 소리 높여 논하고 그 성공과 실패에 병적으로 집착하는 것은 사실 '어떻게 되든 별 상관없는 재능'이다. '부귀'를 가져오고 '향락주의'나 '현세 이익'과도 궁합이 잘 맞는 것은 '어떻게 되든 별 상관없는 재능'이다. 그것은 사상과도 종교와도 관계가 없다. 나는 그런 재능은 '있든 없든 아무래도 상관없다'고 생각한다.

그런데 현대인은 바로 이 '있든 없든 상관없는 재능'의 많고 적음에 집착하고 등급 매기기에 열심이며 우열과 승패를 소리 높여 말한다. 지금 이 세상에서 '재능'이라고 불리는 것은, 한마디로 '이 세상의 시스템을 숙지하고 잘 활용함으로써 자기 이익을 증대시키는 능력'이다.

재능 있는 사람은 이 세상의 구조를 이해하고 그 지식을 이용해서 '좋은 것'을 취하려고 한다. 그들은 세상이 왜 이러한 구조가 되었는지, 어떤 여건에 의해서 만들어진 구조인지, 어떤 조건을 잃어버릴 때 그 구조가 와해하는지 탐구하는 데에는 지적 자원을 사용하지 않는다. 이 세상의 이 구조가 붕괴한다는 것은 부귀한 사람에게는 가장 생각하고 싶지 않은 일이기 때문이다. 생각하고 싶지 않은 것은 생각하지 않는다. 그러다 보면 그들은 큰 건물의 와해와 함께 대지의 벌어진 틈으로 빨려 들어가고 만다.

이 세상의 시스템은 언젠가는 붕괴한다. 장담할 수 있다. 언제 어떤 형태로 붕괴할지는 모른다. 하지만 반드시 붕괴한다. 역사를 돌아보면 이 사실에는 예외가 없다. 250년간 지속되던 도쿠가와 막부도 붕괴했고 세계 5대 강국이던 대일본제국도 붕괴했다. 전후 일본의 정치 체제도 붕괴할 것이다. 그것이 언제 어떤 형태로 일어날지는 예측할 수 없지만 말이다.

내가 '진짜 혹은 진정한 재능'을 중히 여기는 것은 그것만이 '그럴 때'에 대비하고 있기 때문이다. '진짜 재능'만이 '그럴 때'에 어디에서 멈추면 좋을지, 무엇에 의존하면 좋을지, 어디를 향해서 달리면 좋을지를 지시할 수 있다. '진짜 재능'은 세계의 양태를 근원에서부터 포착하는 훈련을 늘 해 왔기 때문이다. 문제는 '모두가 붕괴하는 것'이 아니다. 모두가 붕괴된 것처럼 보이는 카오스적 상황에서도 국소적으로는 질서가 남아 있다. '진짜 재능'은 질서를 감지할 수 있다.

카오스적 상황에서 질서는 균질적으로 붕괴하지 않는다. 격하게 붕괴된 상태와 질서가 부분적으로 살아남은 상태가 혼재하는 것이 카오스다. 아무리 세상이 붕괴해도 붕괴하지 않고 남는 것이 있다. 인간이 집단적으로 살아가는 데에 반드시 필요한 제도는 어떤 경우라도 남거나 혹은 붕괴 속에서 가장 먼저 재생한다. 아무리 비참한 난민 캠프일지라도 분쟁을 조정하는 '재판의 장', 다치고 병든 사람을 치료하는 '의료의 장', 아이들을 성숙으로 이끄는 '교육의 장', 망자를 추모하고 신의 가호와 자비를 염원하는 '기도의 장'만은 남아 있다. 그곳이 바로 인간성의 최후의 보루이기 때문이다. 그것마저 잃어버리면 인간은 더 이상 집단을 이루어 살아갈 수 없다.

'재판'과 '치유'와 '배움'과 '기도'라는 근원적인 일을 담당하려면 반드시 일정 수의 '어른'이 존재해야 한다. 구성원 전원이 '어른'일 필요는 없다. 적어도 10퍼센트가량이 이 네 가지 근원적인 일을 맡아 준다면, 아무리 세상이 엉망이 되고 시스템이 붕괴되어도 카오스의 망망대해에 섬처럼 떠오른 '세상의 이치가 통하는 장'을 축으로 우리는 또다시 새로운 시스템을 만들어 낼 수 있다. 나는 그렇게 생각한다.

장래를 생각할 때 '이 사회는 내가 죽을 때까지 지금처럼 유지될 것이다'라는 전제를 의심 없이 받아들이고 지금의 시스템 안에서 '비용 대비 효과가 좋은 삶의 방식'을 찾는 아이들이 있다. 반면에 '언젠가 이 사회는 예측할 수 없는 형태로 파국을 맞이하지 않을까?'라는 막연한 불안에 사로잡혀 그날을 대비해야 한다고 생각하는 아이들도 있다.

이를 '평상시 대응' 아이들과 '비상시 대응' 아이들이라고 바꿔 말해도 좋다. 사실 양쪽 모두 자신이 선택한 '모드'에 기초해서 무언가를 포기한다. '평상시 대응'을 선택한 아이들은 '만약의 경우'가 발생할 때 지금껏 구축해 온 지위와 명예와 재화와 문화자본이 한순간에 '종잇조각'이 되어 버릴 수 있는 리스크를 안고 있다. 반면 '비상시 대응'을 선택한 아이들은 '만약의 경우'에 대비하고자 지금의 시스템에서 사람들이 놓지 못하는 여러 가치를 포기한다. 어떤 파국에서도 흔들리지 않는 확고한 사상적 탐구를 지속적으

151

로 추구하는 것과 '부귀'로워지는 것은 양립이 불가능하기 때문이다.

인간은 무언가를 단념하지 않으면 안 된다. 예외는 없다. 자신이 평상시 대응형인지 비상시 대응형인지는 스스로 결정할 수 없다. 그것은 생득적인 경향으로서 우리 신체에 각인된, 이른바 '있는 그대로의 자신'이다.

'있는 그대로의 자신'를 받아들인다는 것은 양자택일이다. '시스템이 순조로이 기능할' 때는 위세가 좋지만 시스템이 카오스 상태에 빠지면 그저 넋놓고 지켜보는 것밖에 할 수 없는 이가 되든지, 아니면 시스템이 순조롭게 기능할 때는 두각을 나타내지 못하지만 파국적인 상황에서는 살아남을 재능을 가진 이로 평가받는 이가 되든지. 어느 한쪽을 취하면 어느 한쪽은 단념할 수밖에 없다.

이상의 이야기는 일반론이다. 더 현실적인 문제는 편집자가 시사한 대로 지금 우리는 '폐쇄감이 감도는 현대 사회'를 살아간다는 사실이다.

'폐쇄감'이란 시스템이 순조로이 기능하지 않는다는 징후이다. 제도가 만들어졌을 때의 신선도를 잃어버리고 여기저기 붕괴하기 시작할 때 우리는 '폐쇄감'을 느낀다. 그런 시스템에서는 더 이상 '생생함'을 느낄 수 없기 때문이다. 벽 틈새로 악취가 새어 들고 싱싱한 에너지가 흘러야 할 기관이 경직되어 여러 제도가 가소성과 유동성을 잃어 간다. 지금의 일본이 바로 그런 상태다. 위부터 아래까지 모두 느끼고 있다. 시스템의 수혜자조차도 더는 이 시스템을 연명시키기 어렵다고 느끼기 시작했다. 가장 영리한 사람들은 슬슬 가게를 정리하고 그동안 모아 둔 자산을 챙겨 '일본이 아닌 곳'으로 탈출할 준비를 하고 있다. 싱가포르와 홍콩으로 자산을 이전해 조세를 회피하거나 아이들을 중학교 때부터 외국학교에 보내는 추세, 일본어보다 영어를 잘하는 것을 우선으로 치는 풍조 모두 '탈출 준비'의 징후이다. 그들은 시스템이 붕괴되는 장에는 있고 싶어 하지 않는다. 파국이 도래한 후에 파괴를 면한 몇 안 되는 자원과 수중에 남은 도구만을 사용해 새로운 사회를 재건하는 귀찮은 일은 맡을 용의가 없다.

그러므로 우리가 앞으로 의지할 만한 사람이란, 지금은 별로 영리해 보이지 않아도 언젠가 '엄청난 일'이 일어났을 때 어디로도 달아나지 않고 여기에 머무르는 이들이다. 미약하지만 그 나름대로 이치가 통하는 곳, 머무르면 기분이 좋은 장, 인간이 함께 살아갈 장소를 만들어 주는 이들이다. 나는 그렇게 생각한다.

언젠가 그런 중대한 책무를 맡게 될 아이들은 아마도 지금 학교 교육의 장에서는 별다른 두각을 나타내지 않을 것이다. 그들은 '이것을 공부하면 좋은 일이 생긴다'는 식의 이익 유도에 전혀 반응하지 않는다. '글로벌 인재 양성' 전략에도 편승하지 않으며 '영어 잘하는 일본인'이 되고픈 마음도 없이 먼 곳을 바라보며 깊은 사색에 잠겨 있다. 그들은 분명 무언가를 단념하고 있지만, 그것은 지평선 저 너머에 있는 '어떤 일이 있어도 단념해서는 안 되는 일'을 멀리서 바라보고 있기 때문이다. 아마도 그럴 것이다.

16 열어 보지 않으면
문 너머를 알 수 없다

이미 여기저기에 쓴 내용이라서 반복하기가 망설여지지만, 중요한 이야기이니 역시 쓰기로 한다. 내가 근무하는 대학 건물은 윌리엄 메렐 보리스°가 지었는데, 건축물 자체가 곧 배움의 비유이다.

외형적으로도 우리 대학 건물은 매우 아름답다. 내가 보기에는 심미적 가치가 충분하지만, 아름다움은 주관적인 느낌이다 보니 이 건물에서 한 줌의 가치도 찾아내지 못하는 사람도 물론 있다. 실제로 그런 사람들을 만난 적이 있다.

한신 대지진 재난보다 꽤 앞서, 모 싱크탱크에 우리 대

° 1880~1964. 일본에서 활동한 미국 출신의 개신교 평신도 선교사이자 건축가, 기업가.

학 재정 개선책의 기안을 의뢰한 적이 있었다. 그때 나는 노동조합의 집행위원장이었기 때문에 직원 입장에서 조사원들의 이야기를 들었다. 사실 극히 형식적인 일이었는데, 그때 조사원이 "땅값이 비쌀 때 오카다산 캠퍼스를 팔아 버리고 산다 근처로 이전하면 좋을 텐데요"라고 슬쩍 흘린 말에 깜짝 놀랐던 기억이 난다. 도대체 왜 이런 멋진 캠퍼스를 팔아 치우자는 거지? 이유를 물었더니 "지은 지 60년이나 된 이런 건물은 아무런 가치가 없어요. 수리하느라 돈만 들죠. 남겨 놓아 봤자 밑 빠진 독에 물 붓기예요"라는 대답이 돌아왔다.

그들에게는 이 캠퍼스의 가치를 측정하는 기준이 땅값과 관리비 같은 수치뿐이고, 그 밖에는 물건의 가치를 재는 잣대가 없었던 모양이다. 그들이 '정상'이고 깜짝 놀란 내가 비정상일지도 모른다. 실제로 시가현에 있는 도요사토 초등학교는 노후하고 내진성이 떨어진다는 이유로 1999년에 촌장이 허물어 버리려 했고, 도요에이와여학원 건물도 같은 이유로 헐리고 말았다.

교사校舍의 가치는 그것이 '교사로서' 어떻게 기능하는가를 기준으로 따져야지, 건물이 들어선 땅의 시장 가격이나 유지 보수 비용과는 본질적으로 무관하다고 생각한다.

그런데 우리 사회의 상식은 그게 아닌 모양이다. (하지만 적어도 내진성을 놓고 보면, 지진이 났을 때 1970년대에 지어진 건축물은 심하게 찌부러졌지만 보리스가 지은 교사는 꿈쩍도 하지 않았다는 사실을 강조해 둬야겠다.)

비즈니스 마인드로만 보면 이 학사學舍의 가치는 보이지 않는다. 그러나 이 건물을 생활의 장으로 삼아 이곳에서 연구와 교육의 나날을 보내고 있는 사람에게는 그 가치가 천천히 몸에 배어든다. 내가 이 학사에 숨겨진 신묘한 '장치'를 깨달은 것은, 이곳에 부임하고 5년 뒤에 한신 대지진을 겪고 나서 복구 공사를 할 때이다. 원래 내 연구실은 도서관 본관에 있었는데, 공사 전까지는 연구실과 문학관에 있는 교실 몇 곳밖에 몰랐다. 이학관에도 총무관에도 발을 들인 적이 거의 없었다. 그런데 복구 작업에 참여하며 우리는 보리스가 설계한 건물을 하나하나 답파하게 됐고, 복도에서 보기만 했을 때는 알 수 없을 만큼 이 건축물이 신묘하게 만들어져 있다는 사실을 알게 됐다.

이학관에 '숨겨진 3층'이 있고, 롯코산이 바라보이는 훌륭한 조망을 자랑하는 '숨겨진 옥상'이 있다는 것도 이때 알았다. 이 옥상은 문학관에서도 중정에서도 보이지 않는다. 언뜻 좌우 대칭으로 보이는 문학관과 이학관 사이에 이런 장치가 있다는 사실을 모른 채 졸업한 학생이 부지기수일 것이다. 도서관 본관 3층에는 갤러리가 있다. 학생들이 조용히 선잠을 잘 수 있는 이 특권적 공간에 방해꾼이 난입하지 않도록, 이곳을 애용하는 학생들은 그 존재에 대한 언급을 삼가고 있다. 총무관 2층 이사실 뒤에 숨겨진 화장실이 있다는 사실을 알게 된 것은 불과 몇 년 전이다. 북향 창문으로 등나무 정자 옆 은행나무가 정면으로 보이는 그 화장실은 내가 알기로는 이 캠퍼스에서 가장 전망이 좋은 화장실이다.

이미 알아차렸겠지만, 보리스 건축의 '장치'의 원리는 '스스로 문을 열지 않으면 문 너머에 무엇이 있는지 알 수 없다'는 것이다. 나는 이것을 '배움의 비유'라고 부른다.

교육을 공리적 어법으로 말하는 사람은, 교육이 아이들에게 어떤 이익을 가져다주느냐에 따라 그 가치가 측정된다고 믿는다. 그래서 환금성이 높은 지식이나 기술을 눈앞에 내밀면 아이들이 그것을 다투어 배울 거라 생각한다. 하지만 '교육의 유일한 동기부여는 경제합리성'이라는 빈곤한 인간관이 채용된 이래로 일본 아이들의 학력은 바닥없이 계속 추락하고 있다. 이 인간관이 배움의 진정한 역동적 구조를 파악하지 못하고 있기 때문이다.

우리 자신이 경험적으로 알고 있듯이, 배움을 향한 의욕이 가장 고양되는 것은 '지금부터 배우는 것의 의미나 가치를 잘 모르지만' '그럼에도 불구하고 격렬하게 끌리는' 상황에서다. 보리스의 장치에는 시종일관 '문손잡이를 내 손으로 돌려 봐야 그 너머의 풍경을 알 수 있다'는 원리가 적용되어 있다. 그래서 여기저기 의미를 알 수 없는 움푹 파인 곳이 있고, 숨은 계단이 있고, 숨은 문이 있다. 1층과 2층의 방 배치도 다르다. 1층에서는 이 자리에 '이것'이 있었으니 2층에도 같은 것이 있으리라는 유추는 보리스의 건물에서는 통하지 않는다.

문 앞, 문 너머, 자신이 나아가는 복도 끝에 무엇이 있는지 학생들은 사전에 알 수 없다. 자신의 판단으로, 자신의 손으로 문고리를 당긴 딱 그 만큼만 문 너머로 발을 디딜 권리가 생긴다. 어느 문 앞에 서야 하는지 한눈에 파악할 수 있는 정보는 학생들에게 제공되지 않는다. 스스로 선택해야 한다. '배움의 비유'란 그런 의미다.

보리스의 건축물이 이토록 은유적임을 배우고 알기까지, 20년 가까운 세월이 걸렸다. '그곳에서 생활하는 사람들에게 인간적 성숙을 요구하는 건물'이 존재할 수 있다는 사실을 알기까지 나에게는 그만큼의 시간이 필요했다.

17 　계속하는 힘은
　　　하다 보면 생긴다

합기도 수련을 하러 갔더니 입회 희망자가 일곱 명 와 있다. 그밖에 견학자가 두 명. 이 페이스로 입회한다면 머지않아 도장은 시장통처럼 바글바글해질 것이다. 4월은 새로운 것을 시작하고 싶어지는 시기이다 보니 매년 4월 첫째 주에는 입문자가 많은 법이지만, 아무리 그렇다 해도…….

"선생님이 쓰신 책을 읽고 왔습니다"라고 말하는 사람은 그리 많지 않다. 대부분은 '어쩌다 보니' 온 것이다. 인터넷으로 검색하다가, 집 근처에 있는 도장이라서, 수련 시간이 맞아서 등등.

그런데 희한하게도, 확률적으로 보면 확실한 동기를 품고 입문한 사람과 '어쩌다 보니' 온 사람 가운데 더 오래

가는 쪽은 '어쩌다 보니' 온 사람이다. 라쿠고落語°의 「하품 수련」°° 이야기에도 나오듯이, '친구 손에 이끌려 온 사람'이 '친구를 끌고 온 당사자'보다 본격적으로 그 일을 하게 되는 건 세상에 흔히 있는 일이다.

연예인의 데뷔 스토리에는 이런 사연이 종종 등장한다. "나한테 말도 없이 친구(또는 언니)가 오디션에 내 사진과 이력서를 보내 버려서……." 그런 얘기를 거짓말이라고 여길 사람이 있을지도 모른다. 소속사에서 "누가 물으면 그렇게 대답해"라고 지시했을 가능성도 분명 있다. 하지만 나는 그런 이야기의 절반은 진실이라고 생각한다. 본인 의지가 아니라 누군가에게 이끌려 어쩌다 보니 배우나 가수가 되었다는 사람이 그 일을 '지속'하는 경우를 많이 보게 되니 말이다.

그 이유는 왜 '그 일'을 하고 있는지 정작 본인도 잘 모

○ 에도 시대에 생겨나 현재까지 전승되는 전통 희극 구연 예술. 별다른 무대 장치 없이 한 사람이 부채와 손수건만 들고 몸짓과 입담만으로 이야기를 풀어 간다.

○○ 하품을 배우고 싶은 젊은 도령이 스승을 찾아가 이런저런 하품의 기술을 배우는데, 함께 따라간 친구가 옆에 있다가 지루해서 무심코 하품을 한다. 그러자 스승이 '친구가 훨씬 잘한다'고 칭찬했다는 이야기.

르기 때문이다. 사람들은 보통 인간이라는 존재가 '왜 그 일을 하는지 본인도 잘 모르면' 금방 그만둘 거라고 생각할지 모르지만, 그렇지 않다. 오히려 반대이다. 이유를 잘 모르는 일을 하고 있을 때 인간은 자신이 왜 이런 일을 하고 있는가를 알려고 한다.

자신이 그 일을 계속하는 연유를 알아내는 가장 쉬운 방법은, 계속하는 것이다. 그 일을 쭉 하면서 이런저런 경험을 하다 보면 "아, 이게 하고 싶어서 내가 이 일을 하고 있었구나"와 같은 이유를 발견할 수 있지 않을까 기대하기 때문이다. 배우나 가수가 된 젊은이가 그 일을 좀처럼 멈출 수 없는 것은 화려한 연예계 생활에 딱히 동경이나 미련이 있어서가 아니다. 그보다는 어쩌다 자신이 연기나 음악의 길을 걷고 있는지, 그 이유를 본인도 잘 모르기 때문이다. 그걸 알기 전까지는 멈출 수 없다. 마음이 찝찝하니까. 인간이란 그런 존재다.

그래서 나는 뭔가 기예를 시작할 때는 되도록 명확한 이유를 부여하지 않는 편이 좋다고 본다. '어쩌다 보니'라는 마음으로 시작하는 게 좋다. 가능하면 주위에서 '그만두라'는 일이나 스스로도 '이건 나랑 안 맞는데'라는 생각이 드는 일을 하는 게 좋다. 정말이다. 내가 60년을 살아오면서 밥벌이의 밑바탕이 된 일은 모두 주위에서 "그만둬, 너한테는 안 맞아"라며 말리던 일이다. 프랑스 문학도, 합기도도, 기독교대학 교수도.

"그만둬라" "너한테는 안 맞는다" 같은 지적은 옳은 얘기였다. 하지만 그런 말을 듣고도 마음이 정리되지 않고 '왠지 모르지만 하고 싶은' 기분이 들어서 '일단 조금만 더 해 보자'며 스스로를 다독였다. 그러다 정신을 차리고 보니 어느덧 그 일이 생업으로 자리를 잡았다.

왜 그 일을 시작했는지 자기 자신도 잘 설명할 수 없을 때, 우리는 어떻게든 스스로 이유를 찾아내려 한다. 자신이 한 행동에 사후 합리화를 꾀하는 것은 인간의 자연스러운 모습이다. 그래서 반대로 수련을 한 번 쉬면, 쭉 쉬다가 결국 그만두고 만다. 이는 '수련을 쉰 나'를 정당화하기 때문이다. "나한테는 아무래도 안 맞는 것 같아" "우치다는 말을 자주 바꾸네" "반년이 지났는데 여태 내 이름도 기억을 못 하다니" "도장은 왜 이리 덥나" "몸이 아프군" "합기도라는 게 대체로 몸에 안 좋은 것 같은데" 등등의 이유로 그만두게 된다. 모두 '수련을 쉬고 만 자신'을 정당화하느라 사후에 갖다붙인 '뒷수습'의 이유이지만, 그 이유에 본인이 납득되고 만다.

따라서 '계속할 수 있는 것 또한 힘'이라는 말은 옳다고 본다. 계속하면 뭔가 '좋은 일'이 생겨서가 아니다. '계속하는 자신'을 정당화하기 위해 우리는 '좋은 일'을 창작(나쁜 말로 하면 조작)하므로, 어떤 일을 지속하다가 정신을 차려보니 '좋은 일'만 있게 된 것이다.

그러니, (뭐든 새로운 일을 시작하고 싶어서) 4월 첫째 주에 친구들에게 이끌려 '어쩌다 보니 시작한' 이들의 무도인으로서의 미래는 장밋빛이다.

건투를 빈다.

추신: 앗, 깜빡했다. '결혼'도 마찬가지다.

18 무도가는 회의하지 않는다

무도가는 회의적이어서는 안 된다. 그런 명제가 성립할지 어떨지는 몰라도 왠지 그런 생각이 든다. 무엇을 보고 무엇을 들어도 의심의 눈초리로 "그런 일을 인간이 무슨 수로 해"라며 인간의 가능성을 낮게 평가하는 사람은 무도에 적합하지 않다고 본다.

'무도에 적합하지 않은 사람'은 인간의 신체능력을 계측하고 싶어 한다. 근육의 힘이라든지 움직임의 속도라든지 관절의 휘어지는 각도라든지, 어쨌든 수치로 나타내고 셈할 수 있는 것을 '신체능력'이라고 판단하고 그것을 선택적으로 개발하려 한다.

하지만 그런 훈련법은 별 의미가 없어 보인다. 그 이유는, 실제로 수련할 때 우리가 동원하는 신체 자원은 거의 무한하며 그중에서 수치로 나타낼 수 있는 것은 정말로 얼마 없기 때문이다. 눈길을 어디에 둘 것인가, 무게중심을 어디에 둘 것인가, 체축을 어떻게 세울 것인가, 손발을 어떻게 다스릴 것인가, 피부의 감도를 어느 정도로 설정할 것인가, 심지어 엄지 손가락 하나를 들어올리는 움직임이라도 거기에 관여하는 신체 부위나 기능은 무수히 많다. 물론 그 모든 것을 중추적으로 통제할 수는 없다. 우리의 신체 부위 대부분은 자율적으로 움직인다. 그러한 무수한 움직임의 복합적인 효과로서 '기'技가 성립한다.

복수의 요소가 관여하며 오케스트라처럼 중첩되어 성립하는 움직임에서, 그중 한 가지 요소만을 분리해 수치로 나타내 본들 무슨 의미가 있을까. 그 '기'의 성립에 가장 많이 관여하는 것이 상완이두근의 직경인지, 심폐 기능인지, 시냅스의 통전通電 속도인지, 그런 건 아무도 모른다. 그러니 특정 신체 부위의 특정 기능만 분리해서 그걸 선택적으로 강화하는 것은 의미도 없고 애당초 불가능하다.

무도를 수련할 때 '미리 계획을 세워 이런 능력을 선택적으로 개발하자'고는 할 수가 없다. 애초에 '어떤 능력'이 내 안에 잠재되어 있는지, 그것이 무도적으로 어떻게 유용한지 사전에 알 수 없기 때문이다. 어떤 일을 할 수 있게 된 뒤에야 "세상에, 이런 걸 할 수 있다니"라며 스스로도 깜짝 놀란다. 수련이란 그런 거다. 그런 부위가 있는 줄 몰랐던 신체 부위를 움직여 그런 움직임이 있는 줄 몰랐던 움직임을 해내는 자신을 발견하는 것이 수련의 성과다. 수련을 시작하기에 앞서 '일정표' 따위를 일일이 작성하고 단계적으로 달성해 나가는 것이 아니다. 내가 무엇을 할 수 있게 되고파서 수련하는지 나 자신도 모르니 '일정표' 따위는 만들 방법이 없다.

그래도, 이 어디를 목표로 하는지 모르는 오리무중의 수련 과정에서도 나아가야 할 방향을 제시해 주는 것이 있다. 바로 '고수'나 '달인'에 관한 이야기다. "옛날에 이런 일을 할 수 있는 사람이 있었던 것 같다"는 초인들에 관한 에피소드가 수련을 할 때 가장 신뢰할 만한 지침이다. 천리안이든 공중부양이든, 뭐든 좋다. '이런 일을 할 수 있는 사람이 있었다'는 말을 일단 믿는다. 그리고 그런 능력의 '단편'이나마 내 안에 잠재할지도 모른다, 수련을 거듭하다 보면 뜻하지 않게 그러한 능력이 부분적으로나마 발현될지도 모른다는 오픈 마인드로 수련에 임한다. 나는 그렇게 하고 있다.

어떤 특이한 재능이라도 '그것이 가능했던 사람이 있

다'는 이야기는 일단 잠자코 받아들인다. '그럴 수도 있겠다'고 여긴다. 그리고 어떤 수행을 하고 어떤 종류의 능력이 발달해야 '그런 일'을 할 수 있게 될까, 그 구체적인 과정을 생각해 본다. 그렇게 한다고 잃어버리는 것은 딱히 없다. 내 안에 숨어 있는 잠재 가능성을 믿고 수련하든 믿지 않고 수련하든, 매일의 수련에 할애하는 시간과 수고에는 변함이 없다. 어차피 같은 시간 동안 수련한다면 '그런 신기한 일을 할 수 있는 인간이 있다'고 믿고 수련하는 편이 즐겁지 않겠는가.

'일단 뭐든지 믿는' 수련자와 '그런 일을 인간이 할 수 있을 리가 없다, 전부 꾸며 낸 이야기다'라고 내치는 '과학주의적' 수련자가 10년, 20년 수련을 계속했을 때 도달하는 수준은 상당히 다르리라고 본다.

그렇기에 '인간의 잠재 가능성에 대한 낙관성과 개방성'은 무도가에게 상당히 중요한 자질이 아닐까 싶다.

19 글쓰기와 무도 수련

책을 몇 권이나 썼는지 이제는 일일이 세지 않는다. 책을 내기 시작한 지 10년이 조금 넘었는데, 아마 100권은 너끈히 넘겼을 것이다.

가끔 "대필작가가 있나?"라는 질문을 받는다. 그런 건 없다. 있을 리가 없다. 물론 출판업계에는 '누군가에게 초고를 부탁하고 거기에 조금 손을 대서 한 권 완성' 식으로 책을 내는 경우가 분명히 있다. 나도 그런 식으로 책을 만들어 보자는 제안을 받아 봤다. 물론 거절했다. 나에게 '쓰기'란 '아직 말이 되지 않는 것'을 말로 탈바꿈시키는 작업이다. 가장 즐거운 그 과정을 누군가에게 맡긴다는 것은 있을 수 없다. 애초에 내 속에서 아직 말이 안 돼 바둥바둥하는 '성운 상태'의 아이디어를 남들이 알 턱이 없다. 나 자신도 내가 무슨 생각을 하고 있는지 잘 모르니까.

그래서 하고 싶은 말을 다 쓰고 나서도 마음이 개운해지지 않는다. 무엇을 써도 말이 부족하거나 혹은 지나치거나 둘 중 하나다. 그래서 부족한 부분을 덧붙이고 지나친 부분을 덜어낸다. 끝이 없다. 지금 이렇게 쓰고 있는 것도 전에 몇 번이나 쓴, 비슷한 내용을 달리 말하고 있을 뿐이다. 그러니 "비슷한 이야기를 전에도 읽었는데"라며 짜증 내는 독자도 계실지 모르겠는데, 부디 참아 주시길. 나도 어쩔 수 없다. 한 번 쓰고 '하고 싶은 말을 다 썼다'는 성취감이 들면 그 주제에 대해 더는 쓸 일이 없겠지만 그런 일은 일어나지 않는다. 아무리 고쳐 말해도 '다 썼다'는 느낌은 결코 찾아오지 않는다.

내가 지금 쓰고자 하는 것은 원리적으로는 '내 이해를 넘어서는 것'이다. '내 이해를 넘어서는 것'을 내가 지닌 어휘로 붙잡으려 하고 있다. 이는 강물을 컵으로 퍼 올리는 것과 같아서 아무리 해도 다 퍼낼 수가 없다. 내 안에서 '말이 되기를 원하는 아이디어'는 나에게는 미지의 것이다. 그걸 아는 척해도 아무 의미 없다. 남은 속일 수 있어도 나 자신은 속일 수 없으니 말이다.

'자신이 이해할 수 없는 아이디어를 자신이 이해할 수

있는 말로 바꿀 수 있을까'라는 의문을 품는 분도 계실 것이다. 그런데 할 수 있다. 나는 오랫동안 번역 일을 통해 그 훈련을 해 왔다고 생각한다.

에마뉘엘 레비나스의 번역을 시작했을 때 나는 레비나스가 무슨 말을 하려는 건지 거의 알지 못했다. 아는 부분이 압도적으로 적었다. 그래도 내 이해를 초월한 철학자의 말을 나 자신의 말로 바꾸고 싶다는 생각이 들었다. 레비나스가 쓴 것을 이해할 수 없는 건 단지 나에게 철학사적 지식이나 프랑스어 독해 능력이 모자랐기 때문만이 아니라 (둘 다 꽤 모자라긴 했지만) 그 이상으로 내가 미숙한 사람이었기 때문이다. 그러니 인간적으로 더 성장하지 않으면 레비나스를 이해할 수 없다는 걸 직감적으로 알아차렸다. 그렇기에 번역이라는 작업은 나에게는 어학 능력이라는 지적 문제라기보다는 전체적인 나의 인간적 성숙과 관련된 문제였다.

온종일 레비나스의 텍스트와 마주하고 오로지 일본어로 바꿔 가는 작업을, 도쿄도립대학의 대학원생 때부터 조교 시기를 거쳐 고베여학원대학에 교수직을 얻어 옮길 때까지 10년 가까이 거의 날마다 이어갔다. 그 시기에 일주일에 4~5일은 지유가오카에 있는 합기도 도장에 다녔다. 낮에는 레비나스를 번역하고 저물녘에는 도장에 가서 수련하는, 판에 박은 듯한 생활이었다. 그러면서 레비나스가 책에 쓴 내용과 다다 선생님이 도장에서 하시는 말씀이 어딘가 깊은 곳에서 연결되어 있다는 확신이 들었다. 나라는 한 사람이 똑같은 열정을 담아 두 가지 일을 하고 있었으니 말이다. 모두 살아가는 지혜와 힘에 관계되는 가르침이었다. 그 두 가지가 완전히 다른 것이었다면 내가 설 자리가 없었을 것이다. 그 시기에 '언어의 생성'과 '무도의 수련'이 구조적으로는 같은 과정이 아닐까 하는 생각을 했다.

무도 수련에는 눈에 보이는 목표, 수치적·외형적으로 나타낼 수 있는 목표가 없다. 100미터 달리기 기록을 1초 단축한다든가 상완 이두박근을 1센티미터 키운다든가 순위에 들어간다든가, 이렇게 수치화할 수 있는 목표는 무도에는 존재하지 않는다. 유도 같은 경기 무도라면 '○○대회 우승' 같은 목표를 내거는 사람이 있겠지만, 그것은 사실 목표가 아니다. 어디까지나 수단이다. 그런 목표를 내거는 편이 내걸지 않을 때보다 질 높은 수련을 할 수 있다는 경험지經驗知가 그런 '방편'을 선택하게끔 한다.

한창 수련 중일 때는 지금 하고 있는 수련이 무엇을 위한 것인지 당사자는 잘 모른다. 모른 채로 그냥 한다. 지금

하는 수련의 의미는 사후적으로만 알 수 있다. 수련의 성과라는 것은 오로지 '그런 부위가 있는 줄도 몰랐던 부위를 감지할 수 있게 된다'라든지 '그렇게 움직이리라고는 생각도 못 했던 움직임이 가능해진다'와 같은 형태로 나타나기 때문이다. 자신의 신체에서, 그때까지는 따로 분절된 적이 없던 부위나 움직임이 출현한다. 기호적으로 분절되지 않았던 것이 기호로서 모습을 드러낸다. 수련을 시작하기 전에는 '그런 부위'나 '그런 기능'이 이 세상에 존재하는지조차 몰랐던 부위를 조작해 기능을 제어할 수 있게 돼 있음을 뒤늦게 깨닫는다. 그런 것을 어떻게 수련에 앞서 목표로 내세울 수 있겠는가.

이는 아이가 어른이 되는 과정과 매우 비슷하다. 아이가 어른이 되는 것을 목표로 자기 수양에 힘쓰는 것은 정말 대단한 일이다. 하지만 아이는 '어른'이 어떤 것인지 알지 못한다. (그걸 모르기에 '아이'인 것이다.) 그런데도 아이는 어른이 되려고 노력한다. 그리고 다양한 경험을 쌓은 뒤 어느샌가 어른이 되어 있음을 알아차린다. 과거 자신의 행동과 사고방식을 되돌아보며 너무 미숙했음을 깨닫고는 깊은 부끄러움을 느낀다.

'어른이 되는 것'은 아이가 살아가는 목표다. 하지만 아이는 어른이란 어떤 것인지, 어떻게 하면 될 수 있는지를 모른다. 그러나 어른이 무엇인지 몰라도 어른이 될 수는 있다. 이것이 성숙이라는 과정의 현묘한 점이다. 어른이 된다는 것은, 사전에 계획을 세우고 여정표를 만들어 일상에서 기울이는 노력의 성과를 수치로 가늠할 수 있는 것이 아니다. "나 오늘은 어제보다 3포인트 어른이 되었어" 같은 표현으로는 어른이 되어 가는 것을 묘사할 수 없다.

무도 수련도 마찬가지다. 수련의 목표는 고수, 달인이 되는 것이다. 이는 투시도법의 '무한소실점'과 같은 것이다. 우리는 고수의 경지가 어떤 것인지 모른다. 알 턱이 없다. 하지만 무한소실점이 없으면 그림을 그릴 수 없듯이, 이 영원히 달성될 수 없는 목표를 목표로 내세우지 않으면 지금, 여기에서 수련을 진행할 수 없다. 아이가 어른이라는 것이 무엇인지 모른 채 조금씩 성숙해 가듯, 우리 또한 고수, 달인이 무엇인지 모른 채로도 그것을 목표로 긴 수련을 할 수는 있다.

내가 지금 어떤 기술적 과제를 달성하고자 수련하고 있는지를 말로 설명할 수 있게 되는 것은 어느 정도 수련이 진행되어 그 기술적 과제에 손끝이 닿고 난 다음이다. 무엇인가를 하고 나서 내가 도대체 지금 무엇을 한 것일까 돌아

보고는 "아마도 이런 일을 한 걸까" 하고 가설을 세운다. 그리고 제자들에게 "이런 일을 하라"고 가르친다. 몇 년 전부터 익히 알고 있었는데도 어쩌다 보니 말할 기회가 없었다는 듯한 얼굴로 말이다. 이렇게밖에 말할 수가 없는 노릇이다. 무도에서도 몸이 먼저, 말은 나중이기 때문이다.

다만, 말로 움직임을 지시할 때에도 신체 부위를 구체적으로 가리키며 그곳을 몇 센티미터, 몇 도 각도로 움직이라는 식의 지시는 하지 않는다. 어떤 부위를 정밀하게 움직이려고 의식할수록 그 이외의 부위는 되도록 움직이지 않으려 하게 되기 때문이다. 부분을 컨트롤하려다 보면 전체가 오버 컨트롤되고 만다.

일상생활에서 인간은 그런 식으로 의식적으로 몸을 쓰는 경우가 거의 없다. 펜을 쥔다든가 젓가락을 든다든가 키보드를 친다든가 칼을 잡는 등의 일상 동작에서는 손가락이나 손목이나 팔꿈치나 어깨의 '올바른 사용법'을 의식하지 않는다. 의식하면 동작이 이루어지지 않는다. 그러한 일부 근골만 사용하는 일상적인 동작에서도 우리는 중심을 이동하고 허리를 회전하고 복강을 확대·수축하고 어깨뼈를 열고 닫고 고관절을 안팎으로 돌리는 등 무수한 부위에서 무수한 세밀한 운동을 동시에 자동으로 실시하기 때문이다. 중추신경에서 제어하기에는 변수가 너무 많다.

그래서 의식적으로 제어하려면 변수를 줄일 필요가 있다. 뇌가 계산할 수 있는 부분까지 변수를 줄이고, 사용하려는 해당 부위 이외의 부위는 되도록 고정된 것으로 해 두는 것이다. 그것이 '주저앉는다'는 것이다. 중추신경이 제어하는 구체적인 동작은 지시하지 않는다. 지시하면 그 동작과 관련이 있다고 (본인이 믿고 있는) 신체 부위 이외의 부위는 움직임을 멈춰 버리기 때문이다.

구체적인 것은 말하지 않는다. 대신 비유적 표현에 의지해 '거기에 없는 것'을 사용해 몸을 움직이게끔 한다. 굵은 붓을 쥐고 공간 가득 커다란 원을 그린다. 양손으로 칼자루를 잡고 가로로 길게 벤다. 손에 바늘과 실을 들고 바늘귀에 실을 꿴다. 이런 상상 속의 동작을 하게끔 한다. 그러면서 상대를 던지거나 굳히기를 한다. 실제로는 상대의 손목을 잡더라도 손목을 잡는다고 생각하지 않고 '거기에 없는 칼자루를 잡는다'고 상상하게 한다. 그러면 움직임이 극적으로 바뀐다.

상대가 내 경동맥을 노리고 손칼로 한쪽 어깨에서부터 비스듬히 내리 베는 동작을 피하는 기술을 수련한 적이 있다. 그런데 좀처럼 잘 안 된다. 아무래도 상대의 손칼을 보고 그에 응하고 만다. 이를 '후수로 밀린다'고 표현한다. 상대가 이렇게 해 오면 이렇게 피하자, 이렇게 반격하자는 발상을 하는 한 반드시 후수로 밀린다.

후수로 밀리지 않으려면 어떻게 해야 할까.

나는 상대의 동작과 무관하게 자발적으로 움직이고 있는데, 그것이 상대의 동작을 피하거나 돌려주는 역할을 할 때가 있다. 문득 어떤 동작을 하고 싶어 무의식적으로 움직이는데 그것이 '적중'할 경우, 이는 후수로 밀린 것도 아니고 선수를 잡은 것도 아니다. 그것은 상대의 유무, 시간적 선후, 빠르고 느림과도 관계없는 움직임이기 때문이다.

일본 각지에 요괴 '사토리' 민화가 있다. 사토리는 원숭이나 너구리를 닮은 야수다. 산속에 있다가 인간을 보면 모습을 드러내고 인간의 마음을 읽는다. "'지금 섬뜩한 도깨비가 왔다'고 생각했지?" "'빨리 돌아가면 좋겠다'고 생각했지?" 이렇게 인간이 무슨 생각을 하는지 다 읽고 괴롭힐 준비를 하고 있는데, 느닷없이 화롯가 뒤에서 튀어오른 땔나무에 맞고 깜짝 놀라 황급히 달아난다……는 이야기다. 사토리는 인간의 마음을 읽고 다음 동작을 예측할 수는 있지만, 무작위로 일어나는 현상을 예지할 수는 없다. 이는 무도에서 '선수'라는 개념을 생각할 때 단서가 된다.

'상대에 앞서 움직인다'는 틀에 머무르는 한, 몸이 움직임을 시작하기에 앞서 그 의도가 이미 새어 나온다. 상대에게 간파당하기 마련이다. '상대에 앞서 움직인다'는 틀 자체가 '후수로 밀린다'는 의미다. '선수'란 사토리 이야기의 '땔나무'와 같은 움직임이다. 그것은 '상대의 공격에 앞서 공격'한다는 뜻이 아니다. '상대'나 '먼저' 같은 틀 바깥에 서는 일이다. 다다 선생님이 자주 쓰는 비유를 빌리자면 '잊고 있던 사람의 이름을 문득 떠올릴 때의 느낌'이다. 떠올리려 애쓰면 애쓸수록 그 이름은 점점 더 기억나지 않는다. 하지만 어떤 계기로 물밑에서 기포가 솟아오르듯 문득 이름이 떠오른다. 이와 비슷하다. 상대의 공격에 응한 것이 아니라 갑자기 '물밑에서 기포가 솟아오르듯' 어떤 동작이 하고 싶어진다.

　한쪽 어깨로부터 비스듬히 내리 베는 것을 무력화하는 움직임이 잘 안 되어 고민하던 중, '첫눈의 눈송이가 하늘에서 내려와 무심코 손바닥을 내민다'는 상황이 문득 떠올랐다. 상대방이 베어 들어오는 상황은 일단 잊는다, 베어 들어오는 상대의 대각선 뒤쯤으로 내려오는 눈송이가 보인다(고 생각한다), 눈송이를 받으려고 무심히 손바닥을 내민다…… 이 움직임을 제자들에게 시키니 '후수에 밀리지 않고' 보기 좋게 베기를 제압할 수 있었다.

　손바닥에 닿은 눈송이를 감지하려면 먼저 손바닥 피부의 감도를 극대화해 둬야 한다. 미세한 감각의 입력에 반응하려면 신체 어디에도 힘씀이나 뻣뻣함이나 느슨함이 없어야 한다. 그런 몸 상태를 이루는 데에 '힘씀이나 굳음이나 헐거움이 없는 몸을 만들라'는 식의 명령은 아무 소용이 없다. 긴장 없는 몸을 만들려다 보면 긴장할 뿐이다. 그보다는 다른 일(그것도 실패할 수 없는 일)을 맡기면 된다. 애당초 눈 같은 것은 내리지 않았기에 손을 내밀어도 눈송이를 놓치는 일은 없다. 그렇지만 상상 속의 눈을 찾아서 손바닥의 감도를 최대화하는 상태에는 틀림없이 이를 수 있다. 그때 우리 몸은 힘씀이나 뻣뻣함이나 느슨함이 어디에도 없는 몸이 되어 있다. 그것이 '강한 신체'다.

　뭔가 가상의 동작을 해 본다. 거기에 없는 것을 찾는다. 거기에 없는 것을 만지려고 한다. 거기에 없는 것을 조작하려 한다. 그런 움직임은 멈추기가 어렵다.

　거기에 무언가가 실제로 있을 때 누군가가 그것을 만지려고 뻗은 손을 제압하는 일은 간단하다. 하지만 거기에 없는 것을 만지려는 손을 제압하는 일은 매우 어렵다. 그것이 도대체 어디를 목표로, 어떤 종류의 운동을 하고 있는지 모르기 때문이다. 목표물이 10센티미터 앞에 있는지 1미터 앞에 있는지, 손가락 끝으로 만지려는 것인지 손바닥으로 누르려는 것인지, 쥐려는 것인지 돌리려는 것인지 구부리려는 것인지 밀쳐 내려는 것인지 알 수가 없다. 그러한 움직임에서 경로를 예측해 저지하거나 간섭하기란 몹시 어려운 일이다.

누군가는 이런 경험을 해 봤을 것이다. 이제 겨우 걸음마를 익히기 시작한 아기가 저쪽에서 아장아장 걸어오면 피하기가 쉽지 않다. 아기가 어디를 향해 어떤 행보를 하려는지 알 수 없기 때문이다. 분명 아기의 동선을 피할 생각이었는데 정신을 차리고 보니 아기가 내 무릎을 끌어안고 있다. 그때 아기는 균형을 잃고 무언가를 붙잡으려 했다. 하지만 거기에는 아무것도 없었기 때문에 어쩔 수 없이 가까이 있는 내 다리에 매달렸던 것이다.

아기의 움직임은 내 다리를 목표로 하지 않았다. 그래서 정말 완만한 동작이었는데도 나는 쉽사리 잡히고 말았다. 과연, 거기에 없는 것을 목표로 하는 움직임을 예지하거나 제압하기란 매우 어렵다는 사실을 그때 깨달았다.

거기에 없는 것에 생생한 실제감을 느낄 수 있는 능력을 '문학적 상상력'이라고 불러도 좋을 것 같다.

노가쿠에서는, 시테°에게 중요한 인물이 정작 무대에 존재하지 않는 경우가 많다. 「마쓰카제」松風의 나리히라°° 도, 「스미다가와」隅田川의 우메와카마루°°°도 무대에 없다. 하지만 거기에 존재하지 않는 것을 중심으로 사람들이 관계를 맺고 극적 공간이 구성된다. 인간 세상에서는 종종 존재하지 않는 것들에 의해 현실이 바뀐다. 그 상황은 무도에서도 아마 변함이 없을 것이다.

° 노가쿠에서 극을 이끌어 가는 중심 인물. 가면을 쓰고 시야가 제한된 상태로 움직이기 때문에 '시테바시라'라는 기둥을 중심으로 공간을 감각적으로 파악한다.

°° 주인공 아리와라노 유키히라의 남동생. 두 사람 모두 헤이안 시대의 귀족이자 시인이다.

°°° 어린 나이에 납치되어 에도로 끌려왔다가 스미다강에서 죽은 소년. 주인공 어머니 앞에 영혼으로 잠시 나타났다가 사라진다.

20 양도체가 되어라

스가와라 미키코 사범이 운영하는 다다주쿠오슈도장에서 다다 선생님이 강습회를 열어 이와테현에 다녀왔다. 5월에는 히로시마 강습회 및 전일본합기도 연무제, 5월제 시범 연무 그리고 오슈°에서 꼬박 이틀 동안 열린 강습회까지 한 달 중 엿새를 다다 선생님과 함께했다. 다다 선생님 곁에 있으면 심신, 사지, 오장육부가 세포에서부터 활성화된다. 이런 경험이 없는 사람에게 이 느낌을 전하기란 몹시 어려운데, 아무튼 선생님으로부터 뜨겁고 세세한 파동이 전해져 온다.

○   일본 북동부 지역으로 지금의 후쿠시마, 미야기, 이와테, 아오모리.

그 자리에 있는 전원이 이를 감지하면 좋겠지만, 희한하게도 그토록 뚜렷한 파동을 접하고도 '느끼지 못하는' 사람도 있다. 어떤 사람이 느끼고 어떤 사람이 느끼지 못하는가, 이를 차츰 구별할 수 있게 됐다. 양도체인 사람은 느끼고, 그렇지 않은 사람은 느끼지 못한다.

'양도체'란 다음 사람에게 최대한 정확하게 건네는 것을 목표로 파동을 수신하는 사람이다. 스승으로부터 수신한 파동을 다음 사람에게 전달하려면 '도체'로서 제대로 기능해야 한다. 그 기능이 약하면 모처럼 수신한 파동이 줄어들거나 오염된다. 즉 스스로가 항상 양도체로 작동해야만 한다.

17년 전 지유가오카 도장을 떠나 간사이에 온 뒤로는 합기도의 수련 시간이 격감했다. 하지만 합기도에 대한 이해는 도쿄에서 집중적으로 수련할 때보다 오히려 더 깊어졌다. '전하지 않으면 안 되는' 상대가 생겼기 때문이다.

그전까지는 나 자신이 다다 선생님의 메시지를 수신하는 '엔드 유저'였다. 선생님 말씀을 제대로 이해하지 못해도 곤란한 것은 나 한 사람이었고, 정진이 부족해도 내 한 몸의 실패로 귀결될 뿐이었다. 언뜻 듣기에는 깔끔한 듯하지만, 이는 역시 수행에 방해가 되는 마음가짐이었다. 내 이해가 부족한 탓에 내가 바통을 넘기는 '다음 사람'이 곤란한 상황에 이르러서야 비로소 나는 그때까지와는 전혀 다른 주의력으로 선생님 말씀에 귀를 기울이게 되었다. 그때까지는 '이건 알겠다, 그런데 이건 모르겠다'는 식으로 나 자신을 통해 걸러 내고 선별해서 '일단 아는 것부터 제대로 정리하자'는 식으로 수련해 왔다. 그런데 제자가 생기자 '이건 모르겠다'고 그냥 놔둘 수가 없게 됐다.

나에게 스승이 있을 때는, '모르는' 것이라 해도 수련하면서 선생님 말씀대로 몸을 움직이다 보면 내 나름대로 '무언가'가 몸에 밴다. 그런데 내가 모르는 부분이니 '이건 하지 않겠다'고 선별을 해 버리면 그 부분은 다음 세대에 계승되지 않는다. '제자를 들인다'는 건 '모르는 것'이라도 다음 세대에 전해야 하는 절박한 포지션에 서는 일이다. '잘 모르는 것'을 전해야 하므로 전하려는 쪽도 필사적이 된다. 자신의 틀 속에 스승의 가르침을 가두려 해서는 안 된다. 그러면 옛말처럼 '침대에 맞춰 다리를 자르는' 꼴이 된다. 들은 그대로를 전하고, 본 그대로의 움직임을 재현하려 하는 수밖에 없다. 그런 상태가 바로 '양도체'이다.

참으로 놀랍게도, '엔드 유저 제자'에서 '전달자 제자'로 포지션을 전환하니 선생님이 보내는 파동을 갑자기 '찌릿

찌릿' 느낄 수 있게 됐다.

따지고 보면 당연한 일이다. 파동의 본성은 '전파'이다. 거기가 '막다른 곳'인 개체에게는 파동을 보내도 소용없다. 선생님의 가르침을 독점하려 할 때는 전해지지 않던 파동이, 선생님의 가르침을 다음 사람에게 전달해야겠다고 생각하자 비로소 내 몸을 격렬히 흔들기 시작한 것이다.

'파동'이라는 말을 썼지만, 이 말 대신 어떤 말을 대입해도 된다. '사랑'도 좋고 '말'도 좋고 '돈'도 좋다. 이 세 가지는 레비스트로스가 '커뮤니케이션의 세 가지 수준'이라는 표현으로 제시한 것이다. 친족, 언어, 경제활동. 이런 인간적 활동들은 모두 우리에게 '양도체가 되어라'라고 지시하고 있다.

우리가 갖고 싶은 것은 그것을 타인에게 주는 행위를 통해서만 손에 넣을 수 있다. 인간은 그렇게 구조화되어 있다. 혹은 그렇게 구조화되어 있는 존재만을 '인간'이라고 부른다.

소설가와 무도가

『달리기를 말할 때 내가 하고 싶은 이야기』는 달리기 선수 무라카미 하루키가 말하는 '달리기론'이다. 달리는 법, 근육 만드는 법, 신발 고르는 법, 달리기할 때 듣는 음악 고르는 법, 달릴 때의 마음가짐 등 순수하게 기술적인 내용만 적혀 있지만 나는 이 책을 지극히 정직하게 쓴 '소설론'으로 읽었다.

무라카미 하루키는 소설을 쓰는 데 필요한 '힘'과 달리는 데 필요한 '힘'이 본질적으로 같다고 보는데, 이는 무도가로서의 내 확신과도 통하는 바이다.

내 경험상, 신체적 수행력을 높인다는 것은 근육을 부분적으로 강화하거나 심폐 기능을 높이거나 혹은 '투쟁심'을 북돋우는 등의 조작에 한정되지 않는다. 심신의 수행력이 폭발적으로 개화한다는 것은 외부에 있는 막강한 힘, (오해를 무릅쓰고 말하자면) 초월적인 힘이 잘 정돈된 신체를 통해 발동하는 일이다. 그때 인간의 신체는 초월적 힘의 통로가 된다.

인간이 발휘할 수 있는 가장 큰 힘의 근원은, 인간 안에는 존재하지 않는다. 외부에 있는 힘이 자신의 몸을 통과할 때 인간은 인간을 넘어선 힘을 실현한다. 인간을 뛰어넘는 힘의 연원은 인간 바깥에 있다. 그래서 모든 문명, 모든 사회집단에는 그 힘을 영입하고 제어하고 발동시키기 위한 기술적 지식이 전해 내려온다. 무도는 바로 그러한 기술적 지식을 실현하는 한 가지 체계이다.

무라카미 하루키는 아마 달리기를 통해 비슷한 기술적 지식을 습득했을 것이다. 뛰어난 러너는 뛰어난 작가와 구조적으로 거의 같은 일을 하고 있다, 그는 그렇게 직감했다. 즉 스스로를 모종의 '양도체'로 완성하면, 그때 외부의 막강한 힘이 자신의 몸을 통과하여 발동한다.

예로부터 글 쓰는 사람들은 창작의 연원이 자신의 외부에 있다는 사실을 알고 있었다. 그래서 자신이 말을 만들어 내는 힘을 '인스피레이션'이라든가 '영감'이라든가 '다이모니온'°이라든가 '뮤즈'라고 부르곤 했다. 무도 또한 글쓰기와 다를 바 없다고 생각한다.

IV   대수롭지 않은 일의
                쓸모를 익힌다

22 　　　　　　 싸움의 쓸모

'싸움의 쓸모'라는 제목으로 글을 써 달라는 의뢰를 받았다. 아마도 요즘 아이들이 싸우는 법을 모른다는 것이 교육현장에서 문제가 되는 모양이다. 아무리 생각해도 싸움이라는 것은 커뮤니케이션의 본질에서 보면 상당히 결점이 많은 방식이다. 그럼에도 불구하고 '싸움의 쓸모'를 논해 달라니, 여기에는 '결점이 많은 커뮤니케이션'도 '커뮤니케이션이 전혀 없는 것'보다는 낫다는 안타까운 현장 사정이 반영되지 않았을까.

　　그러고 보면 결점이 많은 커뮤니케이션이라 해도 '싸움'은 역시 커뮤니케이션의 한 형태이며 일종의 교화 효과도 지니고 있다. 그러니 싸움이란 어떤 것이며 어떻게 습득되는 것인가, 이에 대해 사견을 좀 풀어 보려 한다.

지금 나는 누구에게서 어떤 호된 비판을 받아도 "아이고, 실례 많았습니다"라며 상냥하게 물러나는 무던한 할아버지이지만, 젊었을 때는 싸움깨나 하던 사람이다. 아니, '깨나'를 넘어 열여섯 살부터 스물다섯 살까지는 거의 시비조로 살았다 해도 과언이 아니다. 정치에서 시작해 철학, 문학, 음악, 미술, 영화, 우정, 연애…… 청년이 맞닥뜨리는 온갖 주제에 대해 나는 늘 '논쟁'적인 태도를 견지했다.

우리 세대는 '교양주의'의 마지막 세대다. 교양주의란 한마디로 호불호에 소리 높여 이치를 따지지 않고서는 넘어가지 않는 성향이다. '호불호'를 개인적 기호 문제로 놔두지 않고 '좋다 나쁘다'를 집요하게 따지다가 '옳다 그르다' 수준으로까지 폭주해 버리는 것이 '교양주의'의 한 측면이다. 그래서 음악처럼 완전히 개인 취향에 속하는 것조차도(어차피 누군가에게 들은 이야기를 떠드는 것에 불과하지만) "그건 안 돼, 그건 록이 아니야" "이런 광고 음악은 재즈라고 할 수 없어" 같은 식으로 단정 짓기를 선호한다. 교양주의 시대란, 자신의 개인적 기호에조차 늘 '정치적' 승인을 요구해야만 하는 매우 귀찮은 시대였다. 예컨대 나는 에벌리 브라더스나 비치 보이스의 부드럽고 가녀린 팝을 매우 좋아했지만, 우리 시대에 그런 서투른 스퀘어 음악을 듣는 것은 거의 '반혁명'이나 다름없는 폭거였다. 그러니 나도 그저 "에벌리는 좋아" 같은 개인적 감상에만 머물러서는 안 되었고, 어쩔 수 없이 "에벌리 브라더스를 '저급한 컨트리'로 분류하는 너희는 에벌리의 화성和聲 진행에 유유히 흐르는 블루 레이버를 청취할 만한 음악적 교양이 없음을 만천하에 드러내고 있다. 록의 혁명성을 헤어스타일이나 복장이나 백스테이지에서 부리는 기행 등으로 판단하는 그 비웃어 마땅한 교조주의·관료주의야말로 진정한 혁명적 관점으로부터 혹독하게 규탄받아 마땅하다"는 식의 억지를 부려야만 했다.

참으로 성가신 시절이었다. 성가시긴 했지만 그 나름대로 좋은 점도 있었다. 그 시절엔 "이것은 좋다, 저것은 나쁘다. 왜냐하면……"과 같은 '논리'를 말하지 않으면 안 되었기 때문이다. 논리를 따지려면, 주제로 삼아야 하는 악곡은 물론 그와 대치되는 쪽에 있는 악곡군에 대해서도 '지도'를 보듯 전체를 한눈에 내려다보는 시각에서 나온 포괄적인 평가를 내려야 했다. 이게 '좋은 작품'이고, 이 부분은 '음…… 허용 범위'이고, 저 부분은 '절대 허용할 수 없다'는 식의 대국적 시야로 전체를 아우르는 기술이 반드시 필요했다. 그러니 흥미 없는 음악도 '공부'를 위해 들어야 했고,

그 음악들에 대해 비평적으로 이야기하는 '공통의 어법'도 습득할 수밖에 없었다. '기호'를 놓고 이치를 따져 가며 말한다는 것은 생각보다 쉽지 않다. "나는 ○○가 좋다"라고 섣불리 말하면, "○○가 좋다고? 자, 그렇다면 △△는 어떻게 평가해?"와 같은 추궁이 반드시 따라붙는다. 그럴 때 "어, 그건 아직 안 들었는데"라고 말하면 애당초 '○○가 좋다'는 판단 자체의 신빙성이 퇴색한다. 그렇게 '추궁할 것'을 서로 찾고 노리고 파고들고, 그러다 역으로 당하기도 했다.

한데 혹 지금의 아이들은 "나는 이걸 좋아해" "그래? 나는 들어 본 적 없는데" 식으로 대화를 끝내 버리고 있는 게 아닐까. (학생들이 음악에 관해 나누는 대화를 듣고 있으면 확실히 그런 느낌이 든다.) 그러니 논쟁이 안 된다. 호불호는 논쟁거리가 아니다. '좋다 나쁘다'를 꺼내야 논쟁이 된다. 논쟁이 되면 지지 않으려고 이것저것 들어 보고 이런저런 비평도 찾아 읽어 본다. 이런 것이 '교양으로서의 음악'이라는 형태이다. 예술 작품 감상법으로 보기에는 확실히 심하게 왜곡된 방법이지만, 음악을 들을 때 '내가 느끼는 자연스러움' 말고도 다양한 청취 방식이나 가치 기준이 존재한다는 사실을 외형적으로나마 배울 수 있었던 것은 전혀 헛되지 않았다고 생각한다. 논쟁이 동기가 되는 학습이 배움의 왕도는 아니지만, 그렇다고 완전히 헛되지도 않다. 어떤 동기에서건 역시 아이는 되도록 많은 소스를 접하는 것이 중요하다. 처음 듣는 순간 빠져든 음악이라 해도, 알고 보면 라디오에서 DJ가 칭찬했다든지 친구가 꽂힌 음악이라 나도 들어 봤다든지 하는 식으로 기존의 가치 판단에 어느 정도 영향을 받았을 것이다. 그렇다면 "뭐야, 그것도 안 들었다고?"라는 말에 분해서 들은 음악도 '부자연스러운 시작'이라는 점에서는 별반 다르지 않다. 호불호의 수준에서 말할 문제를 '좋다 나쁘다'의 논쟁으로 끌고 가는 것은 분명 쓸데없는 일이지만, 그래도 나 자신의 자연스러운 감수성에만 모든 취사선택을 맡길 때보다는 새로운 것을 접할 기회가 많아진다. 덧붙이자면, 개인적 기호를 '일반적 진위' 수준에서 논한다는 것은 (사실 의미 없는 일이지만) 논의를 위한 공통의 '플랫폼'의 필요성을 깨닫게 해 준다는 점에서는 매우 교육적이다.

나아가 이런 점을 지적받으면 '패', 그걸 되받아치면 '승'이라는 구도가 성립되려면 '승패 규칙'을 서로 공유해야 한다. 다시 말해, 논쟁이 가능하다는 것은 당사자끼리 이미 의사소통을 하고 있다는 뜻이다. 논쟁을 할 수 있다는 것은 논쟁 상대에게 일종의 경의를 표현하는 일이기도 하다. "너의 이론은 무너졌다. 왜냐하면……"이라는 말에는 '왜냐하면' 이하의 논증을 '네가 이해할 수 있다'는 전제가 있다. 우리는 분명 대립하고 있지만, 대립의 '구도'가 어떤 것이며 논쟁에 걸 판돈이 무엇인가에 대해서는 공통의 이해가 성립되어 있다. 커뮤니케이션이 이루어지지 않는 상태에서는 논쟁이 벌어질 수 없다. 논쟁에는 상대방에 대한 경의가 필수적이다.

싸움이란 곧 '승패'다. 이기거나 지니까 싸움이 되는 것이고, 그러려면 '어떤 경우에 이기고 어떤 경우에 지는가'에 관한 통칙을 양측이 공유하고 있어야 한다. 요즘 아이들이 싸움을 안 하게 됐다는 것은 당연히 논쟁도 안 하게 됐다는 얘기일 것이다. 이런 현상을 아이들 입장에서 바라보면, '내가 느끼는 자연스러움'이 너무나도 강력한 현실감을 지닌 나머지 그것을 이해하지 못하는 타자, 그것에 공감해주지 않는 타자는 마치 존재하지 않는 양 '투명하게' 취급하는 태도가 일반화된 것은 아닐까 하는 생각이 든다.

23   지는 방법을 습득하기

가정에서도 학교에서도 회사에서도 '경쟁에서 이기는 법'을 가르친다. 모든 언론이 '이기는' 방법을 소리 높여 가르쳐 준다(주식 투자로, 경마로, 연애 게임으로). 그것이 글로벌 자본주의 사회의 풍조인가 보다. 그러나 현실 생활에서 우리는 결코 이기거나 지는 것이 아니다. 오히려 대부분 지고 또 지고 있다.

첫째, '궁극의 승부란 생사를 건 승부'라는 말이 사실이라면, 지금 이 순간도 우리 모두는 자신에게 다가올 것이 확실한 패배를 향해 가고 있다. 이 패배에 예외는 없다. 우리는 구조적으로 패자다. 그 사실에 기초하여 승부라는 것을 다시 생각할 필요가 있다고 본다. 우리가 승부에 열중하는 것은 이기기 위해서가 아니다. '적절한 패배' '의미 있는 패배'를 습득하기 위해서라고 생각한다. 여름 고시엔°에는 4천 곳이 넘는 고등학교가 참가하지만, 승자는 단 한 곳뿐이고 나머지는 모두 패자이다. 이 이벤트에 어떤 교육 효과가 있다면 그것이 '이기는 방법을 터득하는 것'은 분명 아니다. 그런 효과를 얻는 것은 매년 전국에서 한 학교뿐이기 때문이다. 그만큼의 시간과 에너지를 투자하면서 그 정도 효과밖에 거두지 못한다면 이처럼 비용 대비 효과가 나쁜 교육사업도 없다.

그러나 고교야구가 효과적인 교육사업이라는 데에는 사회적 합의가 이뤄져 있다. 거의 모든 참가자가 패자인 이벤트가 교육적일 수 있다면, 그것은 '적절하게 지는 법'을 배우는 것이 인간에게 절대적으로 중요하다는 사실을 우리가 알고 있기 때문이다.

'적절한 패배'의 첫 번째 조건은, 패인은 모두 나 자신에게 있다는 단호한 자기반성이다. 동료의 실책이나 감독의 형편없는 지휘 때문에 졌다고 발뺌하는 선수는 누구의 경의도 얻을 수 없을 것이다.

° 일본 전국고교야구선수권대회를 가리키는 말. 한신 고시엔 구장에서 열린다.

두 번째 조건은, 이 패배로 개선해야 할 부분을 많이 알게 됐다는 자각이다. 지고 나서 "우리로서는 최선을 다했다, 더 이상 노력할 여지가 없다"고 말하는 사람은 패배에서 아무것도 배우지 못한 셈이다.

　세 번째 조건은, '졌지만 아주 즐거운 시간을 보냈다'며 유쾌한 기분으로 패배를 기억하는 것이다.

　당연한 얘기 아니냐고 분개하는 분이 계실지도 모른다. 하지만 정말로 '당연한 얘기'라고 단언할 수 있을까. 오늘날 일본을 보면 정계에서나 재계에서나 언론에서나 갖가지 불상사가 잇따른다. 그 어떤 정밀한 시스템이라도 '버그'를 피할 수는 없기에 문제가 일어나는 것은 어쩔 수 없다고 생각한다. 하지만 그 후에 '이 모든 게 내 책임'이라고 단언하고, '개선해야 할 점이 발견되었다'는 것을 교훈으로 받아들여 오류를 신체화하면서, 지금까지 수고해 준 주위 사람들에게 '감사하다'고 말하며 '패배'를 총괄하는 사람은 좀처럼 보지 못했다. 아마도 그들은 결코 패배를 인정하지 않는 것이 현명한 삶이라는 당대의 시류를 따르는 것일 테다.

　하지만 죽을 때까지 모든 승부에서 계속 이길 수는 없다. 언젠가는 반드시 패배의 날이 닥친다. 그때 누구의 경의도 기대할 수 없고, 아무런 교훈도 얻지 못하고, 그저 불

쾌한 뒷맛만 남기는 무의미한 패배를 떠안아서야 되겠는
가. 때로는 이기는 것보다 더 많은 이익을 가져다주는 패배
가 있다. 그런 패배를 아이들에게 가르치는 것이 어른의 중
요한 책무가 아닐까.

24 나이 듦의 쓸모

나이를 먹어 보지 않으면 모르는 것이 있다. 그것은 '나이만 먹어서는 인간은 성장하지 않는다'는 사실이다. 물론 이말이 나이가 들어도 인간은 변하지 않는다는 뜻은 아니다. 인간은 변한다. 자꾸자꾸 변한다. 체형도 바뀌고 체모도 빠지고 배도 나오고 이도 빠진다. 기억력이 나빠지고 눈이 침침해지면서 성욕도 식욕도 점점 약해진다. 그것은 '성장하는' 것이 아니다. 그저 나이가 드는 것일 뿐이다. 노화와 성숙은 전혀 다른 것이다. 노화를 성숙으로 바꾸려면 주체적으로 움직여야 한다.

노화와 성숙을 단번에 가를 수 있는 방법이 있다. 별로 어려운 일은 아니다. 나 자신이 거쳐 온 모든 시간을 생생하고 또렷하게 기억해 두면 된다.

나에게도 어린아이였던 시절이 있고, 초등학생이었던 시절이 있고, 중학생이었던 시절이 있고……(이하 생략). 58년에 걸쳐 58년 치의 나이를 경험해 온 것만은 틀림없다. 그리고 그 세월 속에는 랜드마크를 찍은 여러 경험이 들어 있다. 그 경험들은 그때의 신체 감각 또는 뇌를 둘러싸고 있던 망상이나 초조감, 불안감으로 기억된다.

나는 지금도 어린이집에 다니던 다섯 살 때 첫 반항심이 싹튼 순간을, 열여섯 살에 교실 창문으로 뛰쳐나와 운동장을 내달리다 농구대를 향해 점프할 때 활시위처럼 쭉 당겨지던 근육의 욱신거림을, 마흔한 살 여름날에 지중해 바닷가를 걷는데 나를 돌아보며 손 흔드는 아기의 웃는 얼굴과 솜털이 금빛으로 빛나던 모습을 그리고 그 밖의 여러 경험을 떠올릴 수 있다. 이 모든 것이 그 순간의 '생생함'을 간직한 채 내 안에 냉동 보존되어 있기에 나는 그것들을 수시로 꺼내 '해동'하고 '재생'할 수 있다.

나이를 먹어 가장 기쁜 점은, 이 저장품이 해마다 늘면서 차츰 '기억 아카이브'의 구색이 갖춰져 간다는 사실이다. 이는 달리 말하면 내 안에 '여러 개의 나'가 있다는 뜻이다.

지금도 나는 '6세의 나' 또는 '16세의 나'와 가끔 대화를 나눈다. 아니, '대화'보다는, '6세의 나'나 '16세의 나'가 불시에 58세 남자의 피부를 뚫고 나와 현실에 모습을 드러낸다고 하는 것이 더 정확하겠다. 지금도 격렬한 분노에 사로잡히면 나는 소년 시절처럼 사나워질 때가 있다. 그래도 다행스러운 것은, 그 모습이 나의 '전부'는 아니라는 사실이다. 철없는 분노에 사로잡힌 내가 있고, 그걸 어이없다는 듯이 보고 있는 내가 있고, 두 '나'를 화해시키려는 내가 있다. 그들은 나이 차이를 동반한 각기 다른 '나'다. 같은 사람이지만 다른 사람이다. 그들이 내 안에 혼재하고 공존한다. 일종의 다중인격이다.

다중인격이라는 병은, 어쩌면 각각의 발달 단계에서 우세를 보이던 성격 특성이 '인격화'된 것이 아닌가 싶기도 하다. 그들의 페르소나가 '같은 인간이지만 다른 인간'이라는 식으로 유쾌하게 공존하지 못하고, 그때그때 외적 상황에 가장 적응하기 쉬운 인격 특성이 한 번에 하나씩 분리되어 나타나는 것은 아닐까.

나를 봐도 그렇다. 분명 한 사람인데 그 안에 '여러 명의 나'가 있다. 하지만 다행히도 그들은 서로 배척하지 않고 왁자지껄하게 공생한다. 그러니 '58세의 나'와 '16세의 나'가 짝을 이루면 '열과 성을 다해 그것은 이것이라고 단정'하기도 한다. 나는 나이를 먹는다는 것은 이 '인격 아카이브'의 컬렉션이 점점 늘어 가는 것이라고 이해하고 있다. 조합할 수 있는 종류가 늘어나면 대응할 수 있는 상황도 다양해진다. 공감할 수 있는 대역도, 동조할 수 있는 주파수도 넓어진다. 나누어 쓸 수 있는 목소리의 색깔도, 처리할 수 있는 문제의 종류도 늘어난다. 나이를 먹는 것의 적극적인 의미는 거기에 있다고 생각한다.

나의 합기도 스승인 다다 히로시 선생님은 올해로 80세를 맞이한다. 그런데 지금도 다다 선생님은 합기도를 창시한 우에시바 모리헤이 선생님의 수발을 들던 스무 살 때의 신체 감각을 생생하게 떠올릴 수 있다고 한다. 지유가오카에 있는 집을 나서서, 전철을 타고 신주쿠로 가서, 거기서 본부 도장까지 걸어가, 옷을 갈아입고, 도장에서 우에시바 선생님을 맞이하고, 선생님이 내미는 손에 빨려들듯 공중으로 날았을 때의 온몸의 감각을 모두 어제 일처럼 떠올릴 수 있다고 한다. 그때의 길가 풍경도, 공기 냄새도, 도장의 다다미를 밟는 맨발의 감각도, 다다 선생님은 60년 전의 그 몇 시간 동안 일어난 사건을 100퍼센트 정확하게 재생할 수 있다. '춘하추동 네 가지 버전의 기억'이 있으며 언제든 그곳으로 돌아갈 수 있다고 다다 선생님은 웃으며 말씀하셨다. 그렇게 신체 감각에 뒷받침된 '돌아갈 수 있는 원점'이 꼭 필요하다는 것을 나는 다다 선생님께 반복해서 배웠다.

　나에게도 돌아갈 수 있는 기억 속의 랜드마크가 몇 군데 있다. 행동이나 판단을 망설이게 될 때, 나는 그 기억의 랜드마크 중 어느 곳을 찾아가 '과거의 나'와 마주한다. '16세의 나'에게는 마주할 수 있는 '과거의 나'가 거의 없었고 있어도 의논 상대로는 마땅치 않았다. '58세의 나'에게는 마주할 만한 '과거의 나'가 부쩍 늘었고 그중에는 꽤 재치 있는 조언을 해 주는 '나'도 있다. 늙어 가는 것의 공덕은 이런 게 아닌가 싶다.

25　담력의 쓸모

고등학생이 보는 웹진에 실릴 인터뷰를 했다. '자립'이라든가 '자기결정'이라든가 '어른이 되기 위한 롤모델'에 대한 질문이 이어졌고, 마지막으로 '고등학생에게 한마디 해 달라'는 요청을 받았다. 잠깐 생각하고는, 다다 선생님의 가르침을 전파하기로 하고 이렇게 말했다. "담력을 기르라."

담력이란 간단히 말하면 '놀라지 않는 것'이다. 생물은 깜짝 놀라면 신체능력이 급격히 떨어진다. 감각도 판단력도 상상력도 모두 저하된다. 아주 약한 생물이라면 그대로 죽어 버리기도 한다. 따라서 '놀라지 않는다'는 것은 생존전략상 대단히 중요하다. 그렇다면 어떻게 해야 놀라지 않을 수 있을까. 모순된 것처럼 들리겠지만 '놀라는 것'을 통해서다. 일찍이 롤랑 바르트는 진정으로 비평적인 지성의 본질은 '놀라는 능력'에 있다고 쓴 적이 있다. 조금 생각해 보면 당연한 일이다. '무엇을 봐도 놀라지 않는다'는 것은 요컨대 지성이 둔감하다는 뜻이다. 자신의 틀에 얽매여 어떤 사건을 접해도 "아, 이건 그거네"라며 기지旣知에 환원해 설명해 버리는 사람은 확실히 놀랄 일이 적을 것이다. 하지만 그런 사람에게는 결코 '미지'를 만날 수 없다는 대가가 따른다.

세상 모든 이치가 '기지'이며 접하는 모든 것의 의미를 미리 알고 있다면 마음은 분명 편할 것이다. 하지만 그것은 그것대로 위험한 삶의 방식이지 싶다. "인간은 어차피 색정과 탐욕이 다야"라는 말을 서슴지 않는 사람이 이에 해당한다.

그와는 반대로 일상에서 겪는 일 하나하나에 "어? 뭐지, 이건?" 하면서 발을 멈추고 무엇에서든 '놀라움'의 씨앗을 찾을 수 있는 사람이 있다. "어라? 고요엔, 구라쿠엔, 코토엔, 고시엔…… 어째서 니시노미야에는 '엔'이 붙는 역 이름이 많지?" 하면서 신기하게 여기는 사람과 그런 것을 전혀 알아채지 못하는 사람이 있다. "엥? 여고생 교복은 왜 세일러복이지?" "어? 저 옷깃에 너풀너풀하게 달린 건 뭘까?" 하면서 신기해하는 사람과 그런 것에 전혀 신경 쓰지 않는 사람이 있다.

　니시노미야 시내의 역명에 '엔'이 붙은 이름이 많은 이유가 궁금한 사람은 고바야시 이치조라는 인물이 미노오아리마전기궤도(현 한큐전철)의 부설에서 시작해 한큐 백화점, 다카라즈카 가극단 등의 레저시설을 핵으로 한 전원도시를 구상한 과정까지 알게 될 것이다. 여고생의 세일러복이 신경 쓰이는 사람은 '해수욕'이 19세기 유럽에 시작된 완전히 새로운 '건강법'이라는 사실, 아동복과 여성복 디자인에 영국 해군의 수병복이 차용된 사실, 메이지~다이쇼 연간에 형성된 모종의 계급적 에토스에 영일 동맹이 깊이 관여한 사실을 알게 될 것이다.

　"앗? 이게 뭐야? 왜?"라는 '놀람'은 지적 탐구에 동기를 부여한다. '놀라지 않는 사람'은 자신 앞에 있는 현실을 흔들리지 않는 현실로 그대로 받아들인다. 그러니 어떤 역사적 사건에 의해 이 현실이 만들어졌고 어떤 우연에 의해 그 현실이 현실이 되었는지 찾아볼 마음이 들지 않는다. 즉 '놀라지 않는 사람'은 세계는 '이렇게 되어야 하니까 이렇게 되었다'는 모종의 종교적 신빙성 속에 안주한다. '놀라는 사람'은 그렇지 않다.

　'놀라는 사람'은 우리가 '이 현실과는 다른 현실'을 살

수도 있었을 거라고 상상할 수 있는 사람이다. '이 현실과는 다른 현실도 있을 수 있지 않나……'라고 생각할 수 있기에 눈앞의 현실에 '뭔가 좀 이상한데'라는 위화감을 느낀다. 왜 어떤 일은 일어나고 다른 일은 일어나지 않았을까? '이 현실과는 다른 현실'의 가능성을 적극적으로 이야기하려는 사람이 왜 없지? 이런 발상을 하는 사람이 놀라는 사람이다.

'놀라지 않는 사람'은 세상에는 질서가 있으며 '신의 보이지 않는 손'이 오직 하나의 최선의 가능성만을 계속해서 선택하고 있다고 무의식중에 믿고 있다. 반면에 '놀라는 사람'은 세상이 '지금과 달랐을' 무한한 가능성이 있음을 감지하고 있다. 그래서 분기점은 어디인지, 어떤 '일격'으로 말미암아 현실이 '이렇게' 되고 '저렇게' 되지 않았는지를 상상한다.

그렇다면 이 가운데 경천동지할 대사건이 일어났을 때 보다 적절히 대처할 수 있는 사람은 어느 쪽일까. 당연히 놀라는 사람일 것이다. 그에게 '놀람'이란 세상과 관계를 맺는 기본자세이며 자신이 주체적·능동적으로 선택한 것이기 때문이다. 즉 '놀라는 사람은 놀람을 당하지 않는다'.

반대로 평소에 견고하고 둔중한 틀 속에 안주하는 사

람은 웬만한 일이 아니고서는 놀라지 않는다. 그런 사람이 놀란다는 건 그 틀이 부서졌기 때문이다. 아무런 준비도 없이 갑자기 알몸으로 상상을 초월한, 생사가 걸린 일에 맞닥뜨린 셈이니 패닉에 빠지고 만다. 즉 '놀라지 않는 사람은 놀람을 당한다'.

한신 대지진 후, 어느 프랑스인과 '그때의 쇼크'에 대해 이야기한 적이 있다. 고베에 있던 그와 아시야에 있던 내가 경험한 지진 자체의 물리적 충격에는 큰 차이가 없었다. 그러나 그는 목숨이 쪼그라들 정도의 공황을 겪었다. 물론 지진이라는 자연현상에 익숙하지 않다는 것이 가장 큰 이유겠지만, 그의 말을 들어 보니 다른 중요한 이유가 있었다. 독실한 가톨릭 신자였던 그는 지진으로 아파트가 무너졌을 때 무슨 일이 일어났는지 이해하지 못했다. 머릿속에 가장 먼저 떠오른 것은 이미 알고 있던 개념, 즉 최후의 심판이었다. 아파트에서 간신히 기어 나와 뒤를 돌아보니 불길에 휩싸이기 시작한 아파트를 배경으로 시커먼 실루엣이 튀어나왔다. 여러 정황을 종합해 보건대, 그는 최후의 심판이 도래해 죽은 자들이 땅속에서 되살아났다고밖에 해석할 수 없었다. 그리하여 그는 난생처음 겪는, 말조차 나오지 않는 패닉에 빠져 버린 것이다. 그다음 일은 거의 기억나지 않는다고 한다. 하긴 '최후의 심판'을 리얼하게 경험하는 와중에 어떻게 혼란에 빠진 사람들을 적절히 유도하거나 구조 작업을 지휘할 수 있었겠는가. 이는 '무엇이든 설명할 수 있는 너무 포괄적인 틀을 채용하면 오히려 현실을 컨트롤하는 힘을 잃어버리고 만다'는 사실을 보여 주는 적절한 사례이지 싶다.

담력을 기른다는 것은 '위기에 임해 혼비백산하지 않기' 위한 훈련이다. 우리가 학문을 연구하고 무도를 수련하는 것은 따지고 보면 담력을 키우기 위해서다. '이 현실과는 다른 현실의 가능성'을 놓고 늘 상상력을 구사함으로써 '그럴 수도 있다는 가능성'을 되도록 많이 열거할 수 있는 것, 이것이 바로 학술적 지성의 조건이다. 무도 수련에서는 '사활이 걸린 국면'을 상정하고 그럴 때 '심신은 어떻게 반응하고 판단력이나 신체능력은 어떻게 저하하는지'를 반복해서 시뮬레이션한다. 그리고 상상을 통해 그 가혹한 '능력 저하 시뮬레이션'에 몸을 익숙하게 만들면서 그런 국면에서 살아남는 기술을 학습한다. 놀라운 경험을 스스로 쌓아 감으로써 놀라지 않는 심신을 구축하는 것, 그것이 다다 선생님이 말씀하시는 '담력을 기르는' 것의 의미라고 내 멋대로 해석하고 있다.

    담력이 있는 사람은 멍하고 둔중한 사람이 아니다. 세계 질서의 갑작스러운 붕괴, 자신의 삶이 불시에 끝나는 것을 당연한 가능성으로서 항상 계산에 넣고 있는, 상상력이 풍부한 사람이다.

26   망상의 쓸모

가와이주쿠°의 시바하라 선생으로부터 메일을 받았다. 일요일에 그곳에서 했던 강연에서 "어떻게 하면 지적 능력이 향상될까요?"라는 학원생의 간절한 질문을 받았다. 생각에 생각을 거듭한 나머지 "망상하라!"라고 대답했는데, 이 말이 학원생들에게 큰 호평을 받은 모양인지 학원에서 '망상놀이'가 유행 조짐을 보이고 있다고 한다.

거듭 말하지만, 망상은 중요하다. '강하게 염원하면 실현된다.'

"그게 정말입니까?"라고 의심하는 분이 계실지도 모른다.

○   아이치현 나고야시를 본거로 하는 일본의 대형 입시학원.

안심하시라. 정말이다.

다다 선생님이 하신 말씀이니 틀림없다.

다다 선생님이 그렇게 말씀하신 것은, 나카무라 텐푸°
선생님의 말씀을 듣고 '텐푸 선생님이 그렇게 말씀하셨다
면 틀림없어'라고 생각했기 때문이다. 텐푸 선생님이 그렇
게 말씀하신 것은, 도야마 미쓰루°° 선생님의 말씀을 듣고
'이분이 그렇게 말씀하셨다면 틀림없어'라고 생각했기 때
문이다.

"○○ 선생님이 그렇게 말씀하셨으니 잘못일 리 없다"
는 '선고'만 제시되고, 그 '기초가 어디서 어떻게 부여되었
는지'는 결코 제시되지 않는다. 이것이 진리의 본질적인 개
시開示 방법이다.

내가 처음 한 말은 아니다. 자크 라캉이 그렇게 말하고
있다.

° 1876~1968. '심신통일법'을 창안한 사상가이자 요가 수행자.
   젊은 시절 도 야마 미쓰루 밑에서 생활했으며 러일전쟁에서 첩
   보원으로 활약했다. 그의 사상은 일본 무도계와 기업 경영, 자
   기계발 분야에 큰 영향을 미쳤다.
°° 서구 열강의 침략에 맞서 아시아 국가들의 연대를 강조하 는 대
   아시아주의를 내세우며 일본의 팽창주의와 우익 사상 의 기초
   를 닦았다. 쑨원, 김옥균 등 일본에 망명한 아시아 각국의 혁명
   가를 지원하기도 했다.

자신을 권위로 하는 모든 선고는 그 선고 이외에 어떤 기초도 부여하지 않는다. 다른 시니피앙signifiant°에게 자신의 기초를 세워 달라고 요구해 봤자 허망한 일이다. 시니피앙은 시니피앙을 시니피앙으로 있게 해 주는 장소 이외의 어디에도 출현하지 않기 때문이다. (……) '타자'의 '타자'는 존재하지 않는다. 입법자(율법을 제정했다고 주장하는 인간)가 자신을 어떤 대리인이라고 자칭하면 그는 사기꾼이다. 그러나 율법 자체는 사기가 아니다.[9]

"나는 입법자"라고 선언하는 사람이 자신의 신원보증을 다른 누군가에게 요구했다면 그 신원보증인이야말로 본래의 입법자인 셈이니, 선언하는 사람은 지위를 사칭하는 것이다. 그러므로 입법자가 세우는 율법의 정통성 보장은 그것이 율법으로 세워졌다는 사실 말고는 어디에도 요구해서는 안 된다. 그러나 율법으로 세워졌다는 바로 그 사

° 소쉬르의 기호 이론에서 귀로 들을 수 있는 소리로써 의미를 전달하는 외적 형식을 이르는 말. '시니피앙'은 프랑스어 동사 signifier의 현재분사로 '의미하는 것'(기표)을 나타내며, '시니피에'는 signifier의 과거분사로 '의미되고 있는 것'(기의)을 가리킨다. 기표와 기의가 결합해 기호가 된다.

실은 율법의 정통성을 조금도 훼손하지 않는다.

라캉은 말한다. 라캉이 그렇게 말하니 틀림없다. 이런 구조다. 진리란 미리 존재하는 것이 아니라 구축하는 것이기 때문이다. 이해가 되시려나. 강하게 염원한 것은 실현된다. 이것은 사실이다. 문제는 '강하게'라는 부사에 있다.

'강하게 염원한다'고 하면, 많은 사람은 『히어로즈』 HEROES°의 히로 나카무라 군처럼 미간에 주름을 잡고 인상을 찌푸리는 듯한 행동을 상상할지도 모른다. 그건 아니다. '강하게 염원하는' 일은 '세부에 걸쳐서 상상하는' 일이다. 세부적인 것까지 상상하려면 구체적인 것을 그려 내야 한다. 수치나 형용사로 망상할 수는 없다.

'연봉 2천만 엔을 받고 월세 30만 엔짜리 맨션에 살며 한 병에 2만 엔 하는 고급 와인을 200밀리리터 마시고 있는 미래의 나'와 같은 것은 상상할 수 없다. 우리가 상상할 수 있는 것은 가구의 촉감, 공기의 냄새, 잔에 닿는 혀의 촉감, 거기에 따라진 포도주를 삼킬 때 느껴지는 내장의 기쁨이다. 이런 것은 숫자나 형용사로는 그려지지 않는다.

이런 상상은 한없이 이어진다. 그 방의 서가에 어떤 책이나 CD가 꽂혀 있는지, 옷장에는 어떤 옷이 걸려 있는지, 식기는 어떤 것이 갖춰져 있는지, 베란다의 식물은 어떤 상태인지…… 이런 정경을 상상하기 시작하면 끝이 없다. 하물며 그곳에 아내나 자식까지 나타나 대화라도 시작되면 예삿일이 아니다. 상상에는 절도가 없으므로 우리는 참으로 많은 것을 상상해 버린다.

미래 연인의 슬픈 옆모습이라든가, 쉰 목소리로 중얼거리는 말토막이라든가, 뺨에 닿는 머리카락의 감촉 같은 것을 구체적으로 상상하기 시작하면 자꾸자꾸 불어나 금세 많은 양이 된다. 그리고 어느 날 '구체적으로 상상했던 일과 같은 일'이 우리 몸에 일어날 때 우리는 '숙명의 손에 이끌렸음'을 확신한다. 상상한 일이 그대로 일어났기 때문이다. 이것이 숙명이 아니고 무엇이랴.

이전에도 썼던 얘기인데, '내 남편이 될 사람은 화장실에 『단초테이 니치조』斷腸亭日乘°와 『작은 아씨들』을 두는 사람'이라고 무심코 망상해 버린 소녀가 10년 뒤에 방문한

° 일본의 문호 나가이 가후(1879~1959)가 38세부터 79세로 생을 마감하기 직전까지 약 42년에 걸쳐 쓴 일기. 일본 근대문학의 정수이자 귀중한 사료로 평가받는다.

남사친 집의 화장실에 그 두 권이 나란히 놓여 있는 모습을 보면, '아, 내가 기다리던 사람이 바로 이 사람이구나'라는 확신이 들 수밖에 없다.

그렇게 어린 시절에 구체적·세부적으로 했던 망상은 실현될 확률이 높다.

일의 순서를 틀려선 안 된다. 상상한 것이 실현되는 것이 아니다. 끊임없이 상상하는 행위가 있었으므로 실현된 것이다. 진리란 미리 존재하는 것이 아니라 구축하는 것이다. 숙명도 그렇다. 숙명이란 자유롭게 공상하는 사람의 몸에만 찾아든다.

'나는 지금 숙명이 이끈, 있어야 할 장소와 있어야 할 때에 있어야 할 사람과 함께 있다'는 확신에 차 있을 때 심신의 성능이 최대화된다.

27

저변을 넓히는 일의 쓸모

간제류의 노가쿠 수련을 시작한지 17년째다. 합기도의 기준을 적용하면 아마 '3단'쯤 왔을 것이다. 내가 어떤 기예를 배우고 있는지, 왜 이 기예를 익히겠다는 목표를 정한 것인지, 이 예능 '지도'에서 어디쯤 와 있는지 겨우 실눈을 떴다. 조금 격식을 차려 말하자면, 예능사에서 내 '역사적 역할'은 무엇인지 어렴풋이 알게 된 단계이다.

이런 나 자신을 인지하는 방법을 나는 '매핑'mapping이라고 부른다. 나 자신을 포함한 풍경을 상공에서 새의 눈으로 내려다보는 것이다. 그렇게 내려다보고 알게 된 사실은 내가 하는 일이 '단나게이'旦那芸°라는 것이었다.

°   부자나 큰 가게 주인이 취미 삼아 익혀 둔 기예.

이런 표현을 좋아하지 않는 사람이 있다는 것도 잘 안다. 하지만 예능의 역사를 거슬러 올라가 보면, '취미로 하는 수련에 푹 빠져 본업마저 잊고 사교적으로도 좀 문제가 생겨 곤란해진 도련님들(단나)'이 예능의 든든한 지원자였다는 사실은 부인할 수 없다.

라쿠고에 「잠자리」라는 빼어난 단나게이 이야기가 있다. 의태부義太夫°가 들려주는 이야기에 심하게 빠져 주위 사람들을 질리게 만든 도련님 얘기다. 하지만 도련님의 서투른 의태부 흉내에 진저리를 내며 도망치는 이웃들보다, 술과 안주까지 준비했는데 아무도 들으러 오지 않아 쓸쓸해하는 도련님에게 나는 친밀감을 느낀다. 이런 성가신 아마추어들이 저변을 확대해 주어야 예능의 봉우리가 높아진다. 어떤 영역이든 마찬가지다.

나는 원래 불문학자다. (지금은 그렇게 칭하기가 좀 꺼림칙하지만.) 내가 불문학에 뜻을 둔 것은, 중고등학생 때 일본의 불문학자들이(구와바라 다케오나 와타나베 가즈오나 스즈키 미치히코가) 저변 확대에 꽤 열심이었기 때문이다. 지적으로 발돋움하고 싶어 하는 아이들을 향해 그들은 이 세

°　　전통 악기 샤미센을 연주하면서 이야기를 들려주는 사람.

상에 이렇게 재미있고 자극적인 학문 영역이 있다고 가르쳐 주었다. 게다가 전공 영역인 문학에 그치지 않고 정치에서도, 철학에서도, 역사에서도 끝없는 학식을 내보이며 사회적 실천에도 종종 투신했다. 나는 불문학자란 이런 역동적인 삶을 사는 사람이라고 생각했고 그 모습에 끌렸다. 나와 같은 이유로 불문학에 뜻을 둔 젊은이가 많았던 걸까, 당시 어느 대학이든 불문학과 연구실은 늘 북적북적했다.

그런데 얼마 지나지 않아 불문학의 인기가 팍 식었다. 다른 역사적 이유도 있겠지만, (나를 포함한) 전문가들이 저변을 확대하려는 노력을 중단했기 때문이 아닐까 하는 생각이 든다. 탈구축이니 포스트모던이니 난해한 전문용어를 구사하며 대중의 머리 위에서 전문가끼리만 통하는 그들만의 리그 이야기에 흥겨워하는 사이에 불문과에는 학생의 발길이 뚝 끊겨 버렸다. 이는 지난 23년 동안 중고등학생을 위해 프랑스의 문학이나 사상이나 역사를 연구하는 것이 얼마나 유쾌한 일인지를 뜨겁게 설파하고, 다음 세대에게 자신들의 일을 계승해 달라고 간청한 학자가 적었기(라기보다는 거의 없었기) 때문이다. 이제 와서 돌이켜 보면 그 일을 게을리하지 말았어야 했다.

경험적으로 볼 때 '제대로 된 학자' 한 명을 길러 내려면 '학자가 되지 못한 사람'이 그보다 수십 배쯤 필요하다. 비정하게 들리겠지만 사실이다. 어느 세계에서나 그렇다. 한 사람의 '제대로 된 전문가'을 키워 내려면 그 수십 배에 해당하는 '반¥전문가'가 필요하다. 약육강식의 경쟁적 환경에 던져 놓고 우수한 개체를 살아남게 한다는 식의 냉혹한 이야기가 아니다. '끝내 전문가가 되진 못했지만 그 지식이나 기예가 얼마나 습득하기 힘들고 얼마큼 가치 있는 것인지는 몸소 겪어 안다'는 사람이 집단적으로 존재해야 한다, 그래야만 그중 한 사람의 전문가가 살아남고, 전문지식을 깊이 습득한 그 사람은 그 지식을 널리 다음 세대에까지 연결시킬 수 있다는 얘기를 하는 거다.

나는 불문학자로서 저변 확대에 실패했다고 생각한다. 그리고 선인들이 메이지 초년(1868~1877년경)부터 공들여 쌓아 올린, 백 년에 미치지 못하는 신생 학문의 명맥을 시들게 한 데에 얼마간 책임을 느끼고 있다.

지금 일본 대학에 전문 불문학자를 키우기 위한 교육 환경은 더 이상 존재하지 않는다. 개인적 흥미로 해외 대학에 유학해 불문학을 연구하고 학위를 따는 사람은 앞으로도 있겠지만, 일본 풍토에 뿌리내리지 못하고 고사한 학통을 소생시키려는 목적은 아니다. 그들 중 상당수는 자신의 연구 성과를 일본의 중고등학생이 이어 가게끔 정성스레 설명하고 자신의 뒤를 따르도록 간청하는 수고로운 일에 많은 시간을 할애하지 않을 것이다.

세상 어디서나 사정은 다르지 않다. 한 명의 전문가를 길러 내려면 그보다 수십 배, 가능하다면 수백 배의 '반전문가'가 필요하다. 그 공급이 끊길 때 전통도 끊어지고 만다.

내가 일컫는 '단나'란 저변 확대를 위해 예능에 관여하는 사람이다. 여가 시간에 노가쿠 공연장에 가고, 거나하게 취하면 나지막이 노래를 흥얼거리고, 때때로 기모노를 지어 입고 기회가 나는 대로 아는 사람들에게 표를 나눠 주고 "노가쿠도 꽤 재미있답니다. 한번 배워 보면 어때요?" 하면서 노가쿠의 저변 확대에 힘쓰는 사람 말이다.

나는 그런 사람이 되고 싶다. 그리고 그런 인간이 일정 수 존재해야 한다고 생각한다. 기예의 전승은 집단이 지속되는 기반이기 때문이다. 모두가 전문가일 필요도, 모두가 달인일 필요도 없다. 전문가의 재주를 보고 "대단해" 하면서 탄복하고, 아마추어에 머물러 있는 자기 실력을 부끄러워하면서 수준 높고 세련된 기예를 향한 욕망에 사로잡히는 사람들 또한 노가쿠의 번영과 전통의 계승을 위해 없어서는 안 될 존재이다.

28

불안의 쓸모

오랜만의 오프. 이게 얼마 만인지……. 달력을 보니 1월 27
일 이후 처음이다. 극락 스키라든가 온천 마작이라든가 조
도杖道° 합숙 같은 '즐거운' 이벤트는 오프에 포함되지 않느
냐며 눈을 치켜뜨고 지적하는 분도 계시겠지만, '오프'란
'예정이 없는' 상태를 말하는 것인데 이벤트에 참가할 때
나는 매우 바쁘다. 그래서 오프인 날에만 '그동안 할 시간
이 없어 쌓아 뒀던 일'을 처리할 수 있다. 그리고 그런 일은
이미 하루이틀의 오프로 어떻게 할 수 있는 상황이 아니다.

　오프를 10주쯤 얻는다면 '불량재고화'不良在庫化°°된 책

○　　지팡이와 목검을 이용한 일본 전통 무도.

○○　"우리 원고는 언제 보내 주실 겁니까"와 같은 출판사 편집자들
　　의 독촉을 글쓴이는 이렇게 표현한다.

들을 싹 처리해 담당 편집자의 얼굴에 웃음을 돌려줄 수 있을 것 같지만, 나에게 10주간의 오프란 아마도 임종이 임박해서나 가능할 것이다.

내 달력의 'To do list'에는 현재 열한 개 항목이 기재되어 있다. (오늘 오전에 한 개 지웠다.) 이 가운데 다섯 항목을 오늘 중으로 삭제하고자 한다. 그 전에 먼저 청소하고 다림질을 해야겠다. BGM은 랜디 반워머의 경쾌한 곡 「I'm in a hurry」이다.

아이고, 바쁘다 할 일이 많다 I'm in a hurry to get things done.

나는 그저 서두르고 있을 뿐 I rush and rush until life's no fun

어차피 태어나 죽을 뿐인데 And I really got to do is live and die

왜 이렇게 바쁜 거야 But I'm in a hurry and don't know why

랜디 군도 나와 같은 심정인 날이 있었나 보다. (「Just when I need you most」가 차트에 진입했을 무렵일 거다.) 그 마음 나도 안다, 랜디.

트위터를 보니까 히라카와 군의 아버님과 『미츠』의 고 편집장이 연달아 컨디션 난조라고 한다. 히라카와 군 아버님은 일단 중환자실에서 나오신다고 하고, 고 편집장의 전신 두드러기는 원인 불명이다. 친구와 지인이 실시간으로 발신하는 알람을 공유하는 것이 어쩌면 이 매체의 가장 뛰어난 점일지도 모른다.

그러고 보니 어제는 여성지 『부인공론』婦人公論과 인터뷰를 했다. 주제는 '불안'. 정치경제 상황, 노후 대비, 결혼생활, 육아 등에서 비롯된 갖가지 불안에 둘러싸인 현대 여성은 어떻게 불안에 대처해야 할까?

언제나처럼 '불안을 쓸데없는 것으로 치부해서는 안 된다'고 답했다.

불안이나 공포나 통증이라는 것은 '위기'를 감지하는 센서다. '막연한 불안'이란 '이대로 가다간 매우 위험한 일에 맞닥뜨릴 가능성이 높다'는 예측 시그널이다. 불안하면 멈춰 서서 상태를 살피고 필요하다면 방향을 바꾸는 것이 생물로서 취해야 할 행동이다. 불안을 느끼지 않는 생물은 무방비 상태로 위기 속으로 돌진한다. 운이 나쁘면 그대로 죽고 만다. 그래서 불안감을 느끼는 것은 생존에 매우 중요한 능력이다.

센서라면 항상 민감한 상태로 유지해야 한다. 그런데 '365일 24시간 불안한' 개체에게는 불안이 센서로서 기능하지 않는다. 알람이 항상 울리고 있는 보안 시스템이나 마찬가지다. 이래서야 정말 위험한 상황에 대처할 수 없다. 마찬가지로 '항상 불안'한 개체는 '정말 치명적인 위험'과 '무시해도 상관없는 위험'을 식별할 수 없다. 그래서 불안이라는 것은 공포나 혐오나 아픔과 마찬가지로 평소에는 '중립'으로 유지해 둘 필요가 있다.

나는 비관론자나 불안증이 있는 사람이 미덥지 않다. 그런 사람은 정말 비관해야 할 상황이나 정말 불안해야 할 장면에 기민하게 반응하지 못하기 때문이다. 나는 루틴 엄수와 'Happy go lucky'에 늘 신경 쓰면서 지내는데, 이게 바로 나의 위기 대응 시스템이다. 같은 루틴을 반복하다 보면 변화의 조짐이 조금만 보여도 이상을 감지할 수 있다.

1950년대 중반까지는 많은 직장인이 날마다 같은 시간에 같은 전철의 같은 차량을 타고 출근했다. 이는 '정확성'을 넘어서는 것으로, 그들이 겪은 전투나 공습 경험이 '위기 센서를 항상 고감도로 유지하라'고 요청하고 있었기 때문이 아닐까 싶다. 일본 직장인들이 날마다 같은 차량을 타는 고집에서 벗어난 것은 전쟁이 끝나고 20년이 지난 1960년대 중반 이후였다.

지금도 암살 위협에 시달리는 독재자는 출퇴근 코스를 바꾸지 않는다. (여러 코스를 무작위로 바꿀 뿐이다.) 매일 같은 코스를 따라가다 보면 '어제는 없었던 것'의 존재와 '어제는 있었던 것'의 부재가 두드러지기 때문이다. 위기는 늘 그중 어느 한쪽의 양상을 취한다. 그 변화를 감지하려면 고감도의 센서가 필요하다.

독일 철학자 칸트는 비정상적일 만큼 '정확성'을 지키는 산책자였다. 그의 고향 쾨니히스베르크 사람들은 칸트가 지나가는 모습을 보고 집에 있는 시계를 맞췄다고 한다. 하지만 이런 정확성은 어찌 보면 철학자로서는 당연한 일이다. 매일 판에 박은 생활을 하는 인간의 뇌 속에서는 (암살자를 스캔하는 명민한 특수경호원과 마찬가지로) '어제는 없었던 아이디어가 있다'는 것과 '어제는 있었던 아이디어가 없다'는 것이 두드러지게 나타나기 때문이다.

철학자의 '철학자성'이란, 필경 자신의 뇌 안에서 이루어지는 무수한 사유의 소멸과 생성을 정밀하게 모니터하는 능력에 있다. (그런 말을 하는 사람은 별로 없지만, 사실이 그렇다.) 그러니까 '루틴 엄수'는 실제로 생명을 지키는 데에도, 지적 혁신을 완수하는 데에도 대단히 중요한 일이다.

루틴의 으뜸은 의례다. 거듭 말하지만, 그렇기에 가정은 의례를 기초로 구축되어야 한다. 가정을 애정이나 공감위에 세우려 해서는 안 된다. 애정이나 공감은 의례에 붙어

있는 '글리코의 덤'°과 같다. 있으면 기쁘겠지만 없어도 아
무런 상관이 없다.

○   일본 제과업체 글리코 제품에는 작은 장난감이나 미니어처, 스
      티커 같은 덤이 붙어 있어 큰 인기를 끌었다.

29 알 수 없는 것을
감지하는 힘

의학서원에서 간행하는 월간지 『간호교육』의 요청으로 고난여자대학 간호재활학부의 마에카와 사치코, 시게마츠 토요미, 고베대학의 이와타 켄타로 선생님과 좌담회를 했다. 도대체 나 같은 문외한에게 간호 교육에 대해 어떤 제언을 기대한 걸까?

간호 관계자가 내 이야기를 들으러 오는 것은, 아마도 내가 '알 리가 없는 것을 아는' 능력 개발 프로그램의 필요성을 오랫동안 주장해 왔기 때문인 듯싶다.

간호처럼 신체와 직접 접촉하는 직업에서는 미세한 신호를 감지하는 능력이 필수적이다. '미세한 신호'란 외형적·수치적으로는 아직 나타나지 않은 신체적 변화를 뜻한다. 머지않아 한계치를 넘어서면 계측 기기도 반응하겠지만, 아직 그에 미치지 않아 계측 기기로 검지되지 않는 종류의 변화가 있다. 인간의 신체가 아날로그적 연속체인 이상 당연한 일이다. 수치로 나타나기 전에 이런 변화를 감지하는 능력은 의료 전문가에게 요구되는 중요한 자질이다.

'알 리가 없는 것을 안다.'

셜록 홈스의 모델은 작가 코난 도일의 에든버러의대 시절 은사 조셉 벨이다. 벨 선생은 환자가 진료실 문을 열고 들어와 의자에 앉을 때까지 몇 초간의 관찰을 통해 환자의 출신지, 직업, 가족 구성, 전에 앓았던 병, 무슨 질병으로 내원했는지까지 알아맞혔다고 한다. 벨 선생이 천리안이어서가 아니고, 한 인간의 신체가 발신하는 무수한 시그널을 감지할 수 있었기 때문이다.

『주홍색 연구』의 첫머리에서 홈스는 왓슨의 이력을 한 방에 알아맞히며 화려하게 등장하는데, 이는 벨 선생의 놀랄 만한 통찰력을 거의 그대로 차용한 것이다. 홈스 자신은 그 추리의 흐름을 이렇게 설명한다.

자네가 아프가니스탄에서 돌아왔다는 걸 나는 한눈에 알아차렸네. 초고속으로 사고가 진행되는 게 워낙 오랜 습관이라, 어떤 사고회로를 거치는지 의식도 못 한 채 곧장 결론에 이르렀지. 물론 여러 단계를 거치긴 했어. 이런 식으로 추리가 진행된 거라네. '이 신사는 의사 스타일인데 군인 분위기도 풍기는군. 그렇다면 군의관이 틀림없어. 얼굴이 검게 그을린 걸로 보아 열대 지방에서 돌아온 지 얼마 안 됐는데, 손목은 흰 걸 보니 원래 검은 것은 아니고. 얼굴이 해쓱한 걸로 봐서 고생깨나 하고 병도 앓았군. 왼팔에는 부상을 입은 적이 있어. 왼팔의 움직임이 뻣뻣하고 부자연스러우니 말이야. 영국 군의관이 온갖 고생을 하고 팔에 부상까지 입을 만한 곳은? 아프가니스탄밖에 없지.' 이 모든 생각을 하는 데 1초도 안 걸렸다네. 그래서 아프가니스탄에서 왔다고 한마디 하니까 자네가 깜짝 놀라더군.[10]

'관찰력' 하면 강한 서치라이트를 비춘다든지 고배율 망원경으로 대상을 바라보는 느낌이 든다. 하지만 명탐정은 오히려 극히 수동적인, 거의 '상처받기 쉬운'vulnerable 상태로 다른 사람의 몸을 향하고 있다고 생각한다. 강한 신체는 미약한 신호에는 반응하지 못한다. 상처받기 쉬운 몸만이 상처를 입은 몸으로부터의 '호소'calling를 감지할 수 있다.

계측 기기는 상처받기 쉬운 상태가 되지 못한다. 즉 기

계는 '일탈'은 검지해도 '약함'은 검지할 수 없다. '약함'이란
아웃풋 그 자체가 아니라 모종의 아웃풋을 낳는 '경향'이기
때문이다.

간호사 중에는 '죽음의 냄새'를 맡을 수 있는 사람이 있
다고 한다. 죽음이 임박한 사람 곁에 서면 '조종'弔鐘 소리
가 들려온다고.(마에카와 선생에게 들은 얘기다. 참고로 마에카
와 선생은 '냄새를 알아맞히는' 사람.) 간호사가 그런 말을 해
도 처음엔 아무도 믿어 주지 않았지만, 너무나 높은 빈도로
'다음에 죽을 사람'을 알아맞히다 보니 끝내는 당직 의사들
이 "이 환자, 종소리가 들려?"라고 묻게 됐다고 한다. 그럴
수 있다고 생각한다.

'치유'라는 일에 가장 필요한 것은 '약함'이 발신하는 미
약한 시그널을 정확하게 청취하는 힘이 아닐까. 하지만 간
호 현장에서도 간호기술의 매뉴얼화, EBM화°가 진행되어
결과적으로 간호의 신체성이 쇠약해지고 있다고 한다. 의
료기술 발전은 환영할 만한 일이다. 그렇지만 그로 말미암
아 의료 종사자들의 '알 수 없는 것을 아는' 능력이 평가절

○   Evidence-Based Medicine. 근거중심의학. 의료 시술은 일화,
      전통, 직관 혹은 믿음에 기초하지 않고 확실한 근거에 기초하여
      수행되어야 한다는 개념의 의학.

하되거나 그런 능력을 개발하는 프로그램을 경시하게 된다면, 의료에 위험을 초래한다.

간호학부는 어디든 지원자가 늘고 있다. 이를 두고 언론은 '간호는 불황에서도 돈이 되는 직업'이라고 쉽게 총평하지만, 내 생각엔 다른 요소도 있을 듯하다. 그중에는 분명 자신의 몸이 지닌 미지의 잠재력에 흥미를 갖기 시작한 젊은 사람들이 상당수 포함되어 있을 것이다.

간호사와 함께 있으면 정말로 마음이 안정된다. 눈과 눈이 마주치는 순간 그들에게서 처음으로 전해지는 메시지는 'Don't worry'다. 그 메시지는 말없이 피부를 통해 내 몸속으로 깊이 스며든다.

감지하는 자가 살아남는다

무도에서는 '좌座를 본다, 기機를 본다'는 것이 중요하다고 지금껏 누누이 말해 왔다. '좌를 본다'는 것은 '적절한 위치를 설정한다'는 뜻, '기를 본다'는 것은 '적절한 때를 가늠한다'는 뜻이다. 말로는 간단해 보이지만 여기서 '적절'이란 고정적인 것이 아니다. 무엇이 적절한지는 그때그때 달라진다. 자신과 타인의 미세한 이동이나 움직임에 따라 무엇이 적절한지가 완전히 달라진다. '좌'도 '기'도 고립된 단독 주체가 결정하는 것이 아니다. 그것은 주체와 타자의 관계 속에서 발생한다.

내가 20여 년을 수련해 온 노가쿠 무대에서는 무대 공간을 오가는 신호가 언제 어디에 서서 어떤 퍼포먼스를 해야 하는지 알려 준다. 무도에서도 마찬가지다. 무수한 시그널이 무도적 공간을 오간다. 올바른 타이밍에 올바른 동선을 더듬어 올바른 동작을 했을 때 체감되어야 할 생명체로서의 기쁨과 성취감을 선구적으로 감지할 수 있는 개체가 '좌를 보고' '기를 볼 수' 있다. 동기화 유발자란, 자신이 곧 감지하게 될 기쁨과 성취감을 (아직 감지하지 않은 단계에서) 생생하게 감지할 수 있는 능력을 가진 이다. 시간을 당겨 뒤에 일어날 일을 조금 먼저 경험하고, 미래의 자신이 맛볼 체감을 앞서 맞이하는 일이다. 이해하기 어려운 이야기를 해서 미안하다. 좀 더 꼼꼼하게 설명해 보자.

동기화 유발자는 파국적 사태에서 두드러져 보인다. 천재지변이나 큰 사고가 닥치면 우리 몸은 무슨 일이 일어났는지도, 어떻게 해야 할지도 모르는 상황에 빠지고 만다. 그런 상황에서도 '어떻게 하면 좋을지 아는' 사람이 있다. 왠지는 몰라도 그런 사람은 "이쪽이다"라며 결연히 나아갈 길을 제시하고, 자신 있게 걸음을 옮긴다. 그러면 많은 사람이 그 뒤를 따른다.

동일본 대지진 때 어느 공민관 관장이 많은 생명을 구한 일이 있있다. 그 공민관은 고지대에 있어서 지역 피난처로 지정되어 있었고, 지진이 일어나 쓰나미 경보가 발령되자 주민들이 공민관에 모여들었다. 하지만 공민관이 위험하다고 느낀 관장은 피난 온 사람들에게 맞은편 초등학교로 이동하라고 지시했다. 지시를 따르는 사람도 있고 따르지 않는 사람도 있었다. 사람들이 초등학교에 다다라 뒤를 돌아보니 해일이 공민관을 집어삼키고 있었다. 관장은 내륙 출신이라 쓰나미가 어떤 건지 경험적으로는 전혀 몰랐다고 한다. 왜 행정 당국에서 지정한 대피소가 위험하다고 느꼈는지, 그 이유는 관장도 알지 못했다.

이런 사례는 여러 파국적 상황에서 반복적으로 있었을 것이다. 그 상황에서 살아남은 사람은 무사한 셈이니 이는 뉴스가 될 수 없다. '죽은 이유는 무엇인가?'는 따져 보게 되지만 '죽어야 했는데 살아남은 이유는 무엇인가?'는 굳이 따지지 않는다. 그렇지만 무도적으로는 후자의 물음이 훨씬 더 중요하다.

위험이 닥치리라는 예감이 들면 우리 몸은 일종의 노이즈 같은 것을 감지하는 듯하다. 실제로 지진이나 화산 폭발이 일어나기 전에 동물들이 일제히 대피 행동을 취한다고 알려져 있다. 그들은 어디로 향할까? 아무래도 '노이즈가 사라지는 방향'으로 향하지 싶다. 어느 방향으로 향하면 노이즈가 상대적으로 작아진다. 견디기 힘든 상태가 어느 정도 완화된다. 가야 할 동선을 손수 더듬어 찾아내면 노이즈가 사라진다.

노가쿠 무대에서 춤을 출 때도, 무도의 다양한 동작을 할 때도 이를 실감한다. 나아가 지금 이런 글을 쓰고 있을 때도 마찬가지다. 글을 쓰다가도 잘못된 방향으로 가면 '레코드의 잡음' 같은 것이 감지된다. 올바른 방향으로 가고 있을 때는 노이즈가 감지되지 않는다. 무음, 무저항이다.

퇴고할 때도 그렇다. '걸리는' 것을 제거하고 글과 글 사이의 빈틈에 사다리를 놓아 틈을 메운다. 읽는 행위에 되도록 저항이 생기지 않게끔, 읽기가 매끄럽고 부드럽게 진행되게끔 글을 고치고 다듬는다. 글을 간단하게 만든다는 뜻이 아니다. 복잡하고 이해하기 힘든 이야기일수록 약간의 '걸림'으로 집중이 끊기면 독자는 책을 덮어 버리기 때문에 철저하게 노이즈를 제거해야 한다.

노이즈를 피해 매끄러운 미래 속에 선구적으로 파고드는 게 바로 동기화 유발 요소라는 것이 현 단계에서 내가 세운 가설이다. 이 가설을 또 고쳐 쓸 일이 생기겠지만, 지금 단계에서는 이것이 나에게는 가장 납득이 가는 가설이다.

당분간은 이 가설에 따라서 수련을 진행해 보련다. 틀리면 다시 고치면 된다.

31 존재하지 않는 것과의
커뮤니케이션

중국에서는 고대부터 군자가 배워야 할 학문으로 '예악사 어서수'禮樂射御書數와 같은 육예六藝를 꼽는다. 예란 '귀신을 모시는 것', 쉽게 말해 장례를 치르는 일이다. 악은 음악 연주와 감상, 사는 활쏘기, 어는 말타기, 서와 수는 읽고 쓰기와 계산이다. 이를 '세상 이치를 배우는 순서'라고 규정한 옛사람의 통찰이 참으로 깊다 하겠다.

오늘날 일본의 학교 교육을 보면 '예악사어' 중 '악'만 남았을 뿐 나머지 '예·사·어'는 교과 과정에서 빠져 있다. 학교뿐 아니라 가정에서도 지역에서도 직장에서도 '예·사·어' 가 중요하다고 말하는 사람은 거의 사라졌다.

특히 장례의 중요성을 가볍게 여기는 경향이 두드러져 보인다. 요즘 "자식을 장례식에 데려가지 않겠다"고 공언

하는 부모를 자주 본다. 허례허식인 장례식에는 인간관계를 고려해 어쩔 수 없이 참석한다만, 아이는 장례식도 위패도 묘지도 가까이하지 않았으면 한다는 거다. 본인들도 훗날 죽으면 싫어도 무덤에 들어갈 거면서 아이들에게는 무덤에 가 봤자 아무 소용 없다고 가르치고 있다.

이런 행위를 '합리적'이라고 생각하는 사람이 많아졌다. 언젠가는 대다수의 생각이 될지도 모른다. 하지만 '상'喪의 의례를 잊어버린다면 그것은 더 이상 인간 사회가 아니라는 사실을 기억하자. 영장류 가운데 장례를 치르는 것은 인류뿐이다. 침팬지도 도구를 사용하고 기호를 사용하여 공동체를 만든다. 이쪽과 저쪽의 경계선은, 극단적으로 말하면 '예'를 행하느냐 마느냐이다. 인간의 인간성을 형성하는 첫 번째 결정적 발걸음이 바로 '예'이다.

인간 이외의 영장류도 물론 동류의 죽음을 안다. 하지만 죽은 이를 '모시는' 일은 하지 않는다. 침팬지의 어미는 새끼가 죽어도 계속 안고 젖을 먹이려 한다. 그러다가 새끼의 사체가 부패해 망가지면 그제야 땅에 버린다. 죽은 침팬지는 어느 단계까지는 살아 있는 것으로 간주되다가 어느 단계에 이르면 가랑잎이나 고목과 같은 무생물로 분류된다. '중간'은 없다. 예란 이 '중간'을 의식하는 일이다.

'더는 살아 있지 않은' '아직 다 죽지 않은' 이에 대한 '제3의 카테고리'를 만들어 내는 일이 없다면 '모신다'는 행위는 시작되지 않는다. 생물과 무생물 사이에 존재하는 '제3의 카테고리', 그것이 '사자'(망자)이다.

사자는 더는 그곳에 없다. 우리는 죽은 사람의 목소리를 들을 수 없다. 하지만 죽은 사람의 목소리의 '잔향'은 아직 공중에 머물러 있다. 그래서 우리는 죽은 사람을 향해 물을 수 있다. "이 일을 당신은 어떻게 생각해요?" "당신이라면 이럴 때 어떻게 하겠습니까?" "내가 한 이 행동이 적절했다고 생각하나요?"

물론 물어도 답은 돌아오지 않는다. 하지만 '죽은 자에게 묻는다'는 것은 답을 얻는 것 이상으로 중요한 행위이다. 죽은 자를 향해서 묻는 것은 나 자신의 '지금, 여기'를 떠나 '죽은 자의 눈'으로 자신을 바라보는 것이기 때문이다. 그때 사자는 현세의 이해득실을 초월한 존재, 욕망·선망·원한·질투 등 판단을 흐리는 다양한 인간적 감정에서 벗어난 존재로 상정된다. 죽은 자에게 물음을 던질 때마다 상상 속에 설정된 이 '흐림 없는 시선'이 우리로 하여금 스스로를 되돌아보게 만든다. 이처럼 사자란 '내 행동이 적절한지를 조감적 시점(새의 눈)으로 반추하는 시좌視座'이다.

예禮란 바로 이 시좌를 갖는 일이다. 장례에 필요한 번거로운 절차를 습득하는 일이 아니다. 예란 거기에 이미 존재하지 않는 사람임에도 그에게 말을 걸고, (결코 닿을 리가 없는) 양쪽의 소리에 그럼에도 자신의 몸을 밀어 넣고 귀를 기울이는 것이다. 그렇게 해야 비로소 자신을 가둔 욕망과 편견과 억단의 감옥에 틈을 내고 자신에게서 벗어나 자신을 돌아볼 수 있는 곳까지 나아갈 수 있다.

헤겔은 『정신현상학』에서 '자기의식'이란 '자신의 바깥으로 나가면서 자기 곁에 머무르는' 분열의 효과라 보았다.

밖으로 나가면서 자신을 돌아보겠다는 몸짓이야말로 (……) 진리다.[11]

절대적으로 자기 바깥으로 나가면서 순수하게 자기를 인식한다고 하는 이 에테르(활동의 장소) 자체가 배움의 근본이며 지식의 일반형이다.[12]

나는 헤겔이 '귀신을 모시는 의례'를 '배움의 근본'으로 설정한 『주례』周禮나 『논어』의 지자智者와 딱히 다른 말을 하는 것이 아니라고 본다.

악樂(음악) 또한 '존재하지 않는 것'과의 커뮤니케이션
이라는 의미에서 예와 통한다. 연주든 감상이든 음악이 성
립하려면 '더는 들리지 않는 소리가 아직 들리고' '아직 들
리지 않는 소리가 이미 들리게끔' 감각기관의 촉수를 과거
와 미래로 끌고 가야만 한다. 멜로디도 리듬도 모두 시간
속에서만 의미가 있기 때문이다. 그렇다면 음악에서의 모
든 미적 가치는 선행하는 소리와 후속하는 소리의 관계 속
에서만 존립한다는 것은 자명한 이치다. 그러니 '지금, 여
기에 있는 단독의 음악'이라는 어휘꾸러미는 이미 자가당
착에 빠져 있다. 음악이 성립하려면 이미 지나간 존재, 아
직 오지 않은 존재와의 관계를 유지하고 있어야 한다. 만
약 지금, 여기에 존재하는 것밖에 경험하지 않는 '모나드
monad°적 주체'라는 것이 있다면(그런 건 없지만), 그의 귀에
는 어떤 음악도 들리지 않을 것이다. 음악뿐만 아니라 애초
에 어떤 말도 들리지 않는다. 자기 자신의 말도 들리지 않
는다. 그래서 애초에 사고할 수 없다.

　　우리가 사고할 수 있는 것은 '자신이 하는 말을 스스로

　○　　라이프니츠의 형이상학적 철학의 핵심개념으로, 쪼갤 수 없는
　　　　근본 단위이자 자기 안의 세계를 반영하는 독립적인 정신적 실
　　　　체이다.

들을 수' 있기 때문이며, 그것은 요컨대 우리가 '시간 속에 있다'는 뜻이다. 그리고 '시간 속에 있다'는 것은 '지금이 아닌 시간'과 '여기가 아닌 장소'에 긴밀하고도 확실하게 연결되어 그 시간과 장소에서 실제로, 생생하게 살 수 있다는 의미다. 우리는 '지금이 아닌 시간, 여기가 아닌 장소'를 '지금, 여기'와 마찬가지로 생생하게 살 수 있다. 그렇지 않으면 소리를 들을 수 없다. 문장을 이해하는 것도, 사고하는 것도 불가능하다. 요컨대 인간일 수 없다. 음악은 '인간성이란 시간적'임을 알게 해 준다.

사射(활쏘기)와 어御(말타기)도 사정은 마찬가지다. '과녁은 습격하지 않는다'는 말을 자주 듣는다. 오해받기 쉬운 말이긴 한데, 활쏘기는 본래 무술이 아니다. 활쏘기의 목적은 근육이나 관절이나 힘줄의 기능을 '내 몸'에서 벗어난 외부에서 점검하는 것이다. 일단 자신의 밖으로 나가, 거기서 되돌아보며 자신을 점검한다. 이는 헤겔이 말하는 '자기의식을 갖는 것'과 매우 유사하다. 지금까지 설명한 이치에 따르면 말타기란 '인간이 아닌 생명체와의 커뮤니케이션' 수련 행위라는 것도 자명해졌을 것이다.

마지막은 서書(읽고 쓰기)와 수數(셈하기)이다. 이는 모두 언어와 도량형을 공유하는 사람들을 상대로 한 의사소통 기법이다. 달리 말하면, 언어와 도량형을 공유하는 사람들끼리는 유용하지만 그렇지 않은 사람을 상대할 때에는 쓸모가 없다는 뜻이다.

'글로벌화된 세계'에서 모든 인간은 표면적으로는 커뮤니케이션을 하는 언어와 가치를 측정하는 도량형을 공유한다. (영어를 말하고, '연봉'으로 인간을 등급 매기는 데에 동의하는 사람들이 '글로벌화된 세계'의 시민이다.) 그러므로 말하기와 셈하기만 배우면 세속의 볼일을 보기에는 충분하다. 그러나 그것만으로는 그렇지 않은 세계의 존재(이를테면 죽은 자)와는 소통할 수 없다. '글로벌화된 세계'에 외부는 존재하지 않는다고 믿는 사람들 눈에는 '예악사어서수'가 모두 '비즈니스'로만 보일 뿐이다. 그런 사람들에게 장례나 음악의 영적 의미를 말하는 것은 순전히 시간 낭비다.

하지만 교육이 지금 이대로 지속된다면, 머지않아 아이들은 '초월적인 존재'와 관계 맺는 방법도, 시간의 흐름을 넘나드는 방법도, 자신의 몸과 대화하고 종족과 문화가 다른 사람들과 교류하는 방법도, 그 어느 것도 체계적으로 습득할 기회를 얻지 못한 채 성인이 되고 말 것이다.

그때의 인간 사회는 어떤 모습일까, 별로 상상하고 싶지 않다.

합기도 상담실의
기상천외한 문답

UFO가 있다고
생각하시나요

Q. 누군가로부터 'UFO를 봤다'는 이야기를 들으면
아무래도 '그런 얘기에 속지 말자'고 경계하게 됩니다.
믿고 싶은 마음도 있긴 있습니다. 보고 싶기도 하고요.
선생님은 UFO가 있다고 생각하시나요?

"인간의 지성과 상상력이 닿지 못하는 영역이 있지요."

있습니다. 제가 봤으니까요. 그러니 이 대답밖에 드릴 수가
없군요. 일단 "없다"라고 말할 수는 있지만 없다는 것을 증
명하기란 불가능합니다. 물론 봤다는 사람에게 "네가 본 건
환상이야"라고 반박할 수는 있습니다. 그 경우에는 상대방
이 환상을 봤다는 사실을 사람들 앞에서 증명해야 하는데,

과거로 거슬러 올라가 그것을 증명하기란 불가능합니다. 저는 실제로 봤으니까요. 도쿄 오야마다이 상공에 떠 있었습니다. 이 이야기는 그동안 여기저기에 꽤 많이 썼습니다. '어떻게 인간이 본 것을 부정하는가'에 관한 주제로요.

제가 UFO를 본 것은 어느 여름날 저녁 6시쯤이었습니다. 아파트를 나와 지유가오카 도장에 가려고 역으로 걸어가는데, 푸른 하늘 한복판에 흰색과 오렌지색으로 번쩍이는 무언가가 둥실 떠 있었습니다. 스필버그의 영화 『미지와의 조우』에 나오는 모선mothership 같은 것이었죠. 그런 비행물체를 본 것은 처음이라 정말 놀랐습니다. 왜냐, 영화가 개봉하기 전의 일이거든요. 그때까지 'UFO' 하면 '조지 아담스키'°형이라든가 '시가'형 같은 것을 『소년 매거진』이나 야오이 준이치°°의 『목요 스페셜』에서 본 모습으로만 알았는데, 그때 본 것은 흰색과 오렌지색을 요란하게 내뿜는 비행물체였습니다. 그게 정말 바로 눈앞에서 번쩍번쩍 빛나

° 1940~1950년대에 활동한 미국의 UFO 연구가. 캘리포니아 사막에서 금성인이 타고 온 납작한 종 모양의 비행접시를 목격했다고 한다.

°° 일본의 방송인·TV 디렉터이자 UFO·오컬트 연구가. 1970~1980년대에 초자연 현상과 외계 생명체 관련 인기 프로그램을 제작했다.

고 있었죠.

처음엔 헬리콥터인가 싶었습니다. 하지만 헬리콥터가 도쿄 시내 지상 100미터 높이에서 공중유영하는 것은 있을 수 없는 일이지요. 소리도 안 나고 기체도 프로펠러도 보이지 않았습니다. 그저 흰색과 오렌지색이 네온사인처럼 요란하게 빛나고 있을 뿐이었죠. 그래서 헬리콥터가 아니라면 비행선인가 생각했습니다. 실제로 그 무렵 도쿄 상공에는 광고용 비행선이 자주 날아다녔으니까요. 그런데 비행선도 아니었어요. 광고고 뭐고 하나도 없고, 애초에 풍선이 없었거든요. 그저 요란하게 번쩍일 뿐이었죠. 그러는 사이에 그 희한한 물체가 움직이기 시작했습니다. 제 머리 위에 떠 있던 것이 갑자기 오야마다이역 상공으로 이동하는 겁니다. 그것도 아주 희한하게요. 가속도 운동이 아니라, 갑자기 '휭' 하고 이동했다가 다시 '휭' 하고 돌아왔습니다.

그때 비로소 알아차렸죠. 아, 저건 내가 아는 지상의 어떤 물체와도 다른 원리로 작동하는구나. 바로 그때, 제 앞으로 한 아주머니가 걸어왔습니다. 누군가와 이 놀라움을 나누고 싶으니 저는 일단 하늘을 가리키며 "저게 뭐죠?"라는 말없는 물음을(놀라운 나머지 숨을 삼키고……와 같은 제스처입니다) 아주머니에게 던져 보았습니다.

아주머니는 어떤 반응을 보였을까요? 제가 도로 한복판에 서서 온몸으로 놀라움을 표시하며 손가락으로 하늘을 가리키는데, 이 아주머니는 그저 발끝만 바라보며 제게서 멀리 떨어지려는 듯 잽싸게 걸어갔습니다. 그때 한 가지 배웠습니다. 사람은 저렇게 '보고 싶지 않은 것을 보지 않고' 지나갈 수 있다는 사실을요.

어쩐지 오싹하더군요. 왠지 UFO 승무원과 의사소통을 할 수 있을 듯한 느낌이 들었습니다. 왜 그런가 하면, '가만히 있으니까 UFO인지 뭔지 모르겠는데 한번 날아 보면 어때' 하고 속으로 생각한 것과 동시에, 그 번쩍번쩍한 물체가 '봐라, 날고 있지'라고 하듯이 곧바로 오야마다이역 쪽으로 날아갔다가 다시 원래 장소로 되돌아왔거든요. UFO가 '오호, 이 친구랑은 의사소통이 되겠는데'라고 생각해서 저를 납치하면 큰일 아닙니까. (합기도 수련하러 가야 하는데⋯⋯) 그래서 뒤도 안 돌아 보고 구혼부쓰역 방향으로 냅다 뛰었습니다.

다음 날 신문을 샅샅이 뒤져 봤지만 '세타가야구 오야마다이 상공에 수수께끼의 비행물체 출현'이라는 기사는 없었습니다. 그걸 본 사람이 저 혼자였던 건지, 아니면 본 사람은 있는데 그 아주머니와 마찬가지로 '봤는데 못 본

척'하고 잊으려 했던 건지, 아니면 몇 사람이 "이상한 것을 봤습니다"라고 신문사에 제보했는데 무시당한 건지…… 과연 어느 쪽일까요? 이해가 안 되는 상황이지만 제가 희한한 것을 봤다는 사실에는 변함이 없습니다. 워낙 대낮이었으니까요. 술도 마시지 않았고, 물론 약 같은 것도 하지 않았으며, 이제껏 환각이나 환청을 경험한 적도 없습니다.

도장에 가서 두 시간쯤 땀 범벅이 될 때까지 합기도를 수련하려고 도복을 품에 안고 부랴부랴 걸어가는 기운찬 젊은이가 환각 따위를 볼 리 없잖습니까. 다른 사람이 그 진위를 어떻게 판단하든, 이 일은 저에게 결정적인 경험이 되었습니다. 이른바 '과학주의'적인 사고는 제 안에서 완전히 자취를 감추었죠. "UFO가 있을 리 없잖아"라고 말하는 사람이 있다면, 도대체 어떻게 그렇게 단순하게 믿을 수 있는지 그 사람이 곧 저에게는 초자연적 현상입니다. 이 세상에는 인간의 지성이 도저히 미치지 못하는 일이 있다는 것을 지식으로는 물론 알고 있었습니다. 그런데 그 여름날 저녁에 확실히 깨달은 거죠.

이 넓은 우주에는 인간의 지성이나 상상력이 도무지 미치지 못하는 영역이 얼마든지 있구나, 확신하게 되었습니다. 그렇다면 분명 '기'氣도 있고 '영'靈도 있을 것이며, '천

253

리안'도 '미래예지'도 '공중부양'도 다 있다는 것을 진정으로 납득했습니다. 그리고 어떻게 하면 그런 경험과 가까워질 수 있을지 실천적 프로그램을 궁리하기 시작했습니다.

이 경험이 저의 합기도와 철학에 끼친 영향은 헤아릴 수 없습니다. 그것을 보지 않았다면 그 후의 인생은 전혀 달라졌을지도 모를 일입니다. 세상에는 현실보다 현실적인 '잘 모르는 일'이라는 게 있거든요.

초능력이 있다고
생각하십니까?

Q. 선생님은 무도의 달인이기도 합니다. 그러므로
신체 운용에 대해 깊이 사유하신다고 생각합니다.
그래서 질문드리겠습니다. 세상 사람들이 말하는
'초능력'에 대한 선생님의 생각을 알고 싶습니다. 우선
초능력이 정말 있다고 보십니까?

**"세상에는 자신이 할 수 없는 일을 할 수 있는 사람이
있습니다, 그걸로 된 거 아닙니까."**

있을 겁니다, 초능력. 요가 수행자 나루세 마사하루 선생님
과 함께 책을 냈는데요(『몸으로 생각한다』身体で考える), 나루
세 선생님은 공중부양을 하는 분입니다. 공중에 떠 있는 모

습을 아직 실제로는 보지 못했지만요(웃음). 예전에 제 합기도 스승인 다다 선생님과 나루세 선생님이 대담을 나눴는데, 끝나고 고탄다역까지 걸어가는 길에 다다 선생님께 여쭈었습니다. "나루세 선생님은 정말로 공중부양을 할까요?" 다다 선생님은 빙긋 웃으며 즉답하셨죠. "본인이 뜬다고 하면 뜨는 거겠지." 저는 이런 스탠스를 좋아합니다.

인간에게는 다양한 능력이 있습니다. 개중에는 꽤 신기한 것도 있지요. 그런 이야기를 들으면 얼굴을 찡그리며 '그런 건 있을 수 없다'고 내치는 사람이 있는데요. 그런 태도에 어떤 지적 생산성이 있을 것 같지는 않네요. 그보다는 '음, 인간이란 그런 일도 할 수 있구나. 어떤 조건이 갖춰지면 그 일을 할 수 있을까'라고 생각하는 것이 훨씬 생산적이고 유쾌하지 않을까요.

'칵테일 파티 효과'라는 걸 아십니까? 수십 명이 모여 시끌벅적 수다를 떠는 파티에서도, 누군가가 내 이름을 입에 올리면 그것만큼은 상당히 작은 소리여도 놓치지 않습니다. '아, 누가 내 얘기를 하는구나'라고 알아차리죠. 즉 무의식중에 우리는 모든 이의 입에서 나온 말을 모니터하고 있는데, 그중 나와 관계없는 얘기는 모두 무시하고 관계가 있는 정보에만 반응한다는 것입니다. 자신이 그런 힘든 작업을 하고 있다는 사실조차 깨닫지 못한 채로요.

그렇기에 인간에게는 '보이지 않아야 할 것'이 보이거나 '들리지 않아야 할 소리'가 들리거나 '만진 적이 없는 것'의 감각을 느끼는 일이 일어납니다. 당연하다고 생각합니다. 보통은 그냥 버렸을 정보를 어떤 계기를 통해 줍는 일이 일어나는 거죠.

예를 들어 눈이 보이지 않는 사람은 지팡이 끝에 닿은 것이 딱딱한지 부드러운지 알 수 있습니다. 더 민감해지면 그게 뜨거운지 차가운지까지 감지한다고 합니다. 나무인지 천인지 돌인지 알 수 있는 거죠. 지팡이가 손가락의 연장인 셈입니다. 과학적으로는 설명할 수 없지만, 알 수 있는 것은 알 수 있습니다.

치료 행위에서는 신기한 일이 자주 일어납니다. 삼축수정법三軸修正法°을 창시한 이케가미 로쿠로 선생은 전화로 환자를 치료한 적이 있다고 합니다. 브라질에 사는 환자가 국제전화로 "허리를 삐끗했는데 어떻게 하면 좋을까요?"라고 묻더랍니다. 이케가미 선생이 수화기에 대고 "아, 이

○   인간의 체내에서도 물리법칙이 적용된다는 원리를 바탕으로 하는 운동 치료법. '삼축운동치료'라고도 불린다.

제 나으셨을 겁니다"라고 했더니 환자는 "아, 정말이다" 하면서 깜짝 놀랐다고 하더군요.

재미있는 것은, 우연히 그 이야기를 꺼냈을 때 오카야마에서 개업한 치과의사 겸 치료가인 구와무라 선생이라는 분이 옆에 있었는데요. 그분이 "그런 건 드문 얘기가 아니에요. 전화로 치료하는 정도는 저도 하고 있으니까"라고 하셔서 두 번 깜짝 놀랐습니다.

구와무라 선생은 가끔 제게 메일을 주시는데요. 언젠가 "우치다 선생님의 왼쪽 서혜부에 '막힘'이 있어서 염력으로 치료했습니다"라는 메일이 왔습니다. 그 당시 저는 딱히 서혜부에 아픔도 막힘도 느끼지 못했기 때문에 '구와무라 선생님, 이상한 소리 마시죠'라고 생각하고 있었는데, 다음 날 고베여학원대학의 졸업생으로 의사가 된 제자가 도쿄에서 메일을 보낸 겁니다. "선생님, 안녕하세요. 선생님 왼쪽 서혜부에 막힘이 있어서 염을 보내 두었습니다." 물론 둘이 서로 전혀 모르는 사이입니다. 둘이서 멋대로 남의 서혜부를 만지작거린 거죠(웃음).

합기도를 창시한 우에시바 모리헤이 선생님 눈에는 날아오는 총알이 보였다고 합니다. 처음에 빛이 오고 그 뒤에 총알이 오는데, 빛이 올 때 총알의 경로를 알 수 있으므로 살짝 피하면 총알에 맞지 않는다고 합니다. 다다 선생님의 스승인 나카무라 텐푸 선생님도 대단한 달인으로 여러 가지 능력을 지녔다고 들었는데요, 다다 선생님이 실제로 목격한 기술도 있습니다. 일본도를 공중에 툭 던지고 허리에 찼던 칼집을 내밀면 거기에 칼이 딱 들어간다는군요. 대단하죠.

우리는 '인간의 능력은 이 정도'라고 마음대로 한계를 긋습니다만, 실제로는 그 선을 넘는 사람이 많이 있습니다. 그냥 '어떻게 저럴 수 있을까' 하면서 흥미롭게 지켜보면 좋지 않을까요. '내가 할 수 없는 일은 아무도 할 수 없다'는 추론은 논리적으로 잘못된 것입니다. '내가 할 수 없는 일을 할 수 있는 사람이 있다', 이렇게 생각하면 되잖아요. 그게 훨씬 재미있죠.

게다가 '그런 신기한 일을 할 수 있을 리가 없다'고 믿는 사람이 실제로는 의외로 컬트에 약합니다. 교주님이 눈앞에서 초능력을 살짝 발휘하면, '그런 일은 인간에게는 절대로 불가능하다'고 평소에 생각하던 사람들은 간단히 귀의해 버립니다. 아무리 그래도 그렇게 넘어가는 건 너무 순진하지 않나 싶군요. '그런 일'을 할 수 있는 인간은 실제로 얼마든지 있으니까요. 어떤 교단이든 교주가 된 사람이라면 99퍼센트 '그런 일'이 가능합니다. 그게 아니면 애당초 교단 같은 것을 만들 수도 없거든요.

　그러니까 그런 일에 일일이 놀라서는 안 됩니다. "그렇군요. 그럴 수 있군요. 대단하네요"라고 곧이곧대로 받아들이면 됩니다. 무엇보다 그런 예외적인 능력을 사용해서 그 사람이 도대체 뭘 하려고 하는지 생각해 봐야 합니다. "나는 다른 사람이 할 수 없는 이런 일을 할 수 있다. 그러니 나의 신자가 되어 나를 숭배하라"는 식으로 자기 이익 도모에 그 능력을 쓰고 있다면, 그 사람은 이류 초능력자입니다. 진정한 초능력자는 세상을 위해, 사람을 위해 그 능력을 사용합니다. 그런 능력을 이용해 세속적인 위신을 높인다든지 돈을 요구한다든지 신자들을 지배하는 짓은 절대로 하지 않습니다.

　"초능력이 있을까요?"라는 물음보다 "초능력자 가운데 믿어도 되는 사람과 따라가면 안 되는 사람은 어떻게 구분해야 할까요?" 같은 물음이 훨씬 현실적이라고 저는 생각합니다.

초등학생 아이에게
유도를 가르치는 게 좋을까요,
합기도를 가르치는 게 좋을까요?

Q. 초등학교 1학년 남자아이의 아버지입니다.
아이에게 시킨다면 합기도와 유도 중 어느 쪽이
좋을까요? 애당초 우치다 선생님은 왜 합기도를
택했습니까?

"왜 이런 일을 하는지는 해 보지 않으면 모릅니다."

합기도와 유도 중 어느 쪽이 좋을까? 미묘한 문제이므로
간단히 대답할 수 없습니다. 저야 물론 "합기도가 좋아요"
라고 답하고 싶습니다만, 그럴 수는 없죠. 일단 '자녀의 기
질이나 신체적 특성에 따라 다르다'고 대답하겠습니다.

제가 합기도를 선택한 건 (합기도가 무엇인지) '잘 몰랐

기 때문'입니다. 무엇을 수련하는 것인지 도무지 알 수 없었습니다. 다른 무도는 알 수 있습니다. '강약'이나 '승패'를 겨룬다든지 '경쟁 상대보다 빠르고 강한 신체 활용 기술을 습득'하려고 하죠. 그런데 합기도는 그렇지 않더군요. 강약도 승패도 논하지 않습니다. 시합도 없고, 남이 잘하는지 못하는지 비판하지도 않습니다. 색다른 무도입니다.

저는 스물다섯 살에 이 무도를 시작했는데요. 당시 스물다섯의 제가 지닌 가치관으로는 이 무도가 어떤 것인지 가늠할 수 없다는 사실만큼은 알았습니다. 제가 인식하는 '강하다'든가 '이긴다' 같은 말의 의미 자체를 갱신하지 않으면 이 무도를 이해할 수 없겠다는 것은 알았습니다. 20년쯤 하다 보니 이 무도가 어떤 것인지 어렴풋이 알게 됐고, 수련한 지 37년이 된 지금에서야 젊은 세대에게 '합기도란 무엇인가'를 그럭저럭 설명할 수 있게 되었습니다.

뭔가를 배울 때는 배우기 전에 사전지식을 너무 많이 갖추지 않는 편이 좋다, 이것이 제 경험에서 나온 확신입니다. 왜냐, '유용성이나 가치를 이미 알고 있는 것'을 습득하려고 하면 인간은 비용 대비 효과가 좋은 방법을 찾거든요. 목적지를 알고 있으면 가장 가까운 길을 찾으려는 것과 똑같습니다. 최소의 노력으로 최대의 성과를 거두고자 합니다. 예를 들어 대학 졸업 자격은 다들 유용한 것으로 여깁니다. 대학을 졸업하려면 124학점이 필요하죠. 이 두 가지 조건을 주면 최소의 학습 노력으로 학사 학위를 손에 넣는 방법을 궁리합니다. 그리하여 합격 최저 점수로 답안을 쓰고, 출석 최저 일수만 출석하게 되죠.

그런데 이거, 잘 생각해 보면 좀 이상하지 않아요? 하지만 '상거래'에 빗대어 학사 학위는 '가치 있는 상품', 학습 노력은 '화폐'라고 여기며 대학에 들어온 사람은 그렇게 생각하게 됩니다. 비용 대비 효과가 좋은 대학 생활을 보내는 방법을 생각했을 때 나오는 결론은, '4년간 아무것도 배우지 않고 입학 시점과 똑같은 정도의 바보인 채로 졸업하는 것'이 가장 슬기로운 생활방식이거든요.

웃을 일이 아닙니다. 정말 그래요. 학습 능력을 화폐와 똑같이 생각한다면 '학습 노력 제로'로 학사 학위를 손에 넣은 사람은 공짜로 가치 있는 상품을 손에 넣은 셈이니까요. 그래서 소비자 마인드를 너무 깊게 내면화해 버린 학생들은 공부하지 않으려고 필사적으로 노력합니다. 정말입니다.

어찌 보면 말이 안 되는 이런 일이 왜 일어날까요. 학습을 시작하기 전 단계에서 '나는 학습을 통해 얻는 것(방금

263

든 사례라면 졸업 자격)의 가치를 알고 있다'는 (본인에게) 흔들리지 않는 전제를 채용했기 때문입니다.

많은 사람의 생각이 그런 쪽으로 흘러갑니다. '노력의 성과가 무엇인지 사전에 알아야 인간은 노력한다'고 믿는 사람이 많지만(대부분이 그렇지요), 그렇지 않습니다. 노력의 성과가 무엇인지 사전에 알면, 인간이라는 동물은 최소의 노력으로(이상적으로는 제로의 노력으로) 성과를 손에 넣는 방법을 우선 생각하게 됩니다.

그런데 어떤 일이든 그렇지만, '최소의 노력'이 뭔가 풍부한 것을 안겨 주는 건 아닙니다. 결코 아닙니다. 아니, 그렇지는 않군요. ('결코'라고 해 놓고 바로 말을 바꿔서 좀 민망합니다만.) 그런 사람들은 '최소의 노력이란 무엇인가'를 알기 위한 노력만큼은 아끼지 않기 때문입니다.

대학에서 일어나는 일을 예로 들어 보죠. 시험에서 낙제점을 받거나 시험에 결석하거나 과제 내는 것을 잊은 뒤에야 집요하게 이의를 제기하는 학생이 있습니다. 자신이 낙제한 것은 교사나 대학의 책임이니까 합격시키라는 것입니다. 제가 실제로 경험한 일입니다. 과제 제출 기일에 과제를 내지 않은 학생이 있었습니다. 이 학생은 마지막 수업에 빠지는 바람에 교수가 강의실에서 말해 준 리포트 기

일을 듣지 못했습니다. 그런데 "학생에게 기일을 알려 주는 것은 교수의 의무다. 당일 결석자에게는 전화로든 메일로든 제대로 알려 줬어야 했는데 교수가 의무를 게을리했다. 그러니 사과하고 자신에게 학점을 달라"고 주장했습니다. 교무과에 줄기차게 찾아와 하소연을 하거나 전화로 생떼를 부리더니, 급기야 부모를 대동하고 와서는 변호사를 선임해 대학을 고소하겠다고 윽박질렀습니다.

제가 감탄한 것은, 이 학생도 부모도 이런 종류의 노력은 전혀 아까워하지 않는다는 점이었습니다. 학습 노력은 아끼는데, '학습 노력 없이 학점이나 졸업장을 얻기 위해서는 아무리 많은 시간과 에너지를 써도' 아깝지 않다고 생각하는 거죠. '최소의 노력으로 가치 있는 것을 얻어 내는 기술'에서라면 이 학생은 이미 상당한 경지에 이르렀을 겁니다. 그게 앞으로의 인생에서 어떤 식으로 도움이 될지는 모르겠지만, 이것만은 분명해 보입니다. 이 학생은 앞으로 꽤 성가신 불평꾼이 될 겁니다.

그러니 반대의 경우를 생각하면 인간이 어떤 조건에서 노력하게 되는지 알 수 있겠죠. 그것은 자신의 노력 성과가 무엇인지 노력해 보지 않으면 알 수 없는 경우입니다.

이는 학생들이 졸업논문 면접을 볼 때 잘 나타납니다.

"어떤 주제로 쓰고 싶나?"라고 물어보면 "……'몽골의 근대사'에 대해서요"라고 대답하는 학생이 있습니다. (없지만 가정입니다.) "왜 몽골 근대사야?"라고 물으면 "왠지 모르게……"라고 말하며 입을 다물어 버립니다. 여느 교수라면 단박에 면접에서 떨어뜨리겠지만, 저는 이런 학생을 흔쾌히 통과시킵니다. '왜 그 주제를 연구하고 싶은지 제대로 말할 수는 없지만 왠지 모르게 끌린다'는 것은 지적 호기심이 넘친다고 볼 수 있으니까요.

왜 그것을 연구하고 싶은가, 그 이유는 실제로 연구해 보지 않으면 알 수 없습니다. 어쩔 수 없이 관련 연구서를 닥치는 대로 읽고, 소설을 읽고, 다른 사람 이야기를 듣고, 영화를 봅니다. 당연히 비용 대비 효과는 떨어집니다. 하지만 어느 정도 하다 보면 자신의 지적 자질이나 자신이 무엇을 추구하는지 어렴풋이 알게 됩니다. 때로는 그러다가 어느 시점에서 갑자기 맹렬히 공부를 시작합니다. 그렇게 한 뒤에 생각지도 못한 훌륭한 논문을 쓰게 됩니다. 이런 학생들은 하나같이 졸업논문 면접 시점에서는 자신이 어떤 연구 주제에 끌리는 이유를 제대로 설명하지 못했습니다.

하지만 그들은 효율적이고 유용하며 돈이 되는 지식과 기술을 얻는 것보다 자신이 누구인지 알고 싶어 했습니다.

자신의 속은 자신도 모르지만, 지적 가능성이 잠들어 있음을 어렴풋이 느끼고 있었던 거죠. 비용 대비 효과를 따져가며 학사 학위를 받는 것보다 '나는 누구인가'라는 자기 탐구에 더 관심이 있는, 그런 사람이 배우는 사람이라고 생각합니다. 쓸모 있고 돈이 되는 지식이나 기술을 손에 넣는 것보다도, '내가 누구인지, 나에게는 (스스로도 몰랐던) 어떤 가능성이 잠들어 있는지'를 탐구하고픈 마음이 배움에 가장 강력한 동기를 부여하기 때문입니다.

합기도 이야기로 돌아가면, 초등학교 1학년 아이는 합기도가 뭔지 모릅니다. 그러니까 시작하기 전에 "이걸 하면 뭐가 좋은데요?"라며 노력에 대한 보상이 무엇인지 사전에 알려 달라고 요구하는 아이에게 합기도는 적합하지 않습니다. 아니, 그런 아이는 모든 종류의 배움에 걸맞지 않습니다.

어른도 마찬가지입니다. 책을 이것저것 조금씩 읽고 와서는 '합기도라는 것이 이러이러해서 훌륭한 무도인지 이미 알고 있다, 수련을 쌓으면 이런저런 좋은 일이 있다고 하니 꼭 배우고 싶다'면서 입문하는 사람은 수련을 계속하지 않습니다. 당연한 일입니다. 수련을 쌓으면 어떤 '좋은 일'이 있는지 수련을 시작하기 전부터 알고 있기에 그 사람은 되도록 효율적으로 그 '좋은 일'에 도달하고 싶어 합니다. 그에게 수련 자체는 그저 우회적인 수단에 지나지 않습니다. 그런 것은 가능하면 제로이길 바라죠. 입문한 다음 날에 바로 '좋은 일'을 손에 넣으면 그게 최고라고 생각하는 사람이 수련에 진지하게 힘쓸 리 없습니다.

이것도 졸업논문과 마찬가지입니다. 왠지 모르게 훌쩍 들어와서, 자신이 왜 합기도를 배우는지 잘 모른 채 수련하는 사람은 대체로 오래 지속합니다. 세상 이치라는 게 그래요. "알고 싶다. 자, 수련하자"는 논리입니다.

물론 수련 자체도 굉장히 즐겁습니다. 하지만 어디가 어떻게 즐거운지는 좀처럼 말로 설명할 수 없습니다. 그래서 '그걸 알고 싶다' '그걸 설명할 수 있게 되고 싶다'는 생각에 계속 수련하다가 문득 정신을 차리고 보니 '꽤 능숙해져 버렸다'는, 뭐 그런 이야기인 거죠.

무도는 섹스에 도움이 됩니까?

Q. 무도를 꾸준히 계속하면 육체관계인 섹스에서도 달인이 될 수 있을까요? 여자친구가 꼭 알고 싶어 해서 여쭙습니다. 그렇다고 하면 곧장 시작하고자 합니다.

"무도에서는 '성화性化된 신체' 따위에는 애당초 볼일이 없습니다. 섹스는 환상. 신체와 관계 없습니다."

예전에 속아서 페미니스트 모임에 강사로 불려간 적이 있습니다. 신체론을 주제로 강연 의뢰를 받았기 때문에 저는 무도가로서 신체에 관해 이야기했습니다. 말을 마치자 기다렸다는 듯이 한 참석자가 손을 들고 거칠게 말하더군요. "당신의 신체론은 전혀 성립하지 않습니다." 깜짝 놀랐습니다. '왜?'라고 생각하며 상대의 얼굴을 응시하자 그분은 "당신이 말하는 신체론에는 성性이 없어요"라고 하는 겁니다. 그분이 했던 말을 옮겨 보지요. "우리 여성은 '몸'이라고 하면 우선 내가 '여자'라는 사실을 싫어도 의식하게 됩니다. 여자라는 것을 빼고는 몸을 느낄 수도, 말할 수도 없어요. 그런데 당신에겐 그런 의식이 없잖아요. 남성으로서의 자기 몸에 안주하고, 그게 성화된 몸이라는 걸 전혀 자각하지 못하고 있어요. 당신은 전형적인 남권주의자입니다." 그분은 이겼다는 듯이 우쭐한 태도로 이렇게 말했습니다.

저는 조금 놀라고 기가 막혀서 일단 "몸을 느낄 때 자신의 성부터 느끼는 사람은 무도가로는 전혀 어울리지 않습니다"라고 대답했습니다. 무도적으로 신체를 움직일 때 '나는 미국인'이라든가 '나는 사장'이라든가 '나는 기독교인'이라는 것을 먼저 의식해야만 몸을 움직일 수 있다는 사람이라면, 아무리 생각해도 그 사람에게 무도는 무리입니다. 제 이야기에 딴지를 거신 분은 아마도 무도적 움직임을 옷차림이나 화장이나 평상시 몸놀림이나 사방을 주의하여 둘러보는 것과 같은 수준으로 생각하신 듯했습니다.

무도가인 저는 성·연령·인종·국적·신앙·이데올로기 등과는 전혀 관계없는, 장기臟器 레벨·분자생물학적 레벨·유전자 레벨에서의 제어에 대해 이것저것 궁리하고 있으므로 '성화된 신체' 따위에는 애당초 볼일이 없습니다.

수행의 결과로 삶의 지혜와 힘이 강해지면, 사회성도 높아질 것이고 시민적으로도 성숙할 것이며 각각의 지역이나 집단 내에서도 유능하고 의지할 만한 사람이 될 수 있겠지요. 하지만 그런 것은 어디까지나 수행의 부산물이지 그런 목적을 위해 수행하는 것은 아닙니다. 하물며 신체 활용 면에서 남성은 어떻게 되어야 한다든지 성은 어떻게 움직여야 한다든지, 그런 건 아무도 화제로 삼지 않습니다.

그래서 '몸 하면 먼저 자신이 여자인 것을 싫어도 의식하게 되고 거기서 벗어날 수 없다'고 생각하는 사람은 '몸 하면 먼저 자신이 미국인인 것을 싫어도 의식하게 되고 거기서 벗어날 수 없다'고 생각하는 사람과 마찬가지로 무도에는 전혀 맞지 않는다, 이렇게밖에 말할 수가 없군요. 그런 사람은 무도뿐만 아니라 자연과학 연구에도 적합하지 않습니다. 자연과학의 분야에서 '남자(혹은 미국인, 혹은 사장, 혹은 마르크스주의자)가 아니면 할 수 없는 연구'라든가 '남자(혹은……이하 동문)는 할 수 없는 연구' 같은 게 있으면 곤란하니까요.

질문에 대답을 드리자면, 섹스의 90퍼센트는 '문화'입니다. 문화라고 하면 좀 애매한가요. 그럼 '환상'이라고 단언해 버립시다. 섹스는 90퍼센트가 환상입니다. 인종이라든가 직업이라든가 종교와 같은 뇌의 현상입니다.

포르노그래피라는 게 실제로 있지 않습니까. 포르노그래피는 신체적인 자극은 제로인데도 그걸 보면서 흥분하는 거잖아요. 그저 이미지와 언어일 뿐이잖아요. 말로 괴롭힌다든지 이 교복을 입어 달라든지 하이힐을 신고 밟아 달라든지 촛농을 떨어뜨려 달라든지, 의미를 모르는 것투성이죠. 신체와는 아무런 상관이 없어요. 전부 뇌의 환상이거든요. 그러니까 섹스가 즐겁디즐거워 어쩔 수 없는 사람은 뇌에 성적 환상이 꽉 차 있는 것이지 기본적으로 신체와는 무관합니다. 신체 같은 건 없어도 성적 환상은 무한으로 끌어낼 수 있고, 무한한 쾌락을 끌어낼 수도 있지요.

실제로 라마찬드란° 박사의 책에 나와 있는 내용인데요. 성기가 없어도 성적 쾌감은 잃지 않는다고 합니다. 사고나 병으로 성기를 잃어 생체기능으로서의 성기능은 없어졌다 해도, 성적 욕망과 성적 쾌감은 뇌에서 일어나는 현

°　인도계 미국인 신경과학자. 거울 상자 발명과 행동신경과학에
　관한 광범위한 실험·이론으로 유명하다.

상이므로 사라지지 않습니다. 신체기관이 결손되어도 원래 연결되지 않는 신체 부위 사이에 '다리'가 형성되는데, 하체를 관장하는 뇌의 부위가 무려 성기의 감각까지 커버해 준답니다. 그래서 발도 쾌감을 느낄 수 있고, 더군다나 '엄청 좋다'는군요.

'육체관계'라는 말이 있지만, 실제로 섹스는 95퍼센트가량이 '환상관계'이므로 신체의 생물적 기능을 제어하는 무도와는 전혀 관계가 없습니다.

화가 났을 때의
대처법을 가르쳐 주세요

Q. 최근 피곤해서 그런지 다른 사람의 언동에 과민
반응을 보이는 것 같습니다. 저는 성격이 온화한
편이라서 남에게 화를 내는 일도 별로 없었는데
요즘은 자주 짜증을 부립니다. 이런 일에 제 에너지가
낭비되는 것 같아서 몸과 마음이 다 지치네요.

**"효율만 생각하면 실은 효율이 나쁩니다.
'화내지 않는' 예방법을 먼저 생각합니다."**

대처법을 물어보셨는데요. 저는 대처법 같은 것에는 별로
관심이 없습니다. '예방하는 사람'이라서요. 그래서 '어떻게
하면 화를 내지 않고 일을 처리할 수 있을까?'를 '어떻게 하

면 화가 난 상태를 진정시킬 것인가?'보다 우선으로 생각합니다. '화내지 않는 예방적 방법'을 생각하는 데에 지적 자원을 투입하는 것이 '화가 난 뒤의 적절한 사후 처리'를 생각하는 것보다 압도적으로 효율적이지 않습니까?

아, 제 소개가 좀 늦었네요. 저는 뼛속까지 합리주의자로 철저하게 효율을 중시하는 사람입니다. 그런데 말이죠, '효율만 생각하면 실은 효율이 나쁩니다'. 정말 그렇습니다. 효율만 추구해서 지금 당장 도움이 되는 것(예컨대 학점을 쉽게 딸 수 있는 과목만 수강한다거나 출석 점수가 까이지 않는 일수만 출석하는 등)에만 지적 자원을 투입하는 학생들을 보면 그런 생각이 들 수밖에 없습니다. '대학을 4년 동안 다니고서도 입학 시점과 똑같이 바보 상태로 머물기 위해 노력하는 것'은 아무리 생각해도 효율적이지 않잖아요. 합기도의 목표가 무엇인지 수련도 시작하기 전에 다 안다고 생각해서 입회금을 내고 도복을 사고 딱 한 번만 수련하고 그만둬 버리는 사람, 아무리 생각해도 효율적이지 않잖아요.

제가 말하고 싶은 것은, 이 세상에서 '합리주의자'나 '효율주의자'로 불리는 사람은 그런 호칭에 어울리는 사람이 (전부는 아니지만) 아니라는 겁니다. ('현실주의자'도요.) 저는 뼛속까지 합리주의자이기 때문에 '화를 내지 않는' 예방법을 먼저 생각합니다.

　화가 나는 것은 거의 100퍼센트 인간관계가 원인입니다. 따라서 예방적으로는 '나를 화나게 하는 사람과는 관계 맺지 않는 삶을 산다'는 원칙을 세울 수 있겠지요. 그렇다면 어떻게 하면 그런 사람과 관계를 맺지 않아도 될까요? '나를 화나게 하는 사람'이란 어떤 유형인가, 거기서부터 생각합니다. 언제 가장 많이 화가 나는가, 내 처지에서는 반론할 수 없는 사람으로부터 불합리한 말을 들을 때입니다. 사회관계에서 반론, 항명할 수 없는 불합리한 일을 요구받으면 속이 부글부글 끓지요. 건강에도 좋지 않습니다. 그러니 불합리한 일을 요구받아도 '노'라고 말할 수 없는 인간관계는 애당초 구축하지 말아야 합니다. 그래서 제가 상의하달식 조직에는 들어가지 않는 겁니다.

　물론 조직과 전혀 무관하게 살 수는 없습니다. 그렇다면 '어떤 조직에서라면 화날 일이 적을까'를 생각합니다. '위'에 훌륭한 사람이 있다는 것이 그 조건입니다. 상층부에 있는 이가 식견이 있고 도량이 넓고 상상력이 풍부하다면, 그리고 어떻게 하면 조직의 수행력이 높아질지, 어떻게 하면 모든 구성원이 저마다 잠재력을 최대화할 수 있을지를 곰곰이 생각하는 사람이라면, 일단 윗사람에게 불합리한 말을 듣고 화가 나는 사태는 일어나지 않습니다. 이런 조직은 모두 생글생글 기분 좋게 일하고 있을 겁니다. 그러니까 그런 사람이 상층부에 있는 조직을 찾아서 거기에 들어가는 거죠.

　제가 무도를 하는 것도 이유는 같습니다. 상황에 따라서는 누군가가 폭력을 동원해 나에게 불합리한 일을 요구할 수도 있는데, 그런 가능성을 최소화하고 싶습니다. 폭력을 행사하는 인간에게 더 강한 폭력을 행사하고 싶은 것이 아닙니다. (그렇게 해 본들 경찰에 체포당하거나 배상금을 청구당하거나 점점 더 화가 나는 사건에 휘말릴 뿐입니다.) 그런 게 아니라, 무도를 오래 수련하다 보면 수상한 장소에 가까이 가거나 수상한 인간이 접근해 오면 알람이 울립니다. 그러면 위험을 회피할 수 있습니다.

　저의 합기도 스승인 다다 히로시 선생님은 "옛 무사는 볼일이 없는 곳에는 가지 않았다"고 말씀하십니다. 저는 이 가르침을 소중히 여기고 있습니다. 오래전부터 어지간한 용무가 없으면 집에서 나가지 않습니다. 취한이 배회하는 번화가에는 어지간한 일이 없으면 접근하지 않지요. 신문을 읽다가 "괘씸해!" 하며 책상을 치는 일은 물론 있습니다만, 이는 특정인에게 화를 내는 것이 아니라 그저 멀리서

277

세상을 개탄하는 울부짖음이니 신경 쓰지 말아 주시기 바랍니다.

미래 교육은
어떻게 설계하면 좋을까요?

Q. AI 기술이 급속도로 발전하여 미래에는 많은
직업이 사라진다는 이야기가 연일 보도됩니다. AI
시대를 대비해서 미래의 학교 교육은 어떻게 설계하면
좋을까요?

"미래 교육은 설계할 수 없습니다."

저는 거의 40년 동안 합기도를 수련하고 있습니다. 20년
전쯤부터는 노가쿠도 같이 배우고 있지요. 노가쿠는 지금
으로부터 650년 전에 탄생한 전통 예술로 일종의 가면극인
데요, 지금까지도 처음 생겨났을 당시와 거의 똑같은 형태
를 유지하고 있습니다. 대부분의 가면극이 그렇듯 무대에

오른 인물이 신이나 귀신에게 빙의되어 잠시 다른 차원을 떠돌다가 마지막에 되돌아오는 내용이 많습니다.

합기도 수련을 25년쯤 했을 때 뭔가 다른 것을 배울 필요를 느꼈습니다. 현대인이 지닌 신체 기법만 갖고는 아무리 무도를 열심히 수련해도 그 이상 나아갈 수 없다는 사실을 깨달았기 때문입니다. 저 스스로는 너무나 자연스럽게 말하거나 서거나 앉거나 걷는다고 생각하지만, 사실 그것들은 현대 일본인 특유의 신체 기법, 민족적으로 규정된 특유의 자세에 완벽하게 얽매인 움직임입니다. 현대 일본인의 표정, 발성법, 걷는 법, 서는 법으로 700~800년 전 전국시대에 탄생한 무도의 '형'型을 재현하는 데에는 한계가 있었습니다. 그래서 무도가 탄생한 시대의 일본인들이 어떻게 발성했는지, 어떻게 앉고 서고 팔다리를 움직였는지 알고자 650년 전의 형태를 간직하고 있는 노가쿠를 시작했습니다.

처음 노가쿠를 시작하고 굉장히 놀랐습니다. 중세 일본인이 몸을 쓰는 방식으로는 한 걸음도 걸을 수 없었거든요. 노가쿠는 현대인과는 전혀 다른 방식으로 신체를 사용합니다. 발성법도 완전히 다릅니다. 노가쿠에서의 연기는 인간에게 신령이 들러붙은, 뭔가에 씐 모습을 관객에게 보

280

여 주는 행위입니다. 현대 일본인이 자신과는 전혀 다른 식으로 신체를 쓰는 중세 일본인의 방식을 따라, 더군다나 인간이 아닌 뭔가에 빙의된 상태를 연기하는 일이 얼마나 어려울지 짐작이 가시겠지요.

　노가쿠을 처음 배우기 시작했을 때 제 스승께서 이런 말씀을 해 주셨습니다. "노가쿠 무대에서 가장 중요한 것은 임기응변이다." 노가쿠를 배우는 20년 동안 스승께서 노가쿠 무대에서의 마음가짐에 관해 하신 말씀은 그 한마디뿐이었습니다. 기술적으로는 이렇게 걸어라, 이렇게 앉아라, 이렇게 발성해라, 이런 표정을 지어라 등등 구체적인 지시가 있었지만 마음가짐에 관한 가르침은 하나뿐이었습니다. 저는 노가쿠 무대에서의 임기응변이란 무엇인가를 계속 생각하면서 수업修業을 했습니다. 그도 그럴 것이, 어디에 서서 어떤 대사를 하고 무엇을 노래할지 대본으로 정해져 있으니 일반적으로 생각한다면 임기응변의 여지가 없거든요. 모든 것이 정해져 있음에도 불구하고 임기응변으로 대처하라는 게 무슨 뜻일까 고민하며 10년쯤 수련하니 무언가를 깨달았습니다.

　당시 저는 마이바야시舞囃子°라는 형식의 공연을 하고 있었습니다. 지우타이地謡°°라는 코러스 네 명, 하야시囃子°°°

라는 연주자 네 명 앞에서 혼자 춤추는 형식이죠. 무대에서 정해진 규칙에 따라 이동하는데, 문득 무대 공간마다 밀도의 차이가 있음을 자각했습니다.

노가쿠 무대는 5.4제곱미터쯤 되는 좁은 공간입니다. 그 안에 농담濃淡이나 점도의 차이가 있다는 사실을 깨달은 겁니다. 그냥 빈 공간인데도 어느 동선은 무난하게 통과할 수 있고, 어느 동선에서는 저항을 느끼며, 어디에서는 몸이 특정한 방향으로 휘어지는 겁니다. 코러스나 악기 소리, 무대에 있는 기둥 등에 의해 엄청나게 복잡한 흐름이 생겨나 시시각각 변화하는 것이 느껴졌습니다. 무대에서 저는 대본이 가리키는 대로, 정해진 대로밖에 움직일 수밖에 없는, 100퍼센트 필연적으로 생성된 동선을 따르고 있다는 것을 그때 깨달았습니다. 아마 맨 처음, 650년 전에 노가쿠의 형태를 창시한 사람은 '이 무대, 이 관계 속에서는 이런 형태밖에 취할 수 없으며 이런 순서로 움직일 수밖에 없다'는

○　　노가쿠 공연의 하이라이트 장면을 대사 없이 지우타이의 노래와 하야시의 반주에 맞추어 춤으로 표현하는 공연 형식.

○○　　내레이션이나 특정 대사, 특정 소절을 합창하는 사람들.

○○○　　악기를 연주하거나 효과음, 추임새를 넣는 사람들. 크기가 다른 세 종류의 북과 피리를 연주한다.

필연성을 깨닫고 그것을 그대로 '형'으로 남겼을 것입니다.

그 무렵 프로 노가쿠사와 이야기를 나누게 됐습니다. '히라키'라는 팔을 여는 움직임에서 손가락 끝에 뭔가가 걸리는 느낌이, 젤리에 손을 넣고 휘젓는 느낌이 든다고 했더니 그분은 자기 유파에서도 그렇게 얘기한다고 하더군요. 저는 젤리라고 했지만 그분은 한천, 우뭇가사리라고 표현했지요. 무대 위에 아무것도 없는데도 특정 상황에서 특정한 형을 취할 때 다른 방향에서는 느껴지지 않는 걸림을 느끼고, 거기에 이끌려 최적의 동선을 취하는 '움직임의 필연성'이 생겨나는 겁니다.

제가 노가쿠 수련을 통해 배운 것은 이처럼 있어야 하는 순간, 있어야 하는 장소, 해야 하는 일이 정해져 있다는 사실입니다. 이는 무도의 진수이기도 합니다.

생각해 보면 당연한 겁니다. 누군가가 칼로 나를 베려고 해도 1밀리미터라도 벗어나 있거나 1초라도 먼저 피하면 베이지 않습니다. 그런데 칼날이 들어오는 걸 보고 나서야 달아나야겠다고 생각해서는 반응이 늦고 맙니다. 우리가 무도를 통해 습득하고자 하는 것은 '지금 여기 있으면 안 된다'는 느낌을 알아채는 능력입니다. 여기 있으면 어떤 위험이 닥쳐오는지 구체적으로 아는 것이 아니라 '잘은 모르겠지만 여기 있으면 안 되겠구나'라는 감각을 느끼는 거죠. 무도의 수련을 통해 습득해야 하는 것을 한마디로 정리하면, '나 자신이 어디에 있어야 하는지 아는 능력'입니다. 이는 자신이 어디에 있는지를 객관적으로 인식하는 것과는 좀 다릅니다.

여기에 있어도 되는지 안 되는지, 그걸 아는 능력입니다. 어디에 있어야 하는지 파악하기에 앞서, 있어도 되는지 안 되는지부터 파악해야 합니다. 무도에서는 이것을 '좌座를 본다' '기機를 본다'라고 표현합니다. '좌를 본다'는 것은 어디, 즉 지금 주어진 공간에서 어느 자리에 있을지를 파악한다는 뜻입니다. '기를 본다'는 것은 언제, 즉 자신이 있어야 할 때를 안다는 뜻입니다. 근골이 단련된다든지 칼이나 창을 빠르고 강하게 움직일 수 있게 되는 것은 무도 수행의 부차적인 결과에 불과합니다.

야규 무네노리라는 에도 시대의 검객이 있습니다. 이 사람이 쓴 『병법가전서』라는 유명한 무술서에서도 "가장 중요한 것은 좌를 보는 것과 기를 보는 것이다"라고 이야기합니다. 인간은 있어서는 안 되는 장소에 있을 때 목숨을 잃습니다. 있어서는 안 되는 순간에 머무를 때 목숨을 잃습니다. 가장 중요한 것은 자신이 있어야 할 곳, 있어야 할 때를 아는 것입니다. 그런데 인간은 자신이 있어야 할 장소, 있어야 할 시기를 위에서 한눈에 바라볼 수 없습니다. 그건 앞으로 일어날 일, 미래의 일에 대한 예지이니까요. 매뉴얼도 로드맵도 가이드라인도 없습니다. 그럼에도 인간은 어느 장소에 섰을 때 '여기 오래 있으면 안 되겠다'는 느낌을 받습니다. 있더라도 지금은 아니라는 것을 알 수 있습니다.

무도와 노가쿠는 밀접한 관계여서 무도가들은 노가쿠도 수련하라는 권유를 많이 받습니다. 하지만 실제로 무도와 노가쿠를 모두 하는 사람은 드뭅니다. 오늘날 대부분의 무도가는 따지고 보면 스포츠, 경기로서의 무술을 하는 사람이므로 전통적인 무도 수행을 통해 어떤 자질을 개발하고자 하는 사람과는 방향이 살짝 다른 길을 걷고 있거든요. 올림픽에서 금메달을 따고자 하는 선수에게 좌를 보는 기술, 기를 보는 기술은 필요 없죠. 올림픽 같은 대회에서는 언제 어디서 시합할지 정해져 있으니까요. 그러나 무도가에게 요구되는 자질은 사실 모든 인간에게 필요한 능력입니다.

앞으로 어떤 일이 일어날지 모르는 상황 속에서 언제, 어디서, 무엇을 해야 할지 아는 것은 미래를 살아가는 데에 매우 중요한 능력입니다. 사실 학교 교육에서 가장 우선되어야 하는 것도 아이들마다 이런 능력을 갖추도록 돕는 일이죠. 언제, 어디서, 무엇을 해야 하는지는 아무도 알려 줄 수 없습니다. 본인이 직감적으로 깨달아야 합니다. 그런데 알려 주진 못해도 그런 능력을 육성할 수는 있습니다.

그렇다면 있어야 할 장소란 어디일까요?

저는 무도나 노가쿠 외에 스키도 배웁니다. 그렇게 잘 타는 건 아니지만 몇 년 전부터 제법 진지하게 배우고 있는데요, 3년 전쯤 스키 선생님이 '스키 탈 때는 정확한 위치에 서는 것이 가장 중요하다'는 말씀을 해 주셨습니다. 그래서 제가 물었죠. "선생님, 올바른 위치는 어디입니까?" 선생님은 이렇게 대답하셨습니다. "올바른 위치란 언제든 올바른 위치로 돌아갈 수 있는 곳입니다."

저는 이 말씀이 굉장히 깊이 있는 이야기라고 느꼈습니다. 제 스키 선생님은 일본에서 대단히 유명한, 전설적인 스키 선수였습니다. 눈만 있으면 어디서든 스키를 탈 수 있는 실력을 가진 분이죠. 그런 선생님이 하신 말씀이니 저는 그 말을 오랫동안 곱씹으며 생각했습니다. '올바른 위치란 언제든 올바른 위치로 돌아갈 수 있는 곳이다.' 다시 말하면 '올바른 위치란 올바른 위치를 선택지로 갖고 있는 장소'라는 뜻입니다. 논리적으로 생각해 보면 '가장 많은 선택지를 가진 포지션이 올바른 위치'라는 결론이 나옵니다. 그런데 어떤 포지션이 올바른지 아닌지는 다음 순간이 되어야 알 수 있습니다. 그래서 제가 선생님의 말씀을 듣고 내린 정의는 '올바른 위치란 다음 동작에 대해 가장 많은 선택지를 가진 장소이다'입니다. 다음에 취할 수 있는 동작의 가능성을 가장 많이 내포한 장소. 가장 많은 동선을 취할 수 있는 위치. 다시 말해 가장 자유로운 위치가 올바른 포지션이라고 생각했습니다.

이건 앞서 말씀드린 '좌를 본다' '기를 본다'와 똑같은 이야기입니다. 야규 무네노리는 "좌를 보고 있어야 할 장소에 선다"라고 말했습니다. 다음 행동의 선택지가 최대가 되는 곳, 가장 자유도가 높은 곳에 서라는 뜻입니다. 노가쿠 스승께서 하신 말씀 또한 '가장 올바른 장소는 임기응변이 가능한 곳'이라는 뜻으로 해석할 수 있습니다. 무도도 노가쿠도 스키도 전하고 있는 것은 한 가지입니다. '가장 자유롭게 있을 수 있는 곳, 다음 선택지가 최대화되는 곳에 서라'는 가르침입니다.

뒤집어 생각해 보면 우리의 생명력이 가장 떨어지는, 가장 위험한 장소는 '다음 선택지가 하나밖에 없는' 위치입니다. 선택할 수 있는 동선도, 취할 행동도, 움직일 수 있는 타이밍도 하나로 정해진 것이 가장 위태로운 상황입니다. 있어야 할 장소, 있어야 할 순간, 해야 할 일. 모두 '그래야 한다'는 표현 때문에 유일한 정답이 있는 것으로 착각하기 쉽지만, 사실은 반대입니다. 정답이 정해지지 않은 곳이야 말로 정답이 됩니다.

지금까지 전해 내려온 무도와 기예가 강조하는 능력은 결국 하나로 집약됩니다. 이는 학교 교육에서 가장 우선적으로 개발해야 할 능력이기도 하지요. 아이들은 자신이 있어야 할 장소와 때, 해야 하는 일을 누군가가 알려 주지 않더라도 스스로 체득하는 능력을 가장 먼저 습득해야 합니다. 어떻게 그런 기술을 가르칠 수 있는지 의문이 들겠죠. 그런데 무도나 노가쿠, 스키를 배우다 보면 그런 능력 없이는 계속할 수 없다는 걸 몸소 깨닫게 됩니다.

저는 합기도 도장에서 아이들도 여럿 가르치는데요, 처음 도장에 온 아이들은 이해하기 힘든 행동을 합니다. 70평이나 되는 넓은 도장 안에서 굳이 하나로 뭉쳐서 다니는 겁니다. 움직임 자체는 랜덤하고 무질서하지만 기본적으로 한 명이 움직이면 따라서 우르르 몰려다니는 식으로, 한 덩어리로 뭉쳐서 움직입니다. 그러다 보니 당연히 서로 자주 부딪치고 서로의 동작을 방해하게 되는데도 계속 그런 위치를 고집합니다. 그런데 신기하게도 1년쯤 수련하다 보면 아이들이 자리 잡는 위치가 달라집니다. 처음에는 한자리에 뭉쳐서 앉았지만 점점 일정한 간격으로 떨어져서 앉습니다. 인원수를 보고 한 줄로 안 되면 두 줄로, 두 줄로도 안 되면 세 줄로 앉는 판단을 스스로, 자연스럽게 하면서 서로의 동선을 방해하지 않는 위치에 자리 잡습니다. 균등한 간격으로 줄을 선다든지 다른 사람의 동선을 방해하지 않는 법을 따로 수련한 게 아닌데도 말입니다. 합기도 수련을 어느 정도 하다 보면 피부 감각이 민감해지고 공간에 대한 감수성이 풍부해집니다. 그러면 자신이 어디에 있어야 하는지 자연스럽게 알게 되지요.

아이들에게 있어야 할 곳, 있어야 할 순간, 해야 할 일이 무엇인지 알려 줄 방법은 조금만 궁리해 보면 수없이 많을 겁니다. 특별한 정답은 없습니다. 반드시 성공하는 방식이 있는 것도 아니고요. 하지만 다양한 전통 기예는 거의 예외 없이 몸의 감수성을 민감하게 함으로써 자신이 있어야 할 곳인지 아닌지 식별하는 능력을 기르도록 만들어져 있습니다.

'미래 교육을 어떻게 설계할 것인가'가 질문이었는데요. '미래 교육은 설계할 수 없다'는 것이 제 대답입니다. 아이들의 피부 감각을 민감하게 하는 것, 신체 감수성을 날카롭게 길러 주는 것보다 나은 교육 방법은 없다고 생각합니다. 그러려면 가장 선택지가 많은 삶을 살 때에 가장 자유로워지고 강해진다는 것을 아이들이 스스로 실감하도록 해 주어야 합니다. 아마도 많은 아이가 '자유'라는 단어의 진정한 의미조차 모르고 있을 겁니다. 신체적인 감각으로 진정한 자유를 경험한 적이 거의 없을 겁니다. 우리는 아이들은 타고나기를 자유분방하다, 그러니 사회적 기반을 통해 규제해 나가야 한다고 생각하기 십상이지만, 사실 그렇지 않습니다. 자유는 학습하는 것입니다. 상당히 집중적이고 장기적인 노력을 들여 체계적으로 훈련시켜 주지 않으면 아이들은 자유가 무엇인지 깨닫지 못합니다.

아이들이 올바른 위치에서 올바른 순간에 올바르게 행동하도록 하려면, 선택할 수 있는 행동과 동선이 가장 많을 때 진정으로 살아 있으며 생명력이 넘쳐난다는 것을 경험하게 해 주는 수밖에 없습니다. 자유라는 것은 자연물로 존재하는 것이 아니라 학교 교육이나 가정 교육, 수행을 통해 비로소 습득되는 능력이라는 점을 꼭 이해해 주셨으면 합니다.

'애국심' 교육에 대해
어떻게 생각하시는지요?

Q. 선생님은 학교에 일장기를 게양하는 것에 찬성한다고 하셨는데요. 2012년부터 무도가 중학교의 필수과목이 된 것은 어떻게 생각하시나요? 그렇게 하면 애국심이 싹트거나 자라는 걸까요? 여자아이의 경우는 어떨까요?

"예의 바른 아이를 키우고 싶으면
'예의범절'이라는 과목을 만들면 되지 않나요?"

질문의 전반과 후반에 논리적 관계가 없네요. "당신은 라면을 좋아한다고 하는데, 수영에 대해서는 어떻게 생각하세요?"처럼 의미를 알 수 없으니 어느 한쪽만 질문해 주셨으면 합니다.

후반부 질문인 무도 필수화에 대해서 답하자면, 반대입니다. 몇 년 전부터 저는 블로그에도 책에도 '반대한다'고 쓰고 있습니다만, 저 말고는 반대론자가 거의 없는 것 같군요. '무도 필수화'는 제1차 아베 신조 내각 시대의 '애국심 교육'의 흐름에서 나온 것인데, 무도를 하면 애국심이 함양된다는 둥 예의를 갖추게 된다는 둥 문부과학성이 꺼낸 말도 안 되는 논리에 위화감이 들었습니다. 미안하지만 무도라는 것은 그런 '쩨쩨한 것'이 아닙니다. 대단히 엄격하고 심오한 자기 수양을 위한 체계이며, 매우 귀중한 전통문화이기 때문에 진지하게 대해야 합니다. 그런데 '애국심 함양'이나 '예의 바른 아이를 키운다' 같은 현세적·공리적 목적을 위한 우회적 수단으로 무도를 이용하겠다니, 우선 무도가로서 참을 수 없는 발상입니다. 무도는 그 자체가 목적이지 어떤 사회정책 수단도 아닙니다. 이 점을 먼저 분명히 해 두고 싶습니다.

그렇게 애국심 교육을 하고 싶다면 '애국심'이라는 과목을 만들어 학교에서 가르치면 되잖습니까. 어떤 식으로 평가할지는 모르겠지만, 아무튼 아이들의 애국심을 교사가 평가해서 점수를 매기면 되겠죠. (애국심을 너무 함양한 아이들이 선생님이나 자기 부모를 붙잡고 "당신은 애국심이 부족

해, 이 매국노"라며 때리고 걷어차도 저는 모릅니다.) 아이들에
게 예의를 갖추게 하려면 '예의범절' 과목을 되살려 관혼상
제에서 지켜야 할 예절, 문 여닫기, 기모노 입기, 젓가락 들
기 등을 꼼꼼히 지도하면 되잖습니까. 아, 이 수업은 꼭 하
면 좋겠네요. 이거라면 찬성입니다. '글로벌 인재 육성을
위한 영어 교육' 따위보다 이런 수업이 나중의 인생에 더
도움이 될 겁니다.

　　무도의 목적은, 심신을 연마해 삶의 지혜와 힘을 높여
가는 것이 전부입니다. 강약·승패·교졸을 논하는 것이 아
닙니다. 무도가 개발하는 힘은 점수를 매겨 평가할 수 있는
것이 아닙니다. 그것은 일상생활에서 '무엇이든 맛있게 먹
을 수 있다' '어디서나 푹 잘 수 있다' '누구와도 친해질 수
있다' '힘들 때도 싱글벙글할 수 있다' '곤란한 사람이 있으
면 즉시 손 내밀 수 있다'와 같은 무수히 구체적인 형태로
발현하는 힘입니다. 아이들끼리 경쟁하게 해서 성적을 매
기는 것이 아닙니다. 정기시험을 치르는 교실에서 '어디서
든 푹 잘 수 있는 힘' 시험을 치르다가 학생들이 모두 우수
한 성적을 거두면 어쩌나요.

"누군가가 소중하게 여기는 것은 정중하게 다루고 싶습니다."

앞뒤가 뒤바뀌었는데요. 앞부분 질문인 국기 게양에 대해서 말하자면, 다른 사람이 아끼는 무언가에 자기 나름대로 경의를 표하는 일은 '예의'의 기본입니다. 신사에 가면 박수 치듯 소리 내어 합장을 하면서 목례를 하고, 절에 가면 본존께 절을 하고, 성당에 가면 십자가상 앞에 초를 켜서 올립니다. 영국에 가면 유니언잭에, 미국에 가면 성조기에 예를 갖춥니다. 이는 '그런 것'을 소중히 생각하는 마음에 대한 당연한 배려입니다. '정어리 머리'를 믿는 사회에 가면 저는 그곳 사람들과 함께 정어리 머리에 절을 올릴 겁니다. 일본의 국기는 '우리'라는 로컬 집단이 소중히 여기는 것입니다. 저 스스로도 정중히 대하고 다른 사람들의 마음도 최대한 존중합니다. 다만 지역적이고 사사로운 일이기 때문에 타인에게 강제할 수는 없습니다. 사찰 경내에서 뛰어 노는 아이들을 보고 관리자가 "제대로 손 씻고, 입을 헹구고, 예를 올린 다음에 놀아라!"라고 하진 않을 겁니다. 아이에게는 말해 봤자 소용없으니까요. 어쩔 수 없습니다. 신앙심이나 애국심 같은 것은 어느 정도 시민적 성숙에 도달하지 않으면 의미를 알 수 없습니다.

식전式前에 기립이나 국가 제창을 거부하는 것은 시민 사회 구성원으로서 성숙하지 않은 태도라고 생각합니다. 시민으로서 배려가 좀 부족해 보이긴 하지만, 그 행위를 처벌 대상으로 삼는 것에는 전력으로 반대합니다. 각 사회마다 나름대로 소중히 여기는 '로컬 룰'이 있습니다. '사람을 죽이지 말라' '물건을 훔치지 말라' '간음하지 말라'는 만국 공통의 룰입니다만, '여기만의 규칙'이라는 것이 따로 있지요. 그것을 합리적이지 않다든가 국제 공통성이 없다며 난센스라고 단정한다면 이치에 어긋납니다. 국민국가도 난센스라면 난센스거든요. 그저 정치적 환상일 뿐이니까요. 그렇지만 국민국가라는 것은 실제로 존재하고, 우리는 거기서 발행하는 여권을 사용하고 연금 및 방재·방범 서비스를 받고 있습니다. 그런 이상 "국민국가는 허구다, 나는 국민국가로부터 어떤 혜택도 받은 기억이 없다"고 말하는 사람은 식견이 부족하다고 봐야죠. 아무튼 단지 식견이 부족할 뿐이지 처벌 대상은 아닙니다. 신사 불각 앞을 지나갈 때면 저는 대체로 걸음을 멈추고 예를 갖춥니다. 물론 그러지 않는 사람도 있습니다. 아마 안 하는 사람이 더 많을 겁니다. 하지만 예를 갖추지 않는 사람을 붙잡고 "야, 이 믿음이 없는 자, 예 정도는 갖춰라" 하며 위협하지는 않습니다.

시민적 상식이 부족해서 그런 거니까요. 이는 상식이 있고 없고의 문제이지 옳고 그름의 문제가 아닙니다.

저 자신은 천지신명에게 작은 경의를 표합니다. 길가를 다스리는 신에게도, 허물어져 가는 신사를 지나면서도 잠시 예를 표합니다. 이런 일이 꽤 중요한 수업이라는 것을 경험적으로 알고 있거든요. 사람들이 오랫동안 공경해 온 존재에는 얼마 되지 않는다고 해도 모종의 힘이 깃들어 있습니다. 그 힘을 감지하는 능력을 연마하는 것은 무도인으로서 당연히 해야 할 일입니다.

"국민국가에는 영속성이 없습니다."

'국민국가'라는 개념은 17세기 베스트팔렌 조약° 이후에 등장했습니다. 기껏해야 400년밖에 안 된 근대적인 정치 장치이죠. 미국은 연방국가이고, EU는 국가연합이며, 중국은 55개 소수민족으로 이루어진 다민족 국가입니다. 튀르키예, 시리아, 이라크, 이집트 같은 나라들은 따지고 보면 '하나의 나라'입니다. 이들 사이에 국경선이 확정된 지 100

°   1648년 독일 북부 베스트팔렌 지역의 오스나브뤼크에서 독일, 프랑스, 스웨덴 등 여러 나라가 삼십 년 전쟁을 끝내기 위해 맺은 평화 협정.

년밖에 안 됐거든요. 세계 모든 나라는 저마다 성립 배경이 다르고 통치 시스템이 다르며 국민국가에 대한 귀속감이나 충성심도 다릅니다. 통치 시스템도 역사적 조건이 바뀌면 다른 형태로 바뀝니다. 어느 나라의 지방자치단체였던 곳이 독립해서 국가가 되고, 독립국이었던 곳이 강대국에 병합되는 일은 지금도 다반사입니다. 국민국가에 영속성 따위는 없습니다. 일본의 경우는 사방이 바다로 둘러싸인 지리적 조건 덕분에 '2천 년 전부터 일본은 줄곧 일본이었다'고 생각하는 사람이 많습니다. 하지만 어디서부터 어디까지가 일본인지를 따져 보면 상당히 수상쩍어집니다.

지금은 부르지 않게 된 「반딧불의 빛」蛍の光°의 4절 가사는 '지시마의 깊은 곳도 오키나와도/ 야시마°°의 보호에 있도다/ 다다르는 나라마다 공훈되게/ 힘쓰시오 낭군, 무탈하기를'입니다. 이 가사가 만들어진 1881년 시점에서는 이것이 '일본'이었습니다. 지금 지시마는 일본 땅이 아니라 러시아 땅인 쿠릴 열도입니다. 오키나와는 1972년까지 미

° 스코틀랜드 민요『올드 랭 사인』에 일본어 가사를 붙인 노래로 메이지 시대에 문부성에서 교육용으로 만들었다. 3절과 4절에는 군국주의 사상이 담겨 있어 전후에는 불리지 않게 되었다.

°° 일본 열도를 뜻한다.

국이 점령하고 있었습니다. 한편 1895년에는 타이완이 일본 땅이 되었고, 1910년에는 조선이 일본 땅이 되었습니다. 그 시점에서 보면 타이완도 조선도 일본이었습니다.

어디서부터 어디까지가 애국심의 적용 범위인가, 그것은 외교 교섭이나 전쟁이나 강화 조약에 따라 달라집니다. 당연한 일입니다. 그래서 '우리 나라'라고 해도 "그것은 잠정적인 제도에 불과합니다"라고 말씀드리는 겁니다. "아니, 나는 일본 열도 주민이니까 무조건 일본 국민이고, 그 정체성에는 전쟁도 외교도 관계없다"고 역설하는 사람이 있을지도 모릅니다. 그렇다면 만약 1945년 8월에 스탈린이 홋카이도를 점령했다면 어떻게 됐을까요? 야심차게 도호쿠 지방까지 점령했다면 어찌 됐을까요? 한반도처럼 혹은 독일처럼 일본도 포사 마그나° 부근을 국경으로 하여 '동일본국'과 '서일본국'으로 분할되었을지도 모릅니다. 그렇게 되면 두 나라는 통치 시스템은 물론 국기도 국가도 달라졌겠죠. 몇십 년 뒤에 월드컵 축구 경기 같은 데서 만나면 '애국심' 넘치는 응원단끼리 "너한테만큼은 질 수 없어"

° 라틴어로 '큰 구덩이'라는 뜻으로, 일본 열도를 동서로 나누는 거대한 지각 단층대이다.

하면서 주먹다짐을 할지도 모르고요. '어쩌다 보니 어떤 역사적 조건에 의해' 일본은 지금과 같은 형태가 된 것이고, 물론 이렇게 되지 않을 수도 있었습니다. 저는 그렇게 생각하고 있습니다.

'과도적·잠정적 제도 따위에 어떻게 귀속감이나 충성심을 가질 수 있단 말인가'와 같은 시니컬한 말을 하는 것이 아닙니다. 실제로 남한과 북한은 '같은 나라'인데 남북한 국민들은 저마다 자신이 속한 통치 시스템에 너무도 잘 귀속되어 있다 보니 좀처럼 최종적인 화해에 이르지 못하고 있습니다. 잠정적 제도에도 사람은 얼마든지 열광할 수 있다는 뜻이죠. 다만 지금 내가 '조국'이라고 여기는 곳이 실은 어떤 국지전에서의 승패나 외교 교섭의 결과에 따른 것이라 원래는 '조국이 아니었을' 수도 있고, 혹은 지금은 '외국'이라고 생각해서 아무런 친밀감을 느끼지 못하는 나라가 실은 '조국이었을' 수도 있다는 사실을 명심하자, 이 말씀을 드리는 겁니다. 하지만 그러한 것이 실제로 바로 옆에 있는 이상은 소중히 대해야 한다, 저는 그렇게 생각합니다. 자기 주변에 있는 것은 누구나 정중하게 다룰 겁니다. 그렇다고 자신의 차를 소중히 다루는 것을 '애차심이 있다'라고는 하지 않죠. 자기 집을 아끼는 것을 '애가심이 있다'고도

하지 않고요. 그렇지만 나에게 중요한 것이니까 깨끗이 닦고 청소하고 정기 점검을 합니다. 높은 수행력을 유지할 수 있도록 항상 주의를 기울입니다. 그런 일을 '사랑'이라는 미덥지 않은 말로 표현하는 것, 저는 좋아하지 않습니다.

"애국심은 어떻게 다루어야 국가의 성능이 올라갈까 생각하는 것이다."

내 나라를 내 신체의 연장이라 생각하며 소중히 사용했으면 합니다. 내가 나라를 지키고, 나라가 나를 지켜 줍니다. 물론 그것 때문에 불편한 점도 많이 있습니다. 집이 있으면 청소도 해야 하고 도둑도 걱정되고 재산세도 내야 하죠. 귀찮은 일이 수두룩합니다. 하지만 좋은 일도 있지요. 이해타산을 따지자면, 집은 있는 것이 좋고 소중히 다루는 것이 좋습니다. 국민국가도 마찬가지입니다. 거기서 사는 이상은 정중하게 대합니다. 국가의 잠재 능력을 최대로 높이려면 어떤 식으로 관리·운영해야 하는지 지혜를 짜냅니다.

그래서 저는 자민당이 하고 싶어 하는 '애국심 교육'에 반대합니다. 그렇게 하면 국민들의 수행력이 떨어지니까요. 애국심은 국민국가에 대한 사고를 정지시키거든요. '애차심'이 커진 사람이 자동차 메커니즘에도 운전 기술에도 관심이 없고 매일 아침 차에 절을 하거나 술을 따르고 있으면 어떻게 될까요. 하고 싶으면 해도 되지만, 그런다고 자동차의 성능이 올라간다든가 고장이 나지 않는 일은 없지요. 저는 국가도 일종의 '기계'라고 생각합니다. 기계인 이상 어떤 식으로 다뤄야 성능이 극대화될지를 생각합니다. '이 기계는 정말 성능이 좋다, 쾌적하다, 이걸 탈 수 있어서 정말 다행이다'라고 여기려면 어떻게 해야 할까를 고민하는 것이 진정한 애국심일 겁니다. 차에 경례하지 않는 녀석, 차를 찬양하는 노래를 부르지 않는 녀석을 처벌하면 차의 성능이 올라간다고 생각하는 인간이 있다면, 그런 작자는 지성에 상당한 문제가 있다고 저는 생각합니다. 진짜로요.

일본은 언제까지
한국에 사죄하면 좋을까요?

Q. 한일 관계가 꼬이는 가운데 한국이 일본에 사과를 요
구한다는 보도가 나오고 있습니다. 예전에 다카이치 사나
에라는 정치인이 '나는 2차 대전 때 태어나지 않았기 때문
에 나에게는 전쟁 책임이 전혀 없다'는 취지의 발언을 하
는 것을 TV에서 봤는데, 그렇게 단언하는 것은 좀 그렇지
않나 하는 생각이 듭니다. 하지만 '영원토록 사죄해야만
한다'는 생각도 괴롭군요.

**"간단합니다. 상대방이 '사과를 받았다'고
제대로 느낄 때까지요."**

역사적인 사정은 여러 가지가 있습니다만, 한마디로 말하

면 일본은 '너무 심하게 졌다'는 겁니다. 그냥 패전국이 아니라 이만큼 진 나라는 없을 정도로 무참히 지고 말았습니다. 질 경우를 전혀 대비하지 않고 진 겁니다. 한없는 패전국인 셈이죠. 전쟁이란 이기거나 지는 것입니다. 졌다고 국가가 와해되는 경우는 보통 없습니다. 미드웨이 해전에서 패배하고 바로 항복했다면 일본제국도 정치 체제의 틀 정도는 유지할 수 있었습니다. 해외 식민지를 손에서 놓는 정도였겠죠. 그런데 그러지 않고 '공격하면 반드시 적의 진영을 빼앗고, 전쟁하면 반드시 승리한다'고 주장하며 전쟁을 계속했기 때문에 수습할 수 없는 패배를 하고 말았던 겁니다. 근대전에서는 손모율損耗率이 30퍼센트에 달하면 '조직적 전투 불능'으로 간주됩니다. 그때는 깨끗이 백기 들고 항복하는 거죠. "전쟁은 외교의 연장"이라는 클라우제비츠의 유명한 말처럼, 전쟁은 감정으로 하는 것이 아닙니다. 일본은 손모율 100퍼센트까지 싸우는 것을 넘어 유령이 돼도 계속 싸우겠다고 주장하면서 전쟁을 치렀기 때문에 역사상 유례없는 패배를 하고 말았습니다. 미드웨이에서 지고, 마리아나 앞바다에서 지고, 제해권과 제공권을 모두 잃고도 계속 싸우다가 도쿄와 오사카를 비롯한 주요 도시가 모두 공습으로 파괴되고, 히로시마와 나가사키에 원폭이 떨어져 초토화되었죠. 전쟁 지도부도 이대로 가다가는 혁명이 일어나 자신들이 끝장날 수도 있다는 공포에 사로잡혔고, 그래서 겨우 포츠담 선언을 수락했습니다.

일본제국이 와해되자 새로운 정치 체제가 생겼습니다. 제국의 신민은 하룻밤 사이에 민주 일본의 국민이 돼 버렸습니다. 하지만 전쟁 책임의 추궁, 패전 원인의 해명은 다른 나라 사람이 아니라 본래 전쟁을 벌인 나라 사람이 해야 할 일입니다. 백기를 든 본인이 '나는 왜 졌는가'를 스스로 곱씹지 않으면 진 보람이 없습니다. 그런데 일본의 경우에는 전쟁 책임을 추궁한 것은 외국인, 군국주의를 매도한 것은 일본 국민이었습니다. 패배를 자체 점검해야 하는 제국 신민은 어디에도 없었던 거죠.

**"전쟁지도부와 싸운 국내 세력이
일본에는 존재하지 않았습니다."**

패전국의 사정은 모두 엇비슷합니다. 독일은 나치에게 모든 더러운 짓을 떠넘겨 독일을 구하려 했습니다. 이탈리아는 파시스트에게, 프랑스는 페탱 원수가 이끄는 비시 정부에게 부정을 떠넘겨 조국을 면죄하려 했죠. 그런데 그들에게는 그렇게 할 만한 '발판'이 있었습니다. 독일에는 반나치 세력이 있어 히틀러 암살을 기도했습니다. 이탈리아에서는 빨치산이 실제로 무솔리니를 죽였습니다. 프랑스에서도 샤를 드골의 망명 정부가 있었고, 마지막에는 레지스탕스가 자력으로 독일군을 몰아냈습니다. 하지만 일본에는 전쟁 지도부와 싸운 국내 세력이 전혀 없었습니다. '리스크 헤지'risk hedge를 생각한 사람이 한 명도 없었다는 말이죠. 그래서 일본인들은 '일억총참회'一億総懺悔°할 수밖에 없었습니다. 일본인 모두가 정도의 차이는 있어도 전쟁에 가담했으니 모두의 책임이지 누구의 책임도 아니라는 이야기죠. 전쟁 손해를 입은 나라에게 사과할 때 전혀 진심이 아닌 것은 그 때문입니다. "제가 전쟁 책임자입니다"라고 손을 드는 사람이 어디에도 없으니 사과할 수 없는 겁니다.

전쟁은 이기기도 하고 지기도 하는 것이라, 졌을 때 제대로 "죄송합니다"라고 사과를 했다면 일본처럼 질질 끄는 일은 없었을 겁니다. 한국과 중국이 일본에 줄기차게 사과 요구를 하는 것은 사과하지 않았기 때문입니다. 다카이

° 제2차 세계대전을 일으킨 책임을 전 국민이 져야 한다는 것으로, 표면적으로 전 국민이 반성해야 한다는 이론처럼 보이지만 실상은 아무도 전쟁 책임을 지지 않겠다는 생각과 통하는 것이었다.

치 사나에처럼 '나는 책임이 없지만, 불평을 듣는 것이 시끄러우니까 배상금을 지불한다' 같은 고압적인 태도는 아무도 '사과'로 여기지 않습니다. 평화조약에서도 ODA°에서도 결말이 나지 않은 것은 한국인이 일본인에게 사과받았다는 실감을 못 하기 때문입니다. 그러니까 논리는 간단합니다. 상대방이 사과를 받았다고 제대로 느끼게만 하면 됩니다. "사죄하라"라는 말을 듣기 전에 "죄송합니다"라고 말하며 숙이는 거죠. "뭐야? 왜 자꾸 아득바득 따져? 한 번 고개를 숙였으니 이제 충분하잖아"라고 말하는 것은 사과가 아닙니다. 사과하지 않았기 때문에 사과 요구가 계속 이어지는 겁니다.

독일 대통령이 하는 걸 보세요. 유럽 어디를 가든 계속 사과하고 있습니다. 그리스에서 꾸벅꾸벅, 루마니아에서 꾸벅꾸벅. 그게 그 사람의 한 가지 업무입니다. "나치가 심한 일을 해서 죄송합니다"라고 어찌 됐든 사과합니다. 독일 대통령은 70년째 점령지 국민에게 계속 사과하고 있습니다. 그래야 피해자들도 이제는 용서해도 되겠다는 생각이

°   Official Development Assistance. 개발도상국의 경제나 사회
     발전을 목적으로 하는 정부의 국제 협력 활동.

드는 거죠. 그 정도 시간이 걸리는 일이거든요. 그런데 정부나 정치인에게 사과할 생각이 없다, 그렇다면 시민끼리 풀뿌리연대의 우호 관계를 만들 수밖에 없습니다.

저는 한국 사람을 만나면 우선 "우리 조상이 여러 가지로 폐를 끼쳐서 죄송합니다"라고 먼저 사과합니다. 사과해도 계속 화내는 사람은 만난 적이 없어요. 다들 "우치다 선생이 한 게 아니니까요"라고 말합니다. "아, 그래? 책임이 있다고 생각한다면 성의를 보여라, 성의"라고 야쿠자처럼 윽박지르는 사람도 없습니다. 미국인에게서도 쿨하게 "원폭을 떨어뜨려서 죄송합니다"라는 말을 들으면 우리도 그 이상은 탓하지 않을 겁니다. "아, 그래? 미안하다고 생각하면 여기서 무릎 꿇고 내 구두 좀 핥아" 같은 말은 하지 않습니다.

일단 일본인이 해야 할 일은, 구식민지 사람을 만나면 "여러 가지로 죄송합니다"라고 후딱 사과하는 겁니다. 독일 대통령도 하는 일 아닙니까.

'무도적'이라는 것의
의미

마지막까지 읽어 주셔서 고맙습니다.

통독해 보니 꽤 여러 주제에 관해서 썼는데요, 처음부터 끝까지 똑같은 얘기를 한 것 같습니다. '무도적으로 행동한다는 것'에 대한 이야기죠.

무도의 목적은 단적으로 말하면 '살아남는 것'입니다. 살아남을 기회를 얼마큼 높일까. 상처받고 생명력을 잃을 리스크를 얼마큼 떨어뜨릴까. 이런 단순한 목표에 몸과 마음 전부를 집중시키는 것이 '무도적' 태도라고 생각합니다.

다다 선생님으로부터 '옛 무사는 볼일이 없는 곳에는 가지 않았다'는 이야기를 듣고 깜짝 놀라고 말았습니다. 부득이한 사정이 있어서 출타하는 것은 어쩔 수 없지만, 볼일도 없는데 굳이 나다니다가 문제에 말리거나 남을 해하는 것은 무사도에 어긋난다는 뜻이었죠.

그런데 우리 사회는 이와는 정반대 원리로 움직이고 있습니다. 볼일이 없어도 밖에 나다니고, 새로운 아는 사람을 만들어 뭔가 새로운 일을 도모하는 것이 곧 '좋은 일'입니다. 이것이 우리 사회의 '상식'이 되어 '액티브'라든가 '크리에이티브'로 불립니다. 저도 젊었을 적에는 그렇게 생각했습니다. 볼일도 없는 곳에 가서, 말하지 않아도 되는 말을 하고, 하지 않아도 되는 일을 하고, 다양한 '모험'적 경험을 하고…… 그러다 보니 많은 문제에 휘말렸습니다. 그런데 합기도를 시작할 무렵부터 그런 '액티브'한 행동에 대한 흥미가 급격히 희박해졌습니다. 매일 판에 박은 듯한 루틴을 반복하는 것이 점점 즐거워졌습니다.

루틴을 지키는 것이 가져다주는 최고의 선물은(앞에서도 언급했는데요) 변화에 대한 감수성이 높아지는 것입니다. 날마다 똑같은 생활을 하다 보면 어제와 다른 것이 두드러지게 감지됩니다. 그것은 사계의 변화("찾아오는 사람은 아무도 없지만, 그럼에도 가을은 찾아온다")와 같은 온당한 정보인 경우도 있고, 불온한 정보인 경우도 있습니다. VIP를 경호하는 경호원들은 반드시 전날에 루트를 점검합니다. 그리고 경호 당일이 되면 '어제 있었던 것이 없는 경우'

와 '어제 없었던 것이 있는 경우'에 알람이 울리도록 훈련을 받습니다. '같은 행동을 반복'하는 것은 이 알람의 감도를 높은 레벨로 유지하는 데에 큰 도움이 됩니다.

레비스트로스는 『슬픈 열대』의 첫머리를 이런 말로 시작합니다.

나는 여행과 모험가를 싫어한다. 하지만 나는 지금 나의 모험담을 이야기하려고 한다. 그 결단을 내리기까지 얼마나 많은 시간이 필요했던가! 내가 마지막으로 브라질을 떠난 지 15년이 된다. 그 15년 동안 나는 몇 번이고 이 책을 써야겠다고 생각했고, 그때마다 꺼림칙함과 혐오감이 그 하고 싶은 마음을 눌렀다.[13]

"여행과 모험가를 싫어한다"는 선언으로 레비스트로스는 그 역사적 명저를 쓰기 시작했습니다. 이 한 문장을 놓고 대학생이었던 저는 레비스트로스가 '서재에 틀어박히는' 기질이었을 거라고 표면적으로 해석했습니다. 하지만 뭔가 개운하지 않더군요. 이 한 문장은 목에 걸린 잔가시처럼 '잘 삼킬 수 없는 말'이 되어 30년 이상 제 뇌리에 머물렀습니다. 레비스트로스가 '무도적 사고를 하는 사람'은 아니었을까 하는 생각이 든 것은 훨씬 나중의 이야기입니다. 그렇게 해석하면 여러 가지 일의 앞뒤가 맞습니다.

　레비스트로스는 민족지학자로서 온갖 선입견을 배제한 채 철저하게 대상을 관찰하는 사람이었습니다. 그리고 표층적 '차이' 너머에 존재하는, 모든 인류 집단에 공통된 보이지 않는 구조를 밝히려 했습니다. 레비스트로스는 파리의 연구실에 틀어박혀 방대한 '연구 카드'를 비교·검토하는 방식으로 그 일을 완수했습니다. 그에게 '여행과 모험'은 제1차 자료를 확보하기 위한 '부득이한 외출'로 인식되었을 겁니다. 그래서 여행과 모험가를 싫어한다는 그의 선언에는, (아마 그의 주변에 많이 있었을) 여행과 모험을 즐기는 (인디애나 존스 박사 타입) 학자들을 향한 통렬한 비아냥이 담겨 있는 듯합니다. 그들은 여행과 모험이 주는 흥분과 쾌락을 사랑한 나머지 연구 대상의 관찰과 분석에는 다소 소홀했을 테니까요. 학자의 본무는 '보다 수비 범위가 넓은, 보다 심플한 가설의 제시이니 나머지 일은 굳이 안 해도 된다'는 입장에 충실했던 레비스트로스의 말에서 저는 '옛 무사는 볼일이 없는 곳에는 가지 않았다'는 다다 선생님의 말씀과 통하는 구석을 느낍니다.

　'무도적'이라는 것은 그렇게 아슬아슬한 정도의 합리

성을 말합니다. 쓸 수 있는 것은 뭐든지 쓴다. 쓸데없는 짓은 하지 않는다. 생존할 기회를 높이는 선택지는 망설임 없이 잡는다. 그러면서도 심신의 수행력을 낮추지는 않는다.

그러나, 그러한 철저한 합리성을 우리가 사는 사회에서는 거들떠보지도 않는다는 생각이 듭니다. 권력이든 재화든 위신이든 정보든 문화자본이든 그 자체에는 아무런 가치가 없지만 '그중 심신의 수행력 향상에 유용한 게 있다면 얼마든지 가져다 쓴다'는 쿨한 합리성에 따라 척척 활용하는 사람을 만나기란 극히 어렵습니다. 대부분은 몸을 축내면서까지 권력에 매달리거나 돈을 벌고, 과도한 정보를 받아들여 판단이 흐려지고, 쓸데없는 노력을 하느라 불쾌한 감정에 빠지지요. 그런 것은 '무도적'으로 생각하면 그다지 현명한 일이라고는 할 수 없습니다.

무도적 관점에서 보면 이런 책을 쓰는 것조차 사실은 '쓸데없는 일'일지도 모릅니다. 이 책을 읽고 화를 내는 사람은 무도나 스포츠 관계자뿐만 아니라 언론인, 정치인, 관료에 이르기까지 적지 않을 테니까요. 다들 즐겁게 지내는 곳에 굳이 찾아가서 마구 헤집어 놓은 셈이니 그 어디가 '무도적'이냐고 따지면 저도 뭐라 변명할 말이 없군요.

그래도 한 가지 변명을 하자면, 오늘날 현대 사회에서

'무도적'이라는 것이 어떤 마음가짐인가를 안내하는 일은 역시 '부득이 해야 할' 용무라는 생각이 듭니다. 이 일은 '안 가도 되는 곳' '안 해도 되는 이야기'가 결코 아니라고 생각합니다. '누군가가 해야 할 이야기'이고 '누군가가 져야 할 위험'이라면, '어쩔 수 없으니 내가 하겠다'는 '오지랖' 또한 무도인이 지녀야 할 마음가짐이겠지요.

긴 변명이 되었는데요, 네, 그런 얘기였습니다.

끝으로 이런 불온한 책 출간을 결정해 주신 치쿠마쇼보의 배짱에 경의를 표하고 싶습니다. 많은 가르침과 깨달음을 주신 다다주쿠고난합기회의 선배, 동문 여러분께도 감사의 말씀을 드립니다. 그리고 무엇보다, 이런 서투른 제자를 35년 넘게 크나큰 인내심으로 지도해 주신 다다 선생님께 진심으로 감사의 말씀을 드립니다. 고마웠습니다.

우리는 이미 알고 있다

처음 이 책을 읽고 받은 충격을 지금도 생생히 기억한다. 내가 본격적으로 우치다 다쓰루의 사상을 한국에 소개하려고 마음먹은 때로, 아마 2011년쯤이었을 것이다. 선생은 이전까지 누구와도 공유한 적 없는 사고, 누구에게도 말하지 못한 욕망 그리고 한 번도 내뱉은 적 없는 내면의 과정을 주섬주섬 길어 올려 한 명이라도 더 많은 사람에게 가닿을 수 있도록 정성스럽게 기술하고 있었다. 실로 누구로부터도 승인받지 않고, 누구로부터도 존경받지 않고, 누구로부터도 사랑받지 않기를 각오한 사람만이 쓸 수 있는 개성 있고 독특한 책이었다. 그런데 사실 이 책의 진수는 이 책 자체가 개성 있다거나 독특하다는 말에 부착된, 손때가 더덕더덕 붙은 관념을 씻어 내는 것이라는 데 있다. 선생의 언어로 풀어 보자면 이렇게 말할 수 있겠다.

저는 제 개성과 독창성을 과시하려고 글을 쓰는 것이 아닙니다. 저와 생각을 같이하는 사람을 한 명이라도 늘리려고 쓰는 겁니다. 제가 글을 쓰는 이유는 가능한 한 많은 사람으로부터 "그런 말이라면 당연한 것 아닙니까? 나도 이전부터 쭉 그렇게 생각해 왔습니다"와 같은 말을 듣고 싶어서이지 "그렇게 생각하는 사람은 당신뿐이지요" 같은 말을 듣고자 함이 아닙니다.

지금은 이렇게 생각하는 사람이 많지 않아서 현재로서는 그것이 '독특한 생각'일지 몰라도, 저는 그 독특한 생각이 독특한 채로 끝나는 것을 조금도 바라지 않습니다. 끝내 한 명의 지지자도 얻지 못한 독특함에는 어떤 가치도 없으니까요. 많은 지지자를 획득한 덕분에 '예전에는 독특했지만 어느 샌가 조금도 독특하지 않게 되어 버린 독특함'이야말로 가치 있는 것이라고 생각합니다. 제가 이 책에서 추구하는 가치가 바로 이것입니다.

선생은 이 책의 개성과 독특함을 누구보다도 잘 알고 있었다. 단지 그 사실을 과시할 목적으로 책을 내면 독자에게 가닿지 못할 것이라는 사실도 알고 있었다. 따라서 한 명이라도 많은 사람이 이 책을 읽고 이해해서 급기야 당연한 것으로 받아들일 수 있도록 자신이 일상에서 느낀 것과 몸소 깨우친 것들을 다양한 수사와 다채로운 비유로 구사해서 '무도적 사고'라는 미지의 개념을 알리려고 애썼다.

이런 책인 만큼 나는 한시라도 빨리 한국 독자에게 소개하고 싶어서 몇몇 출판사의 문을 두드렸다. 하지만 번번이 "무도적 사고? 그게 뭡니까? 우리 출판사 출간 방향과는 맞지 않는 것 같습니다"라거나 "무술에 관한 이야기인가요? 우리 출판사에서 출간하기는 무리이겠습니다" 또는 "일본 색채가 너무 강한데, 과연 이런 책이 한국 독자에게 소구력이 있을까요" 같은 대답이 돌아왔다. 혹 책에 대해 충분히 설명하지 못한 탓일까 싶어 이후로도 15년 가까이 다양한 방법을 동원해 이 책의 출간 의의와 훌륭한 점을 피력해 보았지만 전부 헛수고였다. 이제 와서 돌이켜보면 실패가 불 보듯 뻔한 이런 무모한 시도를 감행한 것이야말로 무도적 사고였다.

얼마 전 여행 차 일본 시즈오카현을 방문했다가 하마마쓰역에서 벽에 붙은 포스터 한 장을 발견했다. 그 포스터에는 "그래, 교토에 가자!"라는 카피가 적혀 있었다. 문맥도 없이 무작정 어딘가로 가자니, 문득 호기심이 발동해 이리 저리 찾아보았고 꽤 오래전에 쓰인 카피라는 것을 알게 되었다. 그런데도 여전히 모객에 효과적이라 꾸준히 쓰이고 있었다. 이 카피야말로 문맥을 알 수 없는, 이른바 '무문맥적'인 표현이다. 여행을 가기로 결정하고 어디로 갈 것인지 검색하고 이것저것 생각해서 경비를 알아보고 일정을 정한 다음에 "자, 그럼 여행지는 교토로 정하고, 교통편은 가성비가 가장 좋은 기차로, 숙소는 이러저러해서 이곳으로 하자" 하는 게 아니다. 길을 걷다가 혹은 식사 중에 때로는 일손을 잠시 놓고 문득 "그래, 맞아. 교토에 가자!" 하는 생각이 드는 것이다. 문맥이 없다. 무작정 움직이는 것이다.

이 책을 번역해서 한국 독자에게 소개하려고 마음먹은 과정도 같다. 스승으로부터 이 책을 한국에 소개해 달라는 요청을 받은 것도 아니고 한국 출판사로부터 번역 의뢰를 받은 것도 아니다. 어느 날 문득 이 책을 번역해서 한국에 소개하고 싶어졌다. 번역해서 한국 시장에 내어 놓으면 그래도 어느 정도는 팔릴 거라고 생각한 적도 없다. 이유는 잘 모르겠지만 왠지 꼭 이 책을 소개하고 싶다는 무문맥적인 사고가 작동했을 뿐이다.

무도에서는 이런 상태를 '무심'無心 혹은 '무문맥'이라고 한다. 무심코 어떤 동작을 하고 싶어진다, 그런데 그것이 결과적으로 공격에 대한 최선의 대응이 되었다. 말하자면 이런 흐름이다. 애당초 어떤 목표를 설정한 것이 아니라 어디까지나 결과가 그렇다는 것이다. 이러면 상대방에 비해 뒤처지는 일이 없다. 현재 나는 '독립연구자'로 살고 있는데, 이 또한 누군가가 이렇게 살아갈 것을 제안한 것도 아니고 누군가가 어떻게 살 것이냐고 물어서 그에 대한 답으로 선택한 길이 아니다. 그저 이렇게 살고 싶어서 이 방식으로 살고 있다.

무언가에 '대응'한다는 것은 선수를 빼앗긴다는 의미다. 상대방의 공격이라는 문제가 먼저 오고, 이에 정답 맞히기로 방어하는 틀 속에 있음을 의미한다. 이런 경우, 공격해 들어오는 상대방은 '문제 출제자'가 되고 나는 '시험 응시자'가 된다. 실은 문제를 내는 사람도 맞히는 사람도 선수를 빼앗기고 싶어 하지 않는다. 그래서 '선수를 치자'라고 마음먹고 있는데, 이런 마음을 먹은 것 자체 또한 난문에 대처하는 한 방법일 뿐이라면, 그 역시 이미 선수를 빼앗긴 것이다. 문제는 움직임의 선후, 대처하는 속도의 빠르고 느림이 아니다. '그래, 이걸 하자!'와 같은 자발만 있고 달성할 목적은 없는 상태, 그것이 바로 '무심'이다. 여전히 내가 무엇을 위해 이 책을 번역하고 한국 독자에게 소개하고 있는지 잘 모르겠다. 하지만 바로 이 '무심'과 무문맥적 사고 덕에 이 책을 출간하게 된 것은 부정할 수 없는 사실이다.

이런 면에서 보면 한국어판 출판을 선뜻 맡아 준 유유 출판사의 행보 역시 무도적이다. 우치다 선생의 표현대로라면 '후수로 밀리지 않는 출판사'라고도 할 수 있겠다. '후수로 밀린다'는 말 또한 무도 용어로, 이는 시간적 지체를 의미하는 것이 아니다. 난제에 재빠르게 대응하는 것을 두고 '선수를 잡았다'라고 표현하지는 않는다. 먼저 문제가 있고 그에 대한 답을 가지고 대응한 것이라면, 그런 행위는 모두 후수로 밀린 결과다.

우리는 어릴 때부터 후수로 밀리는 훈련을 받아 왔다. 질문을 받고 그에 대해 맞는 대답을 하면 칭찬받고 틀린 대답을 하면 벌 받는다는 학교 교육의 형식이 애당초 후수로 밀리는 훈련이다. 취직해도 '주어진 일을 적절히 해낸다'와 같은 방식으로 후수로 밀리는 훈련이 계속된다. 설문이나 과제를 '먼저' 받고, 그것에 어떻게 대처할지 생각하는 틀에 익숙한 사람들은 모두 후수다.

이런 '후수로 밀리는 일'이 출판업계에서는 종종 일어난다. 대다수가 안건을 진지하게 숙고하기에 정보를 모으

고 나서 가설을 세우려고 하는데, 이런 '정보→가설' 순서
의 출판이야말로 후수로 밀리는 행위다. 앞서 이야기했듯
이 책의 번역 출판 기획안을 몇 군데 출판사에 보내고 받은
대답은 "내용은 재미있는 것 같은데 어느 분야로 소개해야
할지 모르겠습니다" "이와 비슷한 책이 없어서 출간하기
곤란합니다" 같은 것이었다.

특정 분야로 분류할 수 있는 비슷한 책이 있다면 시장
규모를 예측해 대략 몇 부를 제작하면 좋을지 알 수 있다.
가령 '인문 분야 책이라면 이 정도' '에세이면 이 정도' '무
술 관련 책이라면 이 정도'라는 식으로 앞서 나온 책의 판
매 데이터를 참고해 판매 부수를 예측할 수 있다. 그러나
비슷한 책이 없으면 그런 데이터가 없으므로 예측할 수 없
다. 그래서 "책을 낼 수 없습니다"라는 대답이 돌아오게 마
련이다.

그런데 '인간' 편집자는 왜 있는 것일까? 유사한 책의
판매 데이터를 보고 새로운 책의 판매량을 예상하는 것은
이제 인공지능도 충분히 할 수 있는 일일 것이다. 언뜻 봐
서는 기존의 어느 분야에도 속하지 않는 책이지만 그럼에
도 독자들에게 충분히 매력적일 것이라고 직감과 감성만
으로 결단할 수 있는 것. 그것이 바로 '인간' 편집자의 특권

아닐까. 대다수의 사람들이 중요한 결단을 할 때는 가능한 한 많은 정보를 모아서 그로부터 가설을 도출해야 한다고 생각한다. 그런데 그렇게 해서는 새로운 것은 아무것도 나오지 않는다. 그런 방식이야말로 후수로 밀리는 일이다.

그러면 어떻게 해야 할까? 발상의 전환이 필요하다. 가설을 세울 때는 누구라도 얻을 수 있는 정량적 데이터가 아니라 '일상생활에서 이렇다 할 것 없이 차곡차곡 모이는 정보'와 '자기 안에 있는 직감과 가치관'을 중요하게 여겨야 한다. 현명하게 결정하려고 애써 모으는 정보는 대부분 '과거'의 것이다. 거기에 의지한다는 것은 결국 누군가가 낸 '문제'에 낑낑거리며 '대답'하는 것일 뿐이다. 다시 말해 후수로 밀리고 마는 것이다. 이럴 때 후수로 밀리지 않으려면 '먼저' 가설을 세워야 한다. 그리고 그 가설을 보강·수정할 목적으로 정보를 모아야 한다. 순서가 중요하다. '정보→가설→실행→검증'이 아니라 '가설→정보→가설의 재구축→실행→검증' 순서로 사고해야 현상에 '바람구멍'을 낼 수 있다.

유유출판사는 후자의 출간 철학을 견지하기에 이 책의 한국어판 출간을 맡아 주었을 것이다. 일상의 경험 속에서 보이지 않는 데이터를 믿고 자신이 옳다고 느끼는 가설을 세우는 것. 그리고 그 가설을 실증하고자 전력을 다해 움직이는 것. 나아가 얻은 피드백을 기초로 가설의 검증을 수행하는 것. 그 흐름이 바로 후수로 밀리지 않는 출간을 가능하게 한다고 생각한다.

『적과 흑』의 말미에 스탕달이 'To the Happy Few'(소수의 행복한 사람들에게 바친다)라고 표기한 것은 그 책의 내용이 동시대 독자의 호응을 얻을 수 없음을 각오하고 있었기 때문일 것이다. 그의 책은 동시대인의 '이미 존재하고 있었던 욕구 혹은 욕망'에 대응하지 않았다. 그런데 그런 책이 출현했기에 세계는 그 책이 출현하기 전과는 다른 곳이 되었다. 책이라는 것은 이처럼 생성적인 것이다. 책이 생명력을 갖는다는 것은 '그러한 책을 찾는 독자' '그러한 책을 읽을 수 있는 독자'를 창조하는 것으로부터 시작한다는 것을 의미한다. 이 책이 독자에게 그런 역할을 하리라 믿는다.

고래 중에는 잇몸이 변형된 수염을 가진 수염고래가 있고, 이빨을 가지고 있는 이빨고래가 있다. 향유고래는 이빨고래로 깊은 바다에 사는 대왕오징어 등의 거대생물을 먹이로 삼는 반면, 흰긴수염고래는 크릴새우 등을 대량으로 물과 함께 삼키면서 수염으로 크릴새우를 걸러서 먹고 산다. 따라서 향유고래는 수심 1000미터 이상을 잠수해 가며 살아야 하지만, 경이롭게도 흰긴수염고래와 같이 수면에 떠오를 수도 있다. 보통 심해에 사는 물고기는 심해의 수압에 견딜 수 있도록 몸을 계속 변형해 왔기에 수면 가까이 떠오르면 목숨을 잃을 수도 있다. 반면 수면 가까이 사는 물고기는 심해에 잠수하면 상상을 초월하는 수압을 견딜 수 없어 실신해 버린다. 이처럼 심해와 수면은 물 압력에 큰 차이가 있어서 해양생물은 각자 나름의 생태학적 적소에서 살 수밖에 없다. 그런데 향유고래는 그 거대한 몸을 가지고도 수면에 모습을 드러내고, 동시에 수심 1000미터까지 잠수하기도 한다. 향유고래의 머리 쪽에 있는 특수한 지방이 액화하거나 딱딱해짐으로써 심해를 잠수할 수 있게 해 준다고는 하지만 그렇다 해도 경이로운 일이다.

우치다 선생의 활동을 이에 비유해 보면 맹렬한 집중력으로 홀로 무도를 수련하는 시간을 심해에 잠수하고 있는 상태, 나를 포함해 무도에 문외한인 사람들 앞에서 무도 이야기를 알기 쉽게 들려주는 시간을 수면 가까이로 떠오르는 상태라 할 수 있겠다. 언뜻 보면 잠수해 계실 때보다 수면 가까이 계실 때 편안해하시는 것 같은데 선생께 여쭈니 사람들에게 무도적 사고의 매력을 전하는 일도 무척 즐겁지만 서재에 틀어박혀 무도 연구에 집중하고 홀로 수련하는 시간도 꽤 행복하다고 하셨다. 그렇더라도 '심해'에서의 연구와 '수면'에서의 교류를 병행하려면 전혀 다른 사람으로 거듭나야 하는 질적 변화가 필요할 것이고, 그런 환경 변화에 계속 적응하는 일은 때때로 상당한 정신적 부담이 따를지 않을까 싶다.

이 책을 처음 읽었을 때 내가 받은 인상은 숙련된 안내자에게 이끌려 험준한 봉우리에 올랐을 때의 느낌과 비슷하다. 초보 등산가인 나는 내가 어디로 가고 있는지 잘 몰랐다. 하지만 안내자의 얼굴을 보니 이 사람은 알고 있구나 하는 것이 느껴졌다. 산길을 완벽하게 꿰뚫고 있는 안내자는 거침없이 척척 걸어가다가 때때로 멈춰 서서 내가 잘 따라오고 있는지 돌아보았다. 내가 숨이 찬 낌새가 보이면 잠시 숨을 돌리려고 멈췄고, 이내 일어나서 말없이 걷기 시작했다. 나는 안내자의 등만 바라본 채 내 발걸음을 그 규칙적인 발걸음에 맞추는 것에만 집중했다. 그런 식으로 몇 시간을 걷고 보니 어느새 덤불 속의 좁은 길을 벗어나 조망이 탁 트인 산등성이에 도달했음을 알게 되었다.

멘토에 이끌려 생각하는 것이란 이런 식으로 자기 혼자서는 도달할 수 없는 사고의 고도에 도달하는 경험이다. 생각보다 흔한 경험이지만, 여기에는 이런 경험을 해 본 사람들도 대체로 간과하는 것이 하나 있다. 목적지도, 경로도 모르는 초보 등산가인 나는 어떻게 이 안내자가 나를 잘 이끌어 줄 것이라 확신할 수 있었을까? 독자는 어떻게 올바른 안내자와 그렇지 않은 자를 식별할 수 있을까?

이런 물음을 제기함으로써 비로소 우리는 '멘토에 이끌려 사고한다'는 것이 얼마나 설명하기 어려운 개념인지를 깨달을 수 있다. 학문이든 무술이든 초보자는 아직 초보일지라도 자신이 아직 모르는 지식, 아직 쓸 수 없는 기술에 대해 누가 그것을 숙지하고 전수해 줄 것인지를 가늠할 수 있어야 한다. 나는 이것을 '멘토의 패러독스'라고 부른다. 우리는 '멘토'나 '스승'이라는 호칭을 아무렇지도 않게 사용하지만 따지고 보면 그들은 부조리한 존재다. 멘토를 필요로 한다는 것은 자신이 향해야 할 곳과 거기 도달하는 방법을 모른다는 것인데, 그럼에도 우리는 자신을 목적으로 이끌어 줄 안내자와 그렇지 않은 사람을 식별해 내곤 한다.

플라톤은 『메논』에서 문제 해결을 요구하는 것은 부조리하다고 말했다. 우리가 무엇을 찾고 있는지 안다면 문제는 존재하지 않을 것이고, 반대로 우리가 무엇을 찾고 있는지 모른다면 우리가 무엇을 찾을 수 있을지 모르기 때문이다. 그러나 그런 배리背理에도 불구하고 우리는 매일같이 문제를 설정하고 그에 답하고 있다. 그것은 "이 문제가 풀릴 거라는 사실은 알고 있지만, 어떻게 풀 수 있는지 지금은 말할 수 없다"는 상태일 때 비로소 '문제'가 전경화되기 때문이다.

멘토에 대해서도 같다. 나는 그가 나를 올바르게 이끌어 줄 것을 알지만, 어떤 근거로 그렇게 판단했는지는 말할 수 없다. 이런 방식으로 우리는 멘토를 선택한다. 우리는 우리가 알고 있는 것 이상을 이미 알고 있지만, 무엇을 알고 있으며 어떻게 알고 있는지는 모른다. 그것을 알기 위해 지성이 기동한다. 사고의 힘은 그렇게 구조화되어 있다.

이 책을 통해 여러분도 이 사고의 힘을 만끽해 보시기 바란다.

2025년 5월

박동섭

주

1   우자와 히로부미, 『사회적 공통 자본』(이와나미신서, 2000)

2   같은 책

3   무라카미 하루키, 『꿈을 꾸기 위해 매일 아침 나는 눈을 뜬다』(문
     예춘추, 2010)

4   Sir Arthur Conan Doyle, A Study in Scarlet, in "Sherlock
     Holmes, The Complete Novels and Stories", Bantam Classics,
     1986, p.115-116
     ―아서 코난 도일, 『주홍색 연구』(황금가지, 2002)

5   우치다 다쓰루, 『어른이 된다는 것』(서커스출판상회, 2021)

6   Claude Lévi-Strauss, La Pensée sauvage, Plon, 1962, p.31
     ―레비스트로스, 『야생의 사고』(한길사, 1996)

7   시라카와 시즈카, 『공자전』(中公文庫, 2003)
     ―시라카와 시즈카, 『공자전』(AK커뮤니케이션즈, 2025)

8   스즈키 다이세쓰, 『일본적 영성』(岩波文庫, 1972)
     ―스즈키 다이세쓰, 『일본적 영성』(동연출판사, 2023)

9   Jacques Lacan, Écrits I, Seuil, 1966, p.174

10   Sir Arthur Conan Doyle, A Study in Scarlet, in "Sherlock
     Holmes, The Complete Novels and Stories", Bantam Classics,

1986, p.18

　　　―아서 코난 도일,『주홍색 연구』(황금가지, 2002)

11　　G.W.F. 헤겔,『정신현상학』(作品社, 1998)

12　　같은 책

13　　Claude Lévi-Strauss, Tristes tropiques, Plon, 1955, p. 9

　　　―레비스트로스,『슬픈 열대』(한길사, 1998)

목표는 천하무적
: 심신단련으로 깨우친 인생의 기본기 수업

2025년 6월 4일   초판 1쇄 발행

지은이   **옮긴이**
우치다 다쓰루   박동섭

펴낸이   **펴낸곳**   **등록**
조성웅   도서출판 유유   제406-2010-000032호(2010년 4월 2일)

                 주소
                 경기도 파주시 돌곶이길 180-38, 2층 (우편번호 10881)

전화   **팩스**   **홈페이지**   **전자우편**
031-946-6869   0303-3444-4645   uupress.co.kr   uupress@gmail

                 페이스북   **트위터**   **인스타그램**
                 facebook.com   twitter.com   instagram.com
                 /uupress   /uu_press   /uupress

편집   **디자인**   **마케팅**   **표지 사진**
사공영, 조은   studio forb   전민영   佐藤麻優子

제작   **인쇄**   **제책**   **물류**
제이오   (주)민언프린텍   라정문화사   책과일터

ISBN 979-11-6770-122-0 03800

유유에서 펴낸
우치다 다쓰루와 박동섭의 책

도서관에는 사람이 없는 편이 좋다
처음 듣는 이야기

우치다 다쓰루 지음, 박동섭 옮김

일본의 대표 사상가 우치다 다쓰루가
전하는 책 이야기. 종이책과 전자책,
도서관과 사서, 학교 교육, 출판계,
독립서점 등 책을 둘러싼 이제껏
접하지 못했던 이야깃거리를
총망라한다. '도서관에는 사람이
없는 편이 좋다' '사서는 새로운
세계로 아이들을 이끄는 마녀가
되어야 한다' '책장은 우리의
욕망을 보여 주는 공간이다' 등 깊은
성찰을 토대로 한 선생의 번뜩이는
아이디어는 책을 사랑하는 이들에게
즐거운 화두가 된다.

무지의 즐거움
지적 흥분을 부르는 천진한 어른의 공부
이야기

우치다 다쓰루 지음, 박동섭 옮김

평생 자기만의 배움의 길을 찾아
닦고 걸어오며 대중과 소통해 온
사상가 우치다 다쓰루가 배움의 길을
묻는 한국 독자들과 직접 소통을
시도한다. 그간 한국에 소개된
선생의 책은 모두 일본에서 먼저
출간된 것을 우리말로 번역해 펴낸
것이었지만, 이 책은 처음부터
한국에서 기획되어 오롯이 한국
독자들을 향해 쓰였다. 한국의
편집자와 번역가가 고심하여 지금
한국 사회에 필요한 스물다섯 가지
질문을 마련했다. 배움이란,
성숙이란, 어른이란, 무도란, 글이란,
시민이란 무엇인가. 선생은
특유의 재치와 현실에 밀착된 언어로
기발한 해결책을 제시한다. 마치
우문현답의 형식으로 이어지는
글 속에는 세월을 거치며 농익은
지혜와 문무를 오가며 쌓은 인생의
깨달음이 짙게 녹아 있다.

우치다 선생에게 배우는 법
스승이라는 모항에서 떠나고 돌아오기
위하여

박동섭 지음

학문, 지역, 연령 간 경계를 넘나들며
의미 있는 배움을 찾고 그것을
대중과 나누고자 하는 한국의 독립
연구자 박동섭이 '거리의 사상가'
우치다 다쓰루를 만나서 배우고 얻은
것을 기록한 책. 『스승은 있다』라는
책으로 처음 저자와 번역가의 연을
맺은 후 두 사람은 서로의 스승과
제자를 자처하며 또 다른 배울
자리를 만들어 내고, 함께 배울 더
많은 사람들을 결집시켰다. 우치다
다쓰루라는 탁월한 사상가를 알고자
하는 사람에게는 그의 사상을 한눈에
파악할 수 있는 길잡이가 될 것이고,
배울 곳, 배울 거리, 본받을 스승을
찾는 이들에게는 스승의 역할과
필요성, 찾아갈 방법을 일러주는
따뜻한 안내서가 될 것이다.